謹賀筆拜

존경하는 송봉희 선배님께

지난 날 베풀어 주신 고마운 은혜에 감사드립니다
희망찬 청룡의 꿈 축복 안으시고 빛나는 한해가
되시길 바라오며 어욱더 건강하시길 祝願합니다

그대 오리 좋은세상
문경새재 한락에서
甲辰年 元旦

서예가 강상률

그리운 별님

그리운 별님

2024년 1월 31일 제 1판 인쇄 발행

지 은 이 ㅣ 송봉헌
펴 낸 이 ㅣ 박종래
펴 낸 곳 ㅣ 도서출판 명성서림

등록번호 ㅣ 301-2014-013
주   소 ㅣ 04625 서울시 중구 필동로 6(2층·3층)
대표전화 ㅣ 02)2277-2800
팩   스 ㅣ 02)2277-8945
이 메 일 ㅣ ms8944@chol.com

값 17,000원
ISBN 979-11-93543-38-2

그리운 별님

송봉현 지음

도서출판 명성서림

작가의 말

　어린 시절 멍석 위에 누워서 여름밤하늘 반짝이는 별을 바라보다 은하 속으로 빨려 들어갔다. 두 개의 멍석 위에는 엄마와 이웃아줌마들 누님이 모시삼기 품앗이를 하며 도란도란 다정한 얘기를 나눴다. 엄마 곁에서 별 하나 별 둘 … 굵은 별만 따서 가슴주머니에 담다가 잠들곤 했다. 그 밤하늘별이 그립다.

　성장 후 월급 받으면 먼저 책 한 권을 사서 읽는 것이 일상화됐다. 책 속에도 별이 보였다. 별에는 국적이 없다. 내 가슴에 반짝이며 생각과 길을 안내한 그리운 별님 들 몇 분을 종이 창窓에 모았다. 월간문예지에 실린 별, 이미 책에 실린 별들도 다듬어 더 반짝이게 하고 추가한 별님도 몇 분 있다.

　초롱초롱한 별처럼 독자 여러분 가슴에 별의 소곤거리는 소리가 그리움의 파도를 일으키길 기대 한다.

2024. 1
서울 대모산 아래 서재에서
송봉현

5

차례

3 / 샛별

4 / 사랑별

5 / 새벽별

1

북극성

한민족 뿌리 찾기

- 석 일 연

인각사麟角寺 탐방

훤칠한 기린이 이곳에 살았을까. 아니지. 일연스님이 한민족 기린麒麟 아닌가.

삼국유사를 읽고 고전시가론을 열어보며 감상문처럼 글을 썼다. 그런데 일연스님이 어느 곳에서 책을 썼는지 궁금했다. 머리를 굴리다가 인터넷을 검색했다. 인각사에서 입적하셨음을 알아냈다. 곁에 있는 안내자 인터넷이 고맙다. 경북 군위군 로고면 화곡리에 소재한 인각사를 찾아봐야겠다는 생각이 가슴에 휘몰아쳤다.

2019년 5월 7일 07:30 서울 동부터미널에서 출발하는 군위 행 버스를 탔다. 여행은 감성을 자극한다. 홀로 여행은 외로움 그리움 다 불러온다. 연녹색 잎들이 살랑거리는 봄바람에 손 흔들어 여행을 환영했다. 산에는 소나무, 낙엽송, 참나무 여러 식물이 섞여 살며 다투지 않고 평화로움 속에도 힘을 불끈거리고 서있다. 고속도로 변 언덕 곳곳에는 노란 아기 똥 풀꽃과 보라색 등꽃이 화사하게 피어 웃고 있다.

이팝나무 꽃이 흰 쌀처럼 가로수로 서 있는 의성 군위. 벚꽃만큼 화사하고 더 오래 지속한다. 의성을 지날 때 지난 번 동계올림픽에서 모든 백성을 한데 묶어 응원케 한 여자컬링 경기가 떠올랐다. 영미, 영미, 영미… 애타던 경기 뒤 박수 그것은 하나 된 민족의 함성이었다. 백성 통합이었다. 선수들의 선전은 온 백성을 즐겁게 했다. 시골 학교에서 특성화 창의력이 백성을 한 덩어리로 만들고 국위를 높였다.

군위읍까지는 4시간 정도 소요되었다. 군위읍 소재지엔 군데군데 패랭이꽃이 붉은 카펫처럼 아름답게 수놓았다. 정류소에서 공영버스를 바꿔 탔다. 이 마을 저 마을 들락거리며 인각사까지 한 시간 더 걸렸다.

군위는 마을 회관 간판에까지 「삼국유사고장」이라고 자긍심을 드러내고 있다. 「삼국유사도서관」 「삼국유사문화회관」 삼국유사 꽃이 핀 고장이다. 화산華山 아래 사찰은 크지 않다. 학소대 등 암벽 아래 절 가까이 위천이 흐르고 있다. "멀지 않은 곳에 일연 어머니 묘소도 있다. 해 뜰 무렵 일연스님 부도에서 빛이 나와 어머니 묘소를 비췄다"고 사찰에서 도움 일 하시는 분이 효성에 얽힌 얘기를 해주었다. 마침 특별 기획전이 열리고 있어 다양한 자료전시를 보며 써놓고 온 글에 오류도 있음을 알았다. 현지 탐방을 참 잘했다. 노벨문학상 후보 열 명 내에 세 번 들어 갔으나 마지막에 탈락하여 백성들을 아쉽게 한 고은시인. 아파트이웃 주 민들이 밤새워 노벨문학상 발표를 가다렸던 고은이 지어 돌에 새겨 인각 사경내에 세운 시 한 편 옮긴다.

> 오라 화산 기슭 인각사로 오라/ 하늘 아래 두 갈래 세 갈래 찢어진 겨 레 아니라
> 오직 한 겨레임을/ 옛 조선 단군으로부터 내려오는/ 거룩한 한 나라 였음을
> 우리 자손만대에 소식 전한/ 그이 보각국존 일연선사를 만나러
> 여기 인각사로 오라/ 아 여든 살 그이 촛불 밝혀/ 한 자 한 자 새겨 간 그 찬란한 혼
> 만나 뵈려 여기 인각사로 오라/ 오라 위천 냇물 인각사로 오라
> 통곡의 때 이 나라 온통 짓밟혀/ 어디나 죽음 이었을 때
> 다시 삶의 길 열어/ 푸른 내일로 가는 길 열어/ 정든 땅 방방곡곡에 한 송이
> 연꽃 들어 올린 그이 보각국존 일연선사를 가슴에 품고/ 여기 인각 사로 오라
> 아 여든 살 그이 촛불 밝혀/ 한자 한자 새겨 간 그 찬란한 혼 만나 뵈려 여기 인각사로 오라.

- 〈일연찬가〉 고은 시 전문

영정에 서린 찬란한 빛

문득 인생은 시지포스의 바위 밀어올리기 같다는 생각이 떠올랐다. 온 힘을 다해 산꼭대기에 밀어 올려놓으면 굴러 떨어지기를 반복하는 것처럼 우리는 미끄러지면서도 꿈을 굴려 산꼭대기로 올리기를 반복하며 수련한다. 어찌 보면 헛된 일처럼 보일 수 있다. 바위 굴러 올리기는 벌이었지만 뜻을 세운 사람들은 그런 과정을 거듭 쌓으며 자아를 발견하고 인류에게 밝음을 선물한다.

그런 모습 보러 나는 멀리 인각사현장에 왔다는 생각이다. 사찰은 크지 않으나 일연국사님을 모시는 별채가 있다. 여기 넓은 가슴 나라사랑 평화로운 일연의 고매한 영정을 바라본다. 영정에서 찬란한 빛이 나와 내 가슴을 씻긴다. 영정 앞에 엎드려 절하고 앞에 놓인 불전 함에 예도 차렸다. 개경을 떠나 외진 사찰에서 고행을 거듭하며 겨레뿌리 찾아내고 얼 일으키기 삼국유사를 쓴 거룩함이 감탄이다. 꼼꼼하게 챙기기에 정성을 바친 일연 스님은 군위를 삼국유사 고장으로 만들었다. 『우리 뿌리 찾아 얼 일으켜 세운 일연스님 삼국유사』는 탐방 길을 비춰 준 감격의 광채였다.

뿌리 찾기

십 수 년 전 티브이에 미국영화 한 편이 소개 된 일이 있다.〈뿌리〉라는 영화였는데 200여 년 전 조상이 노예로 팔려온 아프리카 조상이 살았던 곳을 찾느라 이곳저곳 쏘다니고 있었다. 뿌리는 무성한 나무를 떠받힌다. 생각이 깊은 사람은 반드시 뿌리 찾기를 한다. 뿌리는 종교를 뛰어넘어 내 속에 흐르고 있는 핏줄이다.

일연 스님(1206~1289)은 우리민족의 혼이요 사랑이다. 스님의 거룩함 앞에 정중히 고개 숙인다. 십여 년 전 몽골 여행을 했다. 역사박물관 앞뜰에 몽고제국(1206~1368) 모형도엔 고려 땅도 새빨간 색으로 몽골 영토였음을 표시해 놓았다. 지도는 몽골, 중국, 중앙아시아, 페르시아, 중동 북부, 동유럽까지 광대한 제국임을 과시하고 있다.

일연은 시대적으로 몽골 지배를 받던 때에 살았다. 고려왕실의 실권은 크게 손상되었다. 부마국으로 겨우 '고려' 이름은 유지 되었으나 생활은 피폐하고 황룡사 구층 목탑 등 문화재가 불탔다. 조국의 형세가 처참하고 절망적인 시대였다. 그런 비통을 밟으며 일연은 국사國師로서 역사 자료와 설화를 모으며 우리 뿌리와 얼 찾아 세우기 일에 일생을 바칠 뜻을 다지고 실천한 위대한 스님이다. 「개천절」이 있게 한 민족의 뿌리를 찾아냈다.

20세부터 자료 수집을 하고 70세부터 84세 입적 때까지 책을 썼다

는 내용의 삼국유사三國遺事를 읽었다.(일연 지음·이동환 옮김) 현지 인
각사麟角寺 특별전시 기록물에는 1281~1283년에 썼다는 주장이 통설이
라고 했다. 상한 1281년 하한 1289년이라고 저술 연대표기도 있었다. 연
구가 미흡하여 시기가 좀 차이가 있으면 어떤가. 보각국존 일연선사께
서 백성들이 슬퍼 울고 어깨가 처져 있을 때 조상의 혼을 깨우고 단군
할아버지와 환인 환웅 얼을 찾아 일으켜 세운 위대함에 깊이 감사한다.

신라 경순왕이 천년 사직을 거두고 왕건의 넓고 너그러움 품으로 들
어간 과정을 서술한 부분을 읽으면서 머리를 한 대 맞은 듯 명해졌다. 북
쪽 때문이다. 남쪽은 자타가 공인한 번영과 자유를 누리는 선진국으로
북쪽을 평화롭게 품을 역량과 아량이 있다.

"삼국유사에 실린 백제 기강 해이와 충신 성충의 충정을 도외시한 의
자왕. 한때 해동증자란 평까지 받았으나 멸망과정의 아픈 이야기는 오
늘날 4대 강국에 에워싸여 몸부림치는 우리들에게 국가 안보가 최우선
임을 시사示唆하는 교훈이다."

"국가 간에는 힘이 정의"라는 것은 수많은 역사 속 사건들이 증명한
다. 무릇 최고 자리에 오른 대통령은 좌고우면하면서 나라 부강을 더 키
우고 어느 나라든 덤빌 수 없는 무기를 개발해야 한다는 제언을 한다.
우리의 뛰어난 이공계 인력을 활용하여 남들이 갖지 않은 신비한 병기
개발을 꾸준히 해야 한다. 확고한 안전보장을 세워 어느 나라든지 흔들
지 못하게 해야 한다.

승과에 장원급제한 일연 스님은 몽골의 지배 고난 시대를 허투루 살지 않았다. 나라가 얼마나 어려운 때였는가. 삼국유사는 삼국사기와 함께 쌍벽을 이루는 역사책이다. 삼국사기는 국가지원 아래 쓰였다. 그럼에도 민족 유래에 대한 기록이 없다. 한민족의 유래와 뿌리는 삼국유사에서 찾을 수 있다.

삼국유사는 국가나 지방에서 지원한 흔적이 없다. 가람에서 수도하며 암담한 나라 상황을 바라보고 일연은 분연히 『한민족 뿌리』 찾기와 「얼」 일으키기에 나섰다. 뿌리를 찾고 얼, 혼, 영靈 세우기는 생동하는 생명이요 민족을 깨우쳐 일어서게 하는 꿈이다. 이 큰 바위 국사國師 어른이 가슴 뛰게 한 무지개 『삼국유사三國遺事』를 썼다. 삼국유사를 바탕으로 후손들이 시조단군을 찾고 10월 3일 개국일을 정하여 기리고 있다. 삼국유사는 민족의 보배요 일연 스님이 베푼 큰 자비며 은혜다. 군계일학의 빛나는 멋쟁이 석일연. 보통 사람들이 자신의 이익을 돌볼 때 전체를 아우르는 피 터지는 가시밭길을 헤쳤다.

스님께서는 "단군님 아버지 환인桓因, 고구려 동명성왕, 진(신라)의 6촌장들도 모두 하늘에서 내려온 조상들"이라 했다. 하늘은 무한 공간으로 영역이 없다. 동서고금 생각이 깊은 분들은 하늘 즉 우주공간을 바라보며 상상의 나래를 펴 왔다. 기독교가 하늘 숭상이요 공자도 하늘 숭앙 성인이다. 도솔천이나 미륵보살 머문 곳이 곧 하늘나라다. 흩어진 나라 이야기를 모으고 찾아 선대들이 남긴 자료를 수집하여 스님이 쓰신 하늘에서 온 조상 이야기는 찬란한 민족혼으로 빛난다. 우리 민족은 하늘 자손이다. 우리 민족 관련 신화를 오늘의 관점에서 바라보면서 하찮은 이야기일 뿐이라고 치부해버리는 사람들이 많이 살고 있는 시대 상황이 밉다. 신화를 따라가면 곧 신앙이다. 단군숭앙은 한 종교의 종파로 자리 잡아 있다. 그 종파 어른들이 삼일 독립선언에 다수 참여했고 대표로 손병희 선생이다. 단군님은 한 종교를 떠나 우리 민족 모두가 보듬어야 할 뿌리요 혼이다. 일연의 꿈이 어떤 것이었는지 다 헤아릴 수는 없지만 함부로 휘두르는 몽골 지배하의 절망적인 상황에서 오랜 시간 우리들의 뿌리를 끈질기게 찾아내고 하늘자손이라 높이며 존엄을 기록하여 전해준 성스러운 일을 해낸 것이다.

문화는 튼튼한 뿌리에서

버스에서는 방탄소년단 활동 상황이 소개되고 있다. 한류 열풍이 지구촌을 뒤흔든다. 우리는 총체적으로 자존 세우는데 힘차게 솟는다. 한 축구 지도자가 외국의 백성을 감동시켜 그 나라 총리가 지도자의 모델로 칭송하고 훈장을 주었다. 그런 일들은 모두 튼튼한 뿌리에서 유래한다. 우쭐할 때는 우쭐해도 좋은 것을. 우리는 지금 지구촌 곳곳에서 활동하는 세계 속에 다부진 나라다. 새롭게 문화를 일으켜 우리를 세련된 교양과 베풀 줄 아는 미덕의 나라 민족으로 세울 계기로 삼아 분발할 필요가 있는 것을. 강하면서 지구촌 사람들이 우러러보는 존경 받는 도덕의 나라로 나아가야 하는 것을. 일연 스님은 「사史」라 하지 않고 「사事」라 했다. 삼국유사. 거기에는 전하고자 한 애타는 이야기의 목마름이 있고 철학이 있고 문학이 있고 받아들여야 할 조상들의 설화가 담겨 있다.

환단고기桓檀古記를 읽었다. 환단고기는 단군왕조를 연대별로 서술하고 있다. 사학계에서는 고대사와 관련 논쟁이 일고 있다. 그런데 단군조선 역사를 버리면 오천년 역사는 함께 소멸된다. 환단고기에 따르면 단군왕조는 신화가 아닌 실존의 역사다.

향가鄕歌 14수

일연은 탁월한 작가다. 신라향가들을 모아 14수를 삼국유사에 남겼습니다. 글을 쓰는 사람으로서 기록문학을 보여주고 있는 일연의 삼국유사 속에 천 년 전 노래들을 만나 행복하다. 그 시대를 넌지시 음미할 수 있는 감동이며 향기요 감사다. 몇 편 들춰 본다.

서동요
- 서동

2018년 가을 전북 익산 가람 이병기선생 서거 50주년 기념식에 함께

했다. 강남문인협회 회원들과 시조시인협회 회원들이 참석한 가람선생 기념관 강당을 가득 채웠다. 익산시장도 참석하여 환영 말씀을 했고 추모 세미나는 격식도 갖추고 열정과 성황리에 마쳤다. 오후에는 미륵사지 탑과 발굴 중인 5층 석탑이 있는 왕궁리 박물관 등을 관람했다. 필자는 익산에서 고등학교를 졸업했으므로 내겐 친근한 지역이다. 익산 남성고 등학교 국어 교사를 명예퇴직한 해설사는 매우 긍지를 가지고 백제사 중 무왕 시대를 설명해 나갔다. 현재 미륵산을 향해 "저 용화산은 황금이 쏟아져 나온 산이다."고 힘주어 말했다.

선화공주善化公主님은
남몰래 짝 맞추어 두고

서동薯童방을
밤에 알을 안고 간다.

– 김완진 해독, 국립방송통신대 「고전시가론」에서 옮김

서라벌에 이 노래가 퍼져 대궐의 백관들은 선화공주를 탄핵하여 지방으로 유배시킨다. 그때 서동이 유배 길에 나아가 공주를 호위하였다. 공주는 서동(맛동麻童)이란 이름을 알고서 동요가 실현됨을 인지하며 호위하는 남성과 합할 결심을 하고 백제로 왔다. 공주가 떠날 때 어머니

가 순금 한 말을 주었다. 공주는 서동 앞에 그 금을 쏟으며 평생 동안 편히 살 수 있을 거라 했다. "서동은 큰 소리로 웃으며 내가 어려서부터 마를 캐던 곳에 이런 것들이 많이 쌓여 있소" 공주는 깜짝 놀라며 그 황금을 신라 부모님 궁전으로 실어 보내면 어떨까요? 서동은 그러자고 흔쾌히 답했다. 그리고 용화산 지명법사의 신통력 도움으로 하룻밤 사이에 선화공주 편지와 한 수레가 넘는 황금을 신라궁중에 옮겨놓았다. 진평왕은 경이로워 늘 편지를 보냈고 서동은 민심을 얻어 백제왕에 올랐다. "무왕은 분명 이곳을 백제 왕도로 삼았다." 「삼국유사 기록」을 인용하며 우리 회원들껜 즐거움을 주는 해설사로서 자부심을 드러내 보였다.

우적가遇賊歌

– 영재永才

승려 영재가 만년에 경주 남악에 은거하려고 외진 대현령을 넘을 때 60여 산적 떼를 만났다. 우락부락한 산적들은 칼을 들고 그를 협박해도 영재는 두려워 않고 오히려 평화로운 모습으로 대했다. 이상히 여긴 두목이 그 신분을 물었다. 향가 잘 짓는다는 영재임을 알고는 노래 짓기를 명했다. 한수의 시詩로 산적들을 넘어뜨린 문학의 괴력. 그들은 무릎 꿇고 제자가 되었다. 무더위 속 폭포처럼 시원한 얘기 아닌가. 시에는 촌철살인의 맛이 있다. 뛰어난 시는 아름답고 은은한 향기가 난다. 향가를 수집하여 남긴 일연을 먼 후대 현미한 문인은 그리워한다. 외딴 시골 가을 밤하늘 높이 뜬 달을 바라보듯 우러러 추모하는 행복을 누린다.

제 마음 모습 볼 수 없는 것인데
해 저물고 달이 뜸을 아는 것
지금은 숲속을 가고 있습니다

다만 잘 못은 도둑님들
붙잡는 다 놀라겠습니까
흉기를 버리고자
즐길 법문을 듣고 있는데
아아, 작은 선업善業은
아직 턱도 없습니다.

               - 김완진 해독, 국립방송통신대 「고전시가론」에서 옮김

제망매가祭亡妹歌
- 월명月明

    호국사찰인 사천왕사에서 수도하던 월명사가 죽은 여동생의 제삿날 올린 제문이 가슴에 파고들며 남매간 사랑을 퍼 올린다. 이승의 유한성을 넘어 내세(극락)에서 다시 만나 함께 살 것을 기약하는 짧은 제문이 슬픈 서정을 일으킨다. 윤회에 바탕 하여 월명스님은 스스로 아픈 가슴

21

다스려 재운다.

생사 길은
예 있으매 머뭇거리고,
나는 간다는 말도
몬다 이르고 어찌 갑니까.
어느 가을 이른 바람에
이에 저에 떨어질 잎처럼,
한 가지에 나고
가는 곳 모르온 저.
아아, 미타찰彌陀刹(극락)에서 만날 나
도 닦아 기다리겠노라.

- 김완진 해독, 국립방송통신대 「고전시가론」에서 옮김

화합의 대왕

- 왕 건

후삼국 통일 왕건은 먼저 무력을 튼튼히 했다. 요즘 얘기로 먼저 안보를 챙겼다. 후 삼국 난립 속에 남쪽 상주부근에서 후백제 견훤을 치고 북쪽의 거란을 몰아붙이며 국토를 넓혔다.

우리역사상 화평과 포용력이 가장 큰 인물로 추앙된다. 그의 너른 가슴은 더 위력적이다. 사사건건 구시렁거리며 따지는 궁예 식 쪼다가 아니다. 부하들이 주변의 녹록찮은 호족들을 무력으로 제압하려는 것을 말리고 가슴을 열어 품안으로 들어오게 했다. 호족들을 끌어안기 위해 26명의 호족 딸을 아내로 맞았다. 두 명도 버거울 텐데 이십육 명을 품어야 하는 가시 면류관의 고통을 참으며 받아들인 것이다.

적으로 맞서던 견훤도 신라 끝 임금 경순왕도 왕건을 믿고 의지하려

달려왔다. 왕건은 평화롭고 따뜻하게 맞아 손을 잡은 뒤 여생을 편히 지내도록 자리를 깔아줬다. 경순왕을 따라온 신하들을 선별하여 관리로 등용 했다. 북방 다른 민족들에겐 한 치의 물러섬이 없었다. 청천강 부근에 머물던 국력을 압록 두만 부근까지 밀어 올렸다.

요즈음 젊은이들에게 국가관이 희미하다는 탄식은 우려의 옷깃을 여미게 한다. 역사와 국방 통일 안보에 젊은이들이 눈을 번쩍 떠야할 파도 속에 휩싸여 있다.

왕건을 지금시대에 대입하면 첫째로 핵무기 보유다. 대결상태인 북한은 자타가 공인한 핵보유국이요 미사일강국이다. 한 미동맹을 더 굳게 다지고 있지만 미국대통령의 성향에 따라 뒤바뀔 수 있다. 우크라이나가 보유한 핵무기를 러시아로 옮길 때 〈미국 러시아 영국〉 등 강대국들은 "우크라이나 국경 보전"을 다짐하는 약정을 했다. 그 협약은 지금 휴지조각이 되어 포탄의 연기로 피어오를 뿐이다..

아직까지는 한미 동맹으로 버티고 있다. 그러나 역사는 어떤 사유로 뒤엎어질지 미래를 모른다. 부다페스트에서 사이좋게 러시아 제안을 따랐던 미국 영국 우크라이나. 30여년이 지난 2021년 2월 러시아는 우크라이나를 침략하여 국토를 일부 점령하고 수많은 국민까지 죽였다. 산업시설과 가옥이 파손되는 참화를 겪고 있다.

아무리 목소리를 크게 내고 훈련을 강하게 해도 그것은 현실일 뿐 미래는 알 수 없다. 우리는 핵무기를 포함하여 북한과 대등하거나 우위를 점하는 첨단무기를 갖춰야 평화로울 수 있다. 국방력 세계 6위는 핵무기가 빠진 허상일 뿐이다. 우쭐할 일이 아니다. 미국은 북한비핵화에 실패한 마당에 한국을 핵무장함이 남북 군사적 균형으로 훈련의 시끄러움 없이 평화유지에 최선 아니겠는가.

역사적으로 우리는 일본과 중국에 수 없이 침탈당했다. 지금 일본이 독도 영유권을 주장하고 중국은 동북공정으로 북한을 노린다. 고구려와 발해가 중국 지방 정부라고 미국에까지 가르친다고 한다.

남북화평은 필연이다. 일제 쇠사슬이 풀리면서 국토가 남북으로 갈렸다. 일제강점이 분단의 원죄이고 분단은 동족상잔의 씨를 심었다. 아직도 한국전쟁의 상처가 곳곳에 눈을 뜨고 있다. 소련과 북한 공산당이 일으킨 죄의 줄로 남북이 팽팽하다. 가족을 잃은 사람 재산을 강탈당한 백성 전쟁고아로 고통 속에 살아온 분들에겐 깊은 원한이 남아 있다.

그러나 평상시 대립각을 세울 때도 뼈 속 깊이 사무친 원한을 뛰어 넘어 화해와 통합으로 나아가야 한다는 아우성이 들리는 벌판에 서 있다. 2강으로 솟아오른 중국 3위의 국력 일본. 주변을 보면 우리끼리 갈등과 통한을 넘어서야 하는 다급함이 있다.

한 보수 논객도 지금 시대정신은 '대립에서 화해로 분열에서 통합'이라며 남남갈등 해소와 남북 화친을 강조한다. 체제경쟁은 끝났다. 남북화해는 당리당략이 아닌 우월한 한국이 품고가야 할 큰 길이다.

공산주의 종주국 러시아 중국도 경제체제는 자본주의에 깊숙이 빠져

들었다. 미국과 중국의 군사 경제 대립을 어떻게 헤쳐 나가느냐에 지도자의 역량이 발휘되어야 한다. 한미 동맹은 튼튼히 묶되 동맹 아닌 나라와도 화친을 도모해야 한다. 맹종이 아닌 자주성의 철학이 확고해야 한다.

지금 순수 자본주의도 없다. 마르크스의 어금니가 빠지고 아담스미스의 손가락이 잘렸다. 국가가 재정을 통해 사회보장을 강화하는 사회주의를 지향하고 있다. 다만 최고 권력자를 자유롭게 선택하고 있다. 중국의 사회주의는 왜 독재체제야 하는가. 『독재체제는 인간이 인간답게 사는데 결함이 있는 제도임을 드러내고 있다』 따라서 독재는 해소해야할 인류적과제다. 북한은 중국보다 심한 독재국가다. 3대가 세습한 바람직스럽지 못한 독재체제와 마주 서 있다.

인류사에 전쟁은 끊임없다. 평화로움 속에도 꿈틀꿈틀 전쟁의 싹이 자란다. 천재 철학자 칸트가 "영원한 평화를 위하여" 나라 위의 국제기구를 제안하여 국제연맹 → 국제연합으로 이어진 전쟁억지 노력 후 6.25 전쟁이 터졌다. 베트남전쟁도 있었다. 중동의 민족 종교간 갈등 아프카니스탄의 내전에 소련이 간섭한 뒤이어 미국이 군대를 파견했다. 이라크는 미국이 침공했고 우크라이나는 러시아가 침공하여 전쟁 중이다.

2차 세계대전 뒤 이슬람권국가 가운데에 이스라엘이 2천년 만에 고토를 찾아 나라를 세운 뒤 주변국과 갈등은 이어져 평화를 품기가 어렵다. 총체적 힘의 균형만이 평화를 지킬 수 있다.

한반도는 남북 간 화평과 갈등 긴장이 반복된다. 북한은 핵무기를 갖추고 장단거리미사일 첨단무기를 갖췄다. 국민들 생활은 질곡이다. 북한은 평등을 내세우지만 '당원'이라는 계급이 있다.

한국은 개발도상국 중 세계유일의 선진국대열에 올라선 자유민주주의 국가다. 그 찬란함이 단군이 나라 세운 뒤 최고다. 권력이 국민의 선택에 의하여 바뀌는 아름다운제도다. 국민은 누구나 행복을 추구할 권리와 자유가 있어 실질적인 평등이 보장된다. '신분'의 차이가 아닌 '능력'의 차이가 있을 뿐이다.

아테네의 자유분방함이 스파르타의 강력한 정신교육과 힘 앞에 무너진 고대사는 지금도 반면교사로 삼아야 하지 않겠는가. 우리가 상대해야하는 북한은 유일체제 속에 삶의 질과 자유는 떨어져도 핵보유를 비롯한 비대칭첨단무기를 보유하고 일사불란한 독재국가다.

통치자는 국민포용력으로 국민통합이다. 품어야 한다. 품어 안아야 한다. 야당의 거친 저항도 대화로 풀고 시민단체의 모난 목소리도 정으로 쪼고 다듬어 하나로 품어야 한다.

균형외교력으로 강대국 간 갈등에 휘말리지 말아야한다. 강대국들 간 대결에서 동맹은 굳건히 하되 동맹 아닌 나라를 적대시 하는 사주 받은 똘마니가 아닌 의연한 자주성 있는 보스여야 한다. 첨예하게 대립하는 남태평양문제에 우리가 군이 목청 높여 당사국을 자극할 필요가 있는가. 국민소득 올라갔다고 군사력이 강한 나라 앞에 우쭐대며 나서지 않는 매너와 상호 존중해야 한다. 우리가 한미일 동맹하니 북한이 러시아와 밀착하지 않나?

남은 숙제는 민주평화통일과 행복한 나라를 만들어 가는 것이 시대 소명이다. 앙앙거리는 북쪽을 적대시 말고 긴 경쟁의 상대로 여겨 우월로 녹여 통합해야 한다.

민족소멸을 향해 달리는 열차인 '출생률저하를 해소'하기 위해 복지부와 여성가족부를 합하여 '사람을 챙기는 부총리'를 신설하면 어떻겠는가. "잉태에서 무덤까지" 웃음소리 나는 새 길을 모색키 위해 「세법과 재정지출」을 전반적으로 검토해야 한다.

다시 왕건은 말한다.

(1) 궁극적으로 국토 내에 '핵을 보유'하여 남북 간 안보 저울이 균형을 이룰 때까지는 한반도 물결은 거칠게 출렁일 가능성이 높다는 점을 유념하라고.

(2) 기술유출의 벌을 비중에 따라 '무기징역'까지 엄하게 처벌해야한다고.(과학기술역량이 경제력이고 국방 산업 문화 복지의 뿌리임을 확실하게 인식해야한다.)

순혈 애국주의

- 김 구

  백성을 얕잡아 함부로 괴롭히는 침략자 일본군 한 명을 치우고 중국 임시정부로 달려간 백범 김구. 임시정부 초대 내무장관인 도산 안창호를 만나 정부청사 문지기 되기를 희망했다. 대통령은 우남 이승만. 도산은 백범을 경무국장 직책을 맡겨 임시정부청사 경비를 총체적으로 관장하고 치안을 맡게 했다. 대한민국 최초 경찰 책임자가 된 셈이다. 백범은 분에 넘친다고 몇 번 사양타가 받아들여 직무를 수행했다.

  국내외 애국동포들이 보낸 독립지원금으로 운영되던 상해 임시정부에 변고가 생겼다. 국내에서 보내는 자금출처를 캐내 구타와 협박으로 뿌리째 잘라버렸다. 혹독한 일본제국주의 말살정책으로 재정난에 부딪힌 것. 독립운동에는 돈이 피처럼 수혈되어야 한다. 그런데 벽에 부딪히자 우남과 도산은 직책을 내려놓고 미국으로 떠났다. 국권회복을 꿈꾸던 애국지사들은 흩어지는 아픔과 위기를 맞았다.

여러 고난 여러 과정을 겪은 끝에 백범이 임시정부를 책임지는 주석에 추대되었다. 재정이 파탄난 속에 백범은 위대성을 드러내며 위기 탈출에 탁월함을 보였다. "조국을 찾는데 한 몸 바치겠다."는 굳센 의지 하나로 충청도 예산에서 백범을 찾아온 청년 윤봉길 의사. 백범은 보석 같은 그를 잘 품어 안아 임무를 주고 세밀하게 꾀하며 어깨를 다독였다.

일본 제국주의자들이 중국 땅에 '만주국'을 세우고 축하연을 하는 〈상해 홍구공원〉 무대에 윤봉길 의사가 혜성처럼 나타나 성능 좋은 폭탄을 던져 축하연을 풍비박산시켜 버렸다.

공장 기술자 출신 열사 이봉창을 거듭 훈련케 하여 도쿄에 잠입시켜 일본 천황을 죽이려 행차에 폭탄을 던졌다. 이 두 사건을 본 중국 장개석 정부는 우리 임시정부 활동에 눈을 번쩍 떴다. 남경에서 30만 명이 학살당하고도 윤봉길, 이봉창 같은 용감한 사람 한 명 없는 중국.

장개석은 백범을 초치해 면담하고 임시정부 활동을 적극 지원하기로 약속했다. 이후 1945년 8월 15일 일본 패망 항복 때까지 장개석 정부는 백범이 이끄는 우리 임시정부를 도와줬다. 전후 독립국가 인정에 앞장섰다.

중국군이 일본군에게 밀리는 과정에 따라 임시정부 청사도 곳곳에 옮겨 다녔다. 윤봉길 의거 후 쫓기는 몸이 된 백범과 그를 따르는 임시정부.

상해를 빠져나와 한구, 장사, 광주, 유주 등을 거쳐 깊은 내륙 중경에 정착하기까지 아슬아슬하게 쫓기는 피눈물의 여정이었다.

무려 4,500킬로미터 쫓김의 연속이었다. 이 과정까지 수없는 시련의 이어짐이었다. 중국에서 독립을 위한 우리 민족의 단체는 여러 갈래로 많았다. 백범은 이를 통합하기 위해 연석회의를 열었다. 그러나 단체들의 이해관계는 쉽게 풀리지 않는 법. 과격한 동포가 백범 주석에게 권총을 쏘았다. 사경을 헤매다 회복한 백범에게 어머니는 조용히 타일렀다. "일본과 싸우다 죽는 건 떳떳하지만 동포에게 총격당한 건 수치스럽다."

그 후 의혈단장 김원봉이 임시정부 독립군에 합류하는 등 어느 정도 통합은 이루어졌다. 백범일지를 읽으며 "백범의 끈끈하고 동지사랑 용기 있는 기획이 탁월하다."는 감탄이 나왔다. 최종 정착지 중경에 이른 뒤였다.

시안西安에서 독립군을 훈련하며 일본군 공격을 계획했다. 미국정보국과도 협력이 이루어졌다. 일본군을 탈출하여 그 먼 곳까지 찾아와 힘을 보탠 장준하, 김준엽 같은 젊은 영웅들도 모였다.

국내 일본군 공격의 날을 잡고 있을 때 미국의 원자탄 투하로 일본이 항복했다. 나라를 되찾겠다고 3·1 독립선언에 참여했던 분들이 변절하여 일본의 관직을 받기도 하고 해외로 나와 독립운동을 한 이승만도 도산도 손을 떼고 떠난 대한민국의 적통 임시정부. 오직 백범이 중심을 잡아 끝까지 이끌어 광복에 이르기까지 위대한 지도력을 드러냈다.

일본의 항복으로 광복이 되었다. 그러나 다른 나라 전승으로 이루어진 광복 된 나라엔 38선을 그어 남북을 자른 미국 소련이 정국의 주도권을 쥐고 있었다. 남쪽의 미국은 이승만을 세우고 북한의 소련은 김일성을 내세웠다.

이승만도 안창호도 재정난으로 떠나버린 뒤 임시정부를 이끈 주석 백범. 국내는 물론 하와이 쿠바, 멕시코 연해주 등에서 거친 일하며 보내준 독립자금 내용을 꼼꼼히 적었다. 윤봉길, 이봉창 의사를 세워 독립 투쟁을 한 백범은 소외되었다.

통일 조국을 외쳐 댄 백범은 "통합되지 않으면 38선을 베개 삼아 눕겠다."며 단호했다. 김규식 박사와 함께 북쪽으로 가 김일성과 담판을 벌였으나 소련의 앞잡이 김일성과의 만남은 성과가 없었다.

남쪽은 3년간 미군정을 거쳐 1948년 선거로 국회의원을 선출하고 국회에서 이승만을 대통령으로 뽑았다. 북쪽은 김일성이 권좌에 앉았다. 세계를 재편한 거대한 미·소 두 국제 패권세력의 영향권에서 순수 제3지대는 허용되지 않았다.

정국의 혼란과정에 백범이 머물던 경교장에 국군 장교 안두희가 난입하여 쏜 흉탄에 맞아 우리는 순수한 애국애족 지도자를 잃고 말았다.

형님 아우하며 지낸 이승만 정권 아래서 국군 장교가 벌인 사건의 씻을 수 없는 치욕. 치안을 책임진 대통령 이승만은 백성들 지지를 받는 아우의 순수를 도전으로 보았을까. 대통령의 측근들도 대통령의 의중을 짚었을 것이다.

백범 어머니의 우려대로 동포 안두희가 쏜 흉탄의 배경은 지금껏 미궁이다. 백범뿐만 아니라 송진우 여운형 장덕수 등 독립운동가 들이 암살당했다. 이는 통치자인 이승만의 치욕이다.

백범은 독립된 우리나라가 문화를 넓히고 사랑과 평화로움을 펼쳐야 한다고 술회했다. 이처럼 순수를 떠나보낸 슬픔의 서울 거리의 인산인해. 백성들은 참으로 애통해했다. 백범은 오직 조국과 백성을 사랑하는 「순혈 애국주의」로 우리들 가슴에 숨 쉬고 있다.

※ 2019. 9. 22 KBS라디오에서 본문 낭독함

– 『백범일지』 참고함

국제연합(UN) 설계자

- 칸 트

　봄비 내리는 아침이다. 촉촉이 젖은 부드러운 흙길을 밟으며 앞산을
향했다. 늘 오르내리고 옆으로 돌기도 하는 낮은 할미산. 일천만이 사는
도시에 백 미터 가까운 거리 아늑하게 품어준 산은 내심 자랑이다. 봄
산책길은 진달래, 개나리, 벚꽃이 흐드러진 꽃길이다. 빛깔 좋은 산까치
청설모 다람쥐도 가끔 만난다.

　걸음이 본인데 일반 걷기와 구분하여 굳이 '산책散策'이라 하면 좀 고
상한 느낌으로 다가선다. 천천히 걸으며 주변 구경을 하고 여러 생각도
하는 한가함을 담고 있음이 사전적 의미다. 걷다가 쉬고프면 쉬고 곁눈
질하는 것도 흠이 아니다. 그래서 산책은 홀로가 제격이다. 생각하며 걷
고 쉬면서 사색한다.

산책하면 철학자 칸트가 떠오른다. 그가 애견과 앞서거니 뒤지거니 걸어가면 이웃 사람들이 지니고 있는 시계가 맞는지를 확인했다는 일화가 전한다. 일어나 차 한 잔, 독서와 사색, 식사, 집필, 강의, 산책. 엄격한 규칙적인 생활만으로도 유명한 철학자 칸트. 그 사상은 가지를 치고 뿌리를 뻗으며 피히테, 헤겔 등으로 이어져 오늘 내 사유와 삶의 한 귀퉁이에서 숨 쉬고 있다.

"아침에는 훌륭한 결심을 하고 저녁때는 어리석은 짓을 한다." "하늘에는 반짝이는 별 가슴에는 영혼이 일렁이는 도덕률." 보수주의 같은 이미지인데 날카롭고 심오한 언어로 가슴이 뜨끔뜨끔하다.

1724년 독일 쾨니히스베르크 지방에서 태어난 칸트는 죽을 때까지 출생한 도시를 떠나지 않은 괴팍스러움이 있다. 철이 들고 육십여 년 간 한 곳에 묻혀 책 읽기와 글쓰기, 관찰, 연구, 사색, 강의를 하는 생활을 하면서 철학의 큰 봉우리를 이룬 칸트, 철학 하면 칸트요 칸트하면 철학이다. 그는 철학의 상징처럼 각인 되었다. 칸트는 '날아오른 용龍'으로 위용을 자랑한다. 우리가 "자식을 낳으면 서울로" 생각과 다르다. 지방개천에서도 용은 날아올랐다.

중세 천년 암흑기를 지나 새로운 사상이 싹트기 시작했다. '이성'은 합리적 사고를 바탕에 둔 민주주의 아버지로 부르는 존·로크의 인본주의에서 시작된다.

인본주의는 프랑스로 건너가 르네상스와 계몽주의 씨앗이 되었고 볼

테르 등에 의해 프랑스에서 요원의 불길처럼 활활 타올랐다. 프랑스 나폴레옹 군대가 독일을 점령했을 때 프랑스 군 외투 속에 '자유 평등 박애'를 품은 이성理性의 태풍을 몰고 갔다.

도이치에 몰아친 프랑스 태풍은 「이성理性 신神」이다. 중세 천 년의 전제군주와 교황 지배로 중독된 암흑사회 적폐를 부셔버린 이성 중심의 인간 회복. 그것은 하느님(하나님) 절대주의를 파괴하며 신神으로부터 해방운동으로 인간존엄성을 세우며 그 중심에 계몽주의 철학자들이 태풍의 눈이었다. 종교도 지나치고 부패하면 비판받는다.

지방에서 태풍과 파도의 격랑을 유심히 바라본 칸트 교수. 이 시골뜨기 개천의 용은 비늘을 세우며 격노했다. 그가 쓴 「순수이성비판」과 「실천 이성 비판」은 내겐 난해하면서도 갈증을 지우는 샘물이기도 했다.

서양 철학사 속에 실린 축약된 책을 읽고 또 읽었다. 낭만파로 분류되는 선생님의 주장을 따라가다 보면 미로에 빠져 헤매곤 한다. 난해하다. 이성을 내세운 합리적인 사고, 「신권천수설」을 부정하며 "인간이 지도자를 뽑고 인권을 신장시키는 것은 옳다. 그렇지만 옛 전통도 모두 부셔버리면 안 된다. 함께 보듬고 가야한다. 따라서 신을 부정해선 안 된다." 『순수이성비판』은 '이성을 신'이라고 한 주장에 대한 반론으로 순수성이 결여된 이성이라는 평가로 이해된다.

"아침 해처럼 뜨는 이성이 중요하지만 그것은 순수해야 한다. 전통도 인류를 비춰 준 빛이다. 전통 신앙인 기독교를 해체하는 것은 이성의 남용이요 인류의 앞날을 위해 수용할 수 없다." 단호한 『이성과 신의 공존』 선언이다. 우리가 살고 있는 오늘의 세상길을 닦은 것이다.

조용하고 멋진 용 칸트는 '영구평화주의' 주창자이기도 하다. 유럽의 나라들은 국경이 수없이 뒤바뀌는 전쟁에 수다한 생명을 잃었다. 칸트는 고민했다. 나라와 나라 사이엔 강화조약도 휴지로 전락한다. 어떻게 해야 전쟁을 없애고 영구평화를 이룰 수 있을 것인가.

『나라들 간 평화를 위해 나라 위 기구를 만들어야 한다』고 주장했다. 그는 국제연합 유엔의 설계자다. 그 격조 높은 주장은 1차 세계대전 후에 '국제연맹'으로 탄생했다. 그것으로는 허점과 미흡이 있어 2차 세계대전이 터졌다. 인간의 잔인성으로 살생과 재산의 불태움의 재앙 뒤 더 통제력이 강한 '국제연합(UN)'으로 이어졌다.

한 사람의 깊은 사고력은 세계를 변화시킨다. 인류의 생각을 바꾸고 평화를 지향한 칸트. 사색의 중요함과 오묘를 새삼 되짚게 된다.

천천히 걸어 내려오며 떠오르는 생각들. 서양사의 수많은 회오리 속에 과거 생각들을 바꿔버린 다윈의 「진화론」은 기독교적 찌든 관념을 깼다. 풍파를 일으킨 코페르니쿠스의 「지동설」도 바다를 뒤엎어 썩은 적조 현상을 없앴다.

하느(나)님 창조설에 바탕 한 기독 신앙의 기반을 뒤흔든 것으로 오랫동안 수용되지 않았다. 당시 신을 모독한 범죄로 몰려 죽임당하거나 자택연금 책 판매 금지처분을 당했다. 지금 과학자가 아니라도 인류는 보편적으로 진화론 지동설을 배우고 따른다.

선생님의 제자 헤겔을 거쳐 마르크스는 종교를 금기시하는 공산사회주의를 탄생시켰다. 자유민주주의와 독재사회주의는 새로운 대결로 치닫는다. 고대로 거슬러 올라가면 아테네 민주공화정 아래서 스승 소크라테스의 억울한 죽음을 본 플라톤이 "철학자가 왕이 되어아 한다"고 외쳤다. 공직자 재산은 공유로 하고 자녀를 낳으면 보모가 기르도록 한 설계가 마르크스 공산주의 씨였다.

선택의 자유주의 영구평화를 갈구한 칸트. 회색의 연미복 차림에 작은 등나무 지팡이를 들고 보리수 우거진 길을 걸었다. 중세천년 기독교 암흑기를 깼다고 평가 받는 계몽주의와 무신론의 홍수 속에서 빠져나와 비판적 이성론을 펼치며 종교를 보호한 선생님은 또한 과학을 보호해 지켜 낸 고마운 스승이다.

평생을 살고 있는 곳으로 부터 100마일 밖으로 나가지 않은 것으로 알려진 스승님. 지방의 작은 도시에 살면서도 세계적 명성을 얻고 추앙 받는 스승님. 세계 으뜸 대학에서만이 이룰 수 있다는 생각이 활개 치는 오늘의 한국현상에 많은 시사점을 던져준다.

종교와 철학(이성)의 공존 속에는 신앙에 매몰된 분들에 대한 경계도 있다. 「오로지가 아닌 예외의 여백」을 생각하며 설파하고 생활하라. "상상은 기존의 어떤 법칙보다 위대할 수 있다"고 한 아인슈타인의 언급을 보태며 약수터 옆에서 운동을 한다.

몇 가지 운동을 마치고 의자에 앉아 비오는 사월의 산야를 무심히 바라본다. 파릇파릇한 잎은 사람으로 치면 이팔청춘이다. 찐한 분홍 엷은 분홍 진달래꽃은 한 빛깔이 아니다. 저 순백의 목련. 저리 깨끗한 살결을 하늘은 또 비를 내려 닦으며 씻어댄다.

박새 몇 마리 다가왔다 날아간다. 꿜꿜, 목청껏 존재를 과시하는 장끼. 사르르르 바람이 분다. 아직 여린 나뭇잎 가슴을 흔들어 들뜨게 하는 바람, 순한 꽃잎을 건드리는 저 끼.「사랑은 외로움 속의 기다림에 다가서는 바람이다.」 연정은 무심히 살아온 순정 흔드는 저 끼다.

봄 빗줄기는 가늘다. 그러나 연약함으로도 겨울 잠자던 식물들을 흔들어 깨운다. 일어나 웃게 하고 힘내어 살게 한다. 딴딴한 강직 일변도의 대지에 부드러움을 살린다. 봄비는 부드러움 질퍽거린 단비요 생명수다.

광활한 우주/ 저 푸른 하늘에 반짝이는 아름다운 별 떼/
좇아가도 파고들어도 알 수 없는 신비/ 생명 품어 기르는 지구/
거기 한 줄기 바람과 어울리는 주인/ 귀하디귀한 '사람' 없으면 모두 허망이다.

- 저자 시 「사람」 전문

죽음을 말하지 말라

- 이 순 신

오동나무는 벨 수 없다

2020년 봄 날 이순신이 수군으로 첫 부임(1580년 임진왜란 13년 전)한 곳전남 고흥군 도화면 충무사길 101-13을 방문했다. 4월 28일이면 이순신이 근무하던 병영 건물에서 추모제를 올린다고 한다. 포구가 스님 밥그릇처럼 생겨 발포鉢浦라 이름 지었다.

포구 옆 밥그릇 산에는 4월 하순 싱그러운 신록이 푸르다. 신록 위에는 수놓은 듯 백로 떼가 하얗다. 새들은 왼 종일 먹이 구하기가 일이다. 그런데 무논에 있어야할 백로들이 경계서는 병사처럼 교대해 가며 한낮인데도 푸른 숲에 서서 충무공 혼이 숨 쉬는 발포를 지키고 있다. 혹한의 겨울이면 꾀 벗은 나무 위에서 경비병들은 교대로 서 있다한다.

발포 항 역사기념관은 너무 옹색스런 조그마한 단층 기와집이다. 두어 겹 접어진 안내 기록에 의하면 이순신은 수군으로 첫 임지에서부터 시련의 시험대에 올랐다. 발포에서 수군 훈련을 하며 강한군대 만들기에 정려 했다. 그런데 정의로움을 지키다 상관의 비위를 거슬러 18개월만에 파직의 쓴 잔을 마셨다.

필자는 처음으로 안 사실과 만나 공직에서 겪은 여러 일들이 겹치며 잠시 어지러웠다. 군에서 파직은 경천동지의 절망 아닌가. 발포에는 잘 자란 오동나무들이 있었다. 수군 신참 종 4품 만호가 한참 높이 쳐다봐야 뵈는 자리인 좌수영 사령관 성박의 뜻을 거슬러 찍힌 것이다.

성박은 거문고를 제작하기 위해 발포 오동나무를 베어오라 명했다. 하지만 현지 만호 이순신은 "오동나무는 나라 재산으로 사사로이 사용할 수 없다. 오동나무는 장차 전선의 닻을 만드는데 써야한다"며 베지 못하게 했다.

초등학교 4학년 때던가 담임 선생님께서 나라를 구한 이순신 얘기를 하면서 어록 한 구절을 인용했다. "권력에 아첨 말고 눌리지 말라". 이순신의 나라와 백성만 바라보는 공직자로서 쉽지 않은 기질과 신념의 표출 현장 발포에서 70년 쯤 묻혀 누워있던 어록이 불쑥 얼굴을 내민다.

사사로움의 지시를 정도로 받아치며 죽음까지도 미소로 응대하는 의연함이 우리들의 님 이순신이다. 오동나무를 벨 수 없다고 한 것은 높은

차원의 공정성 훼손에 대한 애국적 판단에서 거부한 것이다. 이를 하극
상으로 몰아 파직으로 단죄 했다.

호남 아니었으면

2012 여수 국제해양박람회는 기네스북에 오른 세계 최대 오르간을
비롯한 거대 수족관 등 실물의 볼거리가 대단하다. 박람회는 한마디로
빛의 잔치다. 입구 전면의 천정을 누비는 대형 디지털 갤러리가 상징하
듯 첨단장비와 아이티 기술을 이용한 영상물들은 극락과 천당의 세계
로 빠져들게 한다.

빅 오(Big O)쇼는 타워 위 둥근 화면을 중심으로 이십여 분간의 영
상과 실물이 혼합된 연출이다. 주변을 환상적인 빛깔의 물기둥 떼가 반
복해 솟아오르고 물안개 속에 천둥번개는 천지를 흔든다. 사방을 향해
불을 뿜어 얼굴에 화기가 후끈 느껴지자 물을 쏟아 불을 끈다. 물고기
들과 거북 사람이 평화롭게 어우러지는 바다 속 장면은 심청을 황후로
맞아들인 용궁을 상상케 한다. 바다 속에서 자연과 사람이 어우러져 일
체가 된다.

박람회장 가는 길에 개통 된지 얼마 안 된 이순신대교를 건넜다. 광양
에서 여수를 잇는 사장교. 아름답고 웅장한 다리는 이 지방 랜드 마크이
자 역사적 구조물로 남을 우리 토목기술의 백미다. 이어진 다리는 거북

선교다. 들쑥날쑥한 남해안 긴 해안선 주변엔 가는 곳마다 충무공 이순신을 기리는 유적이 많다. 이순신은 임진왜란 때 큰 공을 세우고도 파직은 물론 죄인의 신분이 되어 고초를 겪었다. 이것이 우리가 살아온 역사요 권력을 둘러싼 정쟁의 한 단면 인 것이다.

지난 사월 초 해남과 진도 사이의 좁은 해협 울돌목에 갔다. 이순신과 우리 수군의 전적지를 돌아보고 해남과 진도 섬을 잇는 삼백여 미터 아치형 다리를 걸어서 건넜다. 금빛 비늘을 반짝이며 꿈틀거리는 울돌목 물살을 내려 보며 잠시 사백여 년 전을 거슬러 감상에 젖은 일이 있다.

충무공 이순신. 정유년에 다시 왜군이 쳐들어와 국가가 위급해지자 재기용이 결정되어 첫 번째 싸운 곳이 울돌목 전투다. 백의종군하다 삼도수군통제사로 임용되자 바로 장흥회령포로 달려갔다. 13척의 배를 수습하여 왜군이 서울진출을 위해 서해로 향한 통로인 울돌목에 진을 친 것이다. 133 척의 왜군전함과 일전을 앞두고 내린 군령을 보면 그 비장함이 하늘을 찌른다. "병법에 이르기를 죽기로 각오하면 살고 살려고 하면 죽는다. 또 한사람이 길을 막으면 천 사람을 두렵게 한다하였으니 이는 곧 오늘의 우리를 두고 말함 아니냐. 너희 여러 장병들이 이 명량에서 조금이라도 군령을 어긴다면 즉시 군율에 의해 엄벌하겠다. 비록 작은 일 일망정 추호도 용서치 않으리라."

13척과 133척은 숫자로 보아 십대 일이다. 이 싸움은 보나마나한 전투로 보인다. 절대적 열세 임에도 이순신의 결의엔 굽힘이 없다. 두려움이 없다. 밀물과 썰물의 빠름에 정통한 이순신은 양안에 걸쳐 튼실한 쇠줄을 매어놓았다. 썰물시 총 공격을 퍼부어 줄에 걸려 허둥대는 왜군을 대파 했다. 대부분의 왜선이 전파 또는 반파되고 왜병을 고기밥이 되게 한 명량 대승리는 1598년 9월 16일 새벽의 일이다. 양군의 세력을 비교하여 세계 해전사상 유례가 없는 기적의 해전으로 전하고 있다. 충무공은 지역백성이 군과 혼연일체가 되어 싸운 것을 감사하여 "호남이 아니었으면 어찌 나라 보존이 가능 했겠는가(若無湖南 是無國家)"고 술회했다.

최후의 일각까지

박람회 구경 다음 날 순천에 사는 친구부부와 넷이서 남해로 향했다. 서포 김만중이 귀양 중 어머니를 그리워하며 구운몽을 쓴 곳으로 기억하고 있다. 여행가들이 남해의 여러 명소를 소개한 것이 생각나지만 다 뒤로 미루고 이순신의 노량대첩과 최후를 맞이한 관음포만 들렀다.

이락사李落祠 대성운해大星隕海 등의 현판이 충무공을 기린다. 이순신 영상관에서는 노량대첩의 해전을 입체영상으로 상영하고 있었다. 왜군 흉탄을 맞아 운명하면서 "내 죽음을 알리지 말라"는 당부가 가슴을 헤집으며 파고든다.

1598년 11월 19일이니 명량대첩 후 두 달 삼일 째다. 참모들이 충무공을 향해 뒤에서 지휘만 하고 전투참여는 말렸지만 전장에 뛰어든 영상물을 보며 총 지휘관이 왜 그랬을까? 곰곰 생각 했다. 죽어야 할 때임을 절감했을까. 전시임에도 무관은 문관에 의해 좌지우지 될 때다.

충무공은 왜군을 크게 물리치고도 범죄자로 몰리지 않았던가. 충무공 옆에서 전령을 전하고 군을 지휘하던 참모장 송희립장군도 왜군이 퇴각하고 칠년 전쟁이 끝나자 농촌에 몸을 숨겼다. 당연히 받아야할 상훈도 미련 없이 툭툭 털어버린 것이다. 거룩한 죽음과 흔적을 감춰버린 두 장군. 그 배경엔 종전 뒤 예견되는 분별없는 당파싸움의 흙탕물을 비끼려는 맑은 지성이 깃들었을 성 싶다.

서울 한 복판 광화문 앞엔 세종대왕과 이순신장군 동상이 있다. 북한산 아래 조선왕궁에서 오천년 역사 속에 성군과 멀리 남쪽 끝 바다 격랑을 이겨내고 왜군을 물리친 성웅 두 분의 숨결이 흐르는 세종로를 바라본다.

훈민정음을 창제하고 과학기술을 일으켜 백성의 삶을 편하고 풍요롭게 한 임금. 울돌목의 비장한 결의와 최후 승전지에서 죽음을 알리지 말라며 안보의 수호신이 된 장군. 세종과 이순신 두 분의 빛이 있어 역사의 그늘을 지우고 찬란하다.

땀 흘리는 비碑

- 사명대사

우리는 일상에 쫓기며 과거를 잊기 쉽고 미래설계 없이 살기 일쑤다. 그러다가 이따금씩 성찰과 회한과 참회를 한다. 나라와 백성을 사랑하며 생명을 걸고 활동한 인물을 역사 속에서 만나면 눈시울이 뜨겁다.

늦여름 더위를 뚫고 찾아간 사명대사를 기린 밀양 표충비각 앞에 서서 여러 생각을 궁굴렸다. 우리가 삼천리강산을 한국 땅이라 이름하며 한국인으로 떳떳하게 살고 있는 오늘은 과거 수많은 조상들의 희생이 뒷받침하고 있다. 조상님들은 기나긴 세월 부침을 거듭하며 이 나라를 세우고 지키고 발전시킴에 열정이 있었고 창의와 담대함이 있었다.

역사 속의 빛나는 인물들은 결단의 과정이 범상치 않거나 성장하는 과정에 남다른 각고의 단련이 엿보이기도 한다. 밀양시 무안면 고라리.

조선조 정통 성리학 집안에서 태어난 사명대사의 속명은 임응규任應 奎다. 힘차게 뻗은 산줄기 아래 햇살이 꽉 채운 고즈넉한 마을. 일찍이 아버지를 여의고 할아버지 밑에서 자라며 한학공부를 했다. 13세 때 맹자를 읽다가 때 묻은 글이 싫다며 홀연 김천 직지사를 향해 떠났다.

밀양에서 직지사까지는 그 당시엔 머나먼 길이다. 숭유배불사상이 지배하던 조선사회. 어린 나이에 순탄을 팽개치고 고난의 길인 출가에서 사명대사의 앞날을 결정짓는 비범성이 번득인다. 직지사 신묵화상으로부터 선禪을 받으며 5년 간 절차탁마하여 18세 때인 명종 16년 승과에 급제했다. 이로 인한 신분상승과 당대의 고승인 묘향산 서산대사 문하에 들어 간 계기가 되었다.

사명대사가 39세인 임진년. 왜군이 쳐들어와 물밀듯이 북상하여 전 국토가 전쟁터로 변했다. 풍전등화의 국난을 맞아 성불에 이른 스승 서산대사는 승병을 일으켰다. 이 때 사명대사는 승군도총섭이 되어 평양성 탈환 전투를 승리로 이끄는데 큰 공을 세운 것은 우리가 익히 아는 대로다.

정유재란이 끝난 뒤에는 국서를 휴대하고 왜의 새로운 통치자로 등장한 도꾸가와 이에야스와 담판을 하고 강화를 맺었다. 요즈음으로 치면 왕명을 받고 적국에 들어 간 특사였다. 사명대사는 전쟁으로 붙잡혀 간 무고한 우리 백성 삼천오백여 명을 석방시켜 함께 귀국 한 빛나는 공을 세웠다. 뿐만 아니라 이 후 약 이백 년 동안은 왜구의 침탈도 전쟁도 없이 조선은 평화시대를 구가한다.

이 광경을 거슬러 올라가 상상해 보면 우리역사의 험난한 벌판에 피어난 우아한 꽃송이를 본 듯 감개무량이다. 수많은 성리학자들이 숲을 이루고 있는데 왕은 왜 스님을 특사로 보냈는지도 궁금하다. 사백여 년 전 사명대사의 나라 사랑과 뛰어난 외교력은 오늘 살고 있는 우리들에게 귀감이다. 그 일엔 옷깃을 여미게 하는 숙연함이 스며있다.

그 어른의 공적을 기린 비가 나라에 큰 사건이 생길 때면 송골송골 땀을 흘린단다. 그래서 한비汗碑, 땀 흘리는 비라고도 한다. 비각은 사방이 막힘없이 트여 있으며 지붕이 있다. 맺히는 땀방울은 아직 기상학적으로 규명되지 않고 있다한다. 감시 카메라가 눈을 뜨고 주변을 두리번거린다.

땀 흘리는 비를 이 지방에선 '사명대사의 영험'이라며 신성 시 하고 있다. 그렇다. 우리들의 삶에는 불가사의와 신비로움이 있어 살맛을 한껏 돋우기도 한다. 우주의 신비까지 벗겨내고 있는 현대과학으로도 땀 흘리는 비의 비밀은 밝혀지지 않았으면 좋겠다는 생각이 든다. 일상 속에 드물게 병렬된 신비스러움은 삶에 윤활유 역할을 한 측면이 있다. 그 신비스러움을 믿어 세월이 쌓이면 토속신앙으로 자리하고 이는 종교의 편린이 되기도 한다.

삼백 여년 뒤 다시 왜 나라에게 나라를 뺏겨 삼십육 년 간 짓밟혔다. 광복된 뒤 열강에 의해 강제로 국토가 잘린 채 칠십여 년이 흘렀다. 꿈에도 소원인 통일은 이루어 질 수 있는 것인가. 주변들의 이해를 뚫고 나가는 혜안이 필요하다. 땀 흘리는 비가 지도층에게 시사점과 경각심을 일깨우고 있는 걸까.

내 마음의 조국 코리아

- 타고르

    시성詩聖 타고르(Ra-bindranath Tagore 1861-1941)는 그 명성에 걸 맞는 시를 우리에게 선물했다. 희망을 살리는 귀한 선물은 역사적으로 도 깊게 새겨야 할 것이다. 3.1운동 실패를 안타까워한 「패자의 노래」에 이어 1929년 동아일보에 게재된 「동방의 등불」.

    일제가 일방적인 강압으로 짓눌러 민족이 암흑 속에서 방향을 잃고 좌초 되어 침몰한 때에 일으켜 세워 준 선물이다. 주권을 빼앗긴 한반도 를 관조한 타고르. 어둠 속에서 희망의 불씨를 찾아내 지피며 오천 년 깊은 역사의 샘물을 퍼 올려 마른 목을 축여주고 등을 달아 준 시성에 고개 숙여 감사한다.

    전 지구 위에서 펼쳐지는 열강의 다툼 속에 꿈도 없이 어둠에 묻혀 잠든 동쪽의 작은 나라를 그처럼 깊이 성찰하고 노래한 고마움을 간직하며 살아왔다. 우리가 우리의 소중한 것들을 간과하고 자학하는데 대한 경종을 울리듯 타고르는 한국인을 향해 한 편의 노래를 띄워 추켜세운 것이다. 가슴으로 말한 차분한 언어이지만 천둥처럼 마음에 요동친다.

　* 일찍이 아시아의 황금 시기에/ 빛나던 등촉의 하나인 코리아.

　빛난 역사와 삶의 터를 빼앗기고 자신의 자리를 잃어버린 채 점점 종으로 길들여 가던 때 민족혼을 흔들어 준 두 줄의 말씀에 흐릿해진 선배들의 정신이 번쩍 했을 것 같다.

　* 그 등불 한 번 다시 켜지는 날에/ 너는 동방의 밝은 빛이 되리라.

　이 두 줄은 상승의 기류를 타고 날아오르는 오늘의 한국을 내다본 예언이다. 우리들은 지금 오천 년 역사에 어느 때보다 조국을 높이 밀어 올리는 시기에 주역의 한 사람으로 살고 있다. 2차 대전 뒤 가난을 털고 비약하는 나라는 우리가 맨 앞자리고 세계 어느 곳에 내놓아도 일등에 들어갈 만한 민주주의를 성취 하고 있다.

　200여 나라 중 무역규모가 십위권이며, 올림픽은 오위, 과학기술수준 10위권, 전자산업과 바둑 기능올림픽은 최강이다. 문화를 실은 바람이

솔솔 일어나 열풍으로 퍼져가기 시작한다. 심혈을 기울여 발전시킨 기술에 바탕 하여 분야를 넓혀가며 지구촌 곳곳으로 동방의 빛이 퍼져 가고 있다.

* 마음엔 두려움 없고/ 머리는 높이 쳐들린 곳./ 지식은 자유롭고/ 좁다란 담벽으로 세계가 조각조각 갈라지지 않는 곳./ 진실의 깊은 속에서 말씀이 솟아나는 곳./ 끊임없는 노력이 완성을 향해 팔을 벌리는 곳.

이 구절들을 음미해 보면 우리가 빠르게 뛰어 넘어온 산업화와 겁 없이 달려든 첨단 기술과 정보화에의 도전을 떠올리게 한다. 끈질긴 민주화운동을 돌아보게 한다. 시간을 거슬러 올라가 본다. 1920년대에 뜻있는 백성들은 만주로 연해주로 미국으로 망명하던 막막한 시대, 절망의 숲을 헤집고 미래에 대한 확신에 찬 밝은 노래는 그 자체가 독립선언 같다.

우리 역사를 들여다보고 인성을 꿰뚫어 보면 잠재력이 보인 것일까. 아니면 아무리 두텁더라도 불의는 언젠가 걷히고 바로 돌아온다는 신념의 표출이었을까. 타고르 고국 인도도 영국의 200년 통치를 받은 나라다.

* 지성의 맑은 흐름이/ 굳어진 습관의 모래벌판에 길 잃지 않는 곳.

무한이 퍼져가는 생각과 행동으로/ 우리들의 마음이 인도 되는 곳/ 그러한

자유의 천당으로/ 내 마음의 조국 코리아여 깨어나소서.

3.1 독립운동의 실패로 울분과 토악질로 지새는 지성인들의 모습에서 타고르는 혜안의 눈으로 싹을 보았나 보다. 마지막에 마음이란 관을 씌우긴 했지만 '나의 조국 코리아'란 호칭이 얼마나 따뜻한 말인가. 성인聖人이 아니고는 나타낼 수 없는 품격 높은 시어에 깊이 숭앙 한다.

1960년대에 이 시를 처음 만났을 때 막연하나마 자긍심이 일었다. 70년대와 80년대를 살면서 가능성을 믿게 되었다. 90년대 후반 이후 시를 따라 완성시켜 가고 있는 조국을 흐뭇하게 바라보며 타고르를 추앙하며 떠올린다.

* (주) 번역자에 따라 조금씩 다를 수 있을 것이다. 1929년 4월 2일 해설을 포함하여 동아일보 11면과 12면에 올렸다는 동방의 등불을 인용한 1986년 어문각 발행 『타고르 시선詩選』에서 번역 시를 본 삼았다.

알 수 없어요

– 한 용 운

2022년 10월 문우들과 함께 충남 홍성군 만해 한용운 생가를 찾았다. 만해선생기념관 해설사는 따뜻하게 맞았다. 홍성군청 주관으로 '만해학회'도 만들고 서울저명문인들이 내려가 수덕사에서 78주기 추모문학행사도 2일간 성대히 마쳤다 한다. 생가는 터가 넓다. 한때 만해의 부유를 엿보게 한다. 홍성군에서 새롭게 단장하고 아름다운 공원으로 만들어 방문객들을 흐뭇하게 한다.

만해가 살았던 성북동 심우장도 두 번 찾았다. 만해는 일본 총독부 있는 방향을 쳐다보기 싫어 다른 방향으로 바라보는 집을 골라 살았다.

최남선선생이 쓴 3.1 독립선언서를 최종 감수하고 말미에 공약 3장을 추가했다. 독립선언서 참여 33인 중 한 분으로 옥중에서 모진고문을 받았다. 33인 중 상당수가 고문에 못 견뎌 변절했으나 만해는 바위처럼 끄떡 않고 흔들림 없었다. 독립운동가 만해는 우리정신사에 보석처럼 빛난다.

만해는 불교개혁에 열정을 쏟아 「조선불교유신론」을 썼다. 일본강점 아래 청년들을 모아 불교개혁을 강조하고 독립정신을 기르기도 했다. 일본강점으로 어둠의 시대에 만해는 불교 테두리를 벗어난 문학 독립운동 사상 문화 등에 비추는 한 줄기 빛이다.

백담사 입구 용대리에는 만해를 기리는 만해마을이 조성되어 있다. 만해 박물관을 갖춘 만해마을에서 1박2일 문학세미나가 열렸다. 세미나 중에 만해문학상 시상식도 있었다. 백담사에서 수도한 만해를 기리려 사찰 내 한 칸의 만해기림 방이 있다. 남한산성 만해기념관 등은 백성들이 고난의 시대를 살았던 만해의 재조명하고 오늘의 현실과 자신을 돌아보게 하는 뜻깊은 추모장소이기도 하다.

만해에 대한 다양한 연구는 계속 되고 있다. 문학평론을 가르친 이명*교수는 "만해 탐구를 10여년 했는데 그 높은 봉오리와 깊고 넓은 계곡을 다 알 수 없었다."고 한 문학 강론에서 회고했다.

만해는 시인이다. 만해를 기리는 문학행사도 만해 백일장 만해문학 심포지엄 만해 축전 등이 개최되고 있다. 한 권의 시집 『님의 침묵』에는 못다 한 말들을 시로 표출하기도 했다. 님의 침묵은 여러 문인들에 의해 매우 다양하게 조명 되고 있다. 만해에 대한 학위논문은 100명을 훨씬 넘는다.

만해에 대한 논문 및 저서는1926년 주요한의 〈애의 기도-기도의 애〉 조지훈의 〈한용운 선생〉 서정주의 〈만해 한용운 선사〉 박항식의 〈한국 근대시인과 대표작에 관한연구〉 고은의 〈한용운 론〉 양주동의 〈만해 생 애와 '불청' 운동〉 백철의 〈시인 한용운의 소설〉 이명재 〈한용운 문학의 특수성〉등 500여 편이 넘어 바다를 이루고 있다.

한 인물에 대하여 이렇게 많은 '학위논문'과 '저서와 논문'이 많은 인 물이 또 있는가. 여기에 고등학교교과서에서 만난 '알 수 없어요'를 만해 한용운의 시에서 철학이 담긴 〈여섯 가지 물음〉에 대하여 나름의 견해 를 붙여 만해에 대한 기림의 바다에 작은 물결 보탠다.

바람도 없는 공중에 수직의 파문을 내며 고요히 떨어지는 오동잎은 누구의 '발자취'입니까/ 무서운 검은 구름의 터진 틈으로 언뜻언뜻 보 이는 푸른 하늘은 누구의 '얼굴'입니까/ 옛 탑 위의 고요한 하늘을 스 치는 알 수 없는 향기는 누구의 '입김'입니까/ 가늘게 흐르는 작은 시 내는 누구의 '노래'입니까/ 떨어지는 날을 곱게 단장하는 저녁놀은 '누 구의 시'입니까/ 그칠 줄 모르고 타는 나의 가슴은 누구의 밤을 지키 는 약한 '등불'입니까.

첫 물음은 고난 속 나라 찾기 하다 '죽음에 이른 독립운동가'들. 두 번 째 물음은 죽음이 있고 고문이 있어도 '굴하지 않고 지속하는 독립운동가'들. 셋째 물음은 오랜 '역사 속에 정의를 지키며 베풂의 삶을 살아 교훈이 되는 인물' 들. 넷째 물음은 5천년 '역사를 지키며 이 땅에 살아 온 민초'들. 다섯째 물음은 '적군을 무찌른 독립군 장수'들. 여섯째 무름은 '자신의 국권을 되찾기 위한 변함없는 열정'의 은유다.

당시 기라성 같은 문인들이 많았지만 만해와 육사 등 몇 명만이 일본에 굴하지 않고 저항하며 제국주의와 싸운 빛이 후배들을 격려하며 비치고 있다. 천재문인들이 거의 변절 했는데 만해와 육사는 심한고통을 이기며 민족 기상으로 남아 다행스럽다며 늘 감사를 느끼고 산다.

만해는 한 때 독립투쟁 현장 답사에 나섰다. 만주를 거쳐 연해주에 이르렀다. 연해주에서는 싸우는 독립운동가 들에게 첩자로 오해 받아 몽둥이로 맞아 죽을 뻔한 고비에서 지인의 도움을 받아 살아났다. 독립의 길을 모색하는 만해의 고독한 행보에는 연해주 독립운동가 들에게 수난을 겪기도 했다.

민족수난을 겪고 나면 백성은 죄 없이 죽거나 상처투성이이요 널브러진 희생의 무덤이다. 통치자(임금 대통령포함)가 나라를 지키지 못해 당한 백성들의 아픔은 호소할 곳도 없다. 거기 짓밟힌 피맺힌 한은 그대로 덮고 넘어 가야 할 아픔은 무엇으로 치유하나? 당했던 백성들은 나라 지키지 못한 죄를 억울하게 뒤집어쓰고 슬픔을 삼키며 살아간다.

2019년은 손병희 한용운 등 33인이 주축이 되어 비폭력으로 일으킨 3.1만세 독립운동의 100주년이다. 서울파고다공원에서 시작 된 만세운동이 파도처럼 전국적으로 퍼져 나갔다. 맨손에 태극기 하나 들고 방방곡곡 온 백성의 자주독립 외침 앞에 일본 병사와 경찰은 무자비하게 총을 쏘며 칼을 휘둘렀다. 이때 순국한 백성이 900여 명이라고 탑골공원에 기록 되어 있다.

독립선언서벽에 새겨진 33인 앞에 숙연해진다. 대륙의 중국에서도 일으키지 못한 만세운동이 얼마나 빛나는 자랑이냐. "접시 두 개 던져준 콩밥 앞에 두고 기도했네. 또 기도했네." 노래로 부른 유관순 기도 속에 민족정신이 살아있다. 부귀를 누리거나 우러러 보던 지식인들조차 일본과 합방의 타당성을 역설하거나 일본군 학도병 지원을 설득하는 열변은 오늘날 4,400여 명 「친일 명부」에 올라 액자 속에 갇혔다.

독립선언서에 서명한 분들은 출옥 후 대부분 얼마 못 살고 작고했다. 고문의 역마살에 오래 살 수 없었다. 33인 중 변절하는 상황 속에 강단진 만해 한용운의 굳센 의지는 불길처럼 타고 있다. 만해는 "변호사를 사서 감형을 꾀하지 않겠다."며 칼날보다 시퍼런 정신으로 맞섰다.

만해의 정신은 사육신충정과 정의의 부활이다. 이 정의로운 정신은 민들레 씨앗처럼 포자가 되어 백성들 가슴에 심어졌다. 그 씨알들이 터지며 사일구요 오일팔로 이어졌다. 그 씨알들이 국가 번영 들어올리기와 어우러져 탄탄한 자유민주공화국으로 자라고 있다.

2019년 3.1만세운동 100주년 오전 탑골공원에서 손병희 만해 등 33인을 기리며 한편의 시를 남긴다.

사나운 일제에 맨손으로 덤빈/ 뜨건 가슴 새긴 탑골공원 독립선언
서 벽 아래
역사를 짚고 묵상하면/ 선열의 우렁찬 목소리 온 누리에 퍼져간다/
담대한 기상, 배달의 유전자 꿈틀거린다./
풍상에 씻기어 희미해진 삼일만세/ 사일구 오일팔로 솟구치고/
바쁜 일상에 쫓겨/ 무식쟁이처럼 어수룩이 살다가/
선거 날이면 한 번씩 회초리 들어/ 불 번쩍 눈 뜨게 하는/ 경제와 민
주 일으켜 세운/
당당한 백성으로 살맛나는 나라/ 더 밝은 정기 듬뿍 안아/
믿음 주는 넉넉한 웃음 사랑으로 품으며/ 왕조의 잠에 취한 북쪽 문
열어 재껴/
통합으로 나아가는 환희 날 꿈꾼다/ 하나 된 조국 만나고 싶다.

- 저자 시 「33인 묵상默想」 전문

2

지혜 별

신神은 모른다

- 공 자

고난 속 굳센 삶

공자는 예수처럼 신비로움 속에 태어나지 않았다. 석가모니처럼 왕족도 아니다. 한 제자가 신神에 대하여 물으니 "사람의 일을 미처 모르거늘 신의 일을 어찌 알겠나."했다.

기원전 551년 중국 노魯나라 변방 70 가까운 군인과 17세의 꽃다운 소녀 사이에서 고난을 짊어지고 태어난 사나이다.

아버지는 세 살 때 돌아가셨고 어머니는 25세 때 세상을 띠났다. 어머니가 돌아가시자 아버지 묘소를 몰라 이웃 노파에게 물어 합장해 드렸다 한다. 어찌 보면 비천한 출신 공자를 숭앙하고 따르면서 조선 사회는 왜 그리 서자들에게 엄혹한 신분 따지기로 배척 했을까. 그것은 모순이었다.

공자는 결혼해서 아들 딸 한 명씩을 두었으나 별거 생활로 돌보지 않은 것으로 전한다. 제자들과의 대화록 논어에는 아버지 공자를 찾아온 아들에게 "시경詩經을 공부했느냐" 또 한 번은 "예기禮記를 읽어 아느냐" 두 번의 대화가 보인 가족과는 무관심한 측면이 엿보인다. 제자들 숲 속에서 생각하고 깨우치고 가르침으로 살다 떠난 학처럼 고아한 스승이다.

소년 시절에는 홀어머니 슬하에서 노동을 해야 했다. 13세 때 창고 관리 종업원으로 일했다. 다음엔 짐승 기르는 곳의 잡부로 전업한 장대한 소년. 그는 어려움 속에서도 예禮에 관심이 많았다. 예란 천 갈래 만 갈래 나누어지는 사람이 지켜야 할 질서다.

우리가 사대성인四大聖人이라 본을 따르고자 한 분들의 가정 관계는 평범하게 살아감에 비교할 바 못된다. 석가는 눈에 보이는 왕의 자리까지 박차고 나왔다. 소크라테스는 돈을 벌지 못한다고 아내에게 구박받기 일쑤였다. 예수도 부모형제가 걱정하고 애 태울 만큼 세상과는 다른 길을 걸으며 「절대사랑」을 갈파하고 인류의 죄를 씻어내는 순례자로 33세의 젊은 나이에 국가권력에 죽임 당 해 하늘나라에 올랐다.

끝없는 배움과 대화

제자들과의 대화록에 드러난 성인 공자는 친절하고 자상하며 포근하고 편하다. 그는 배우고 익히는 것이 즐거움이었다. 스스로 공부하고 「사색」하며 자랐다. "동행자가 세 사람 이상이면 그중 한명은 반드시 스승이 있다"고 했다. 이처럼 공자는 자연과 누구에게서도 배우는 영원한 학생이요 스승이다.

당시 중국은 노자의 자연에 순응하며 살아야 한다는 〈무위자연無爲自然〉 노장 사상이 백성들에게 자리 잡고 있었다.

공자는 힘든 노동을 하면서도 15세 때 공부를 해야겠다는 생각을 했다. 공자도 노자 가르침에 따라 공부하다가 30세 때에 새로운 길을 세웠다(三十立). 사람과 사람 사이 인류 사회를 안정되고 평화롭게 살아가기 위해 지켜야 할 예禮와 도道, 인仁을 실천해야 한다는 것이 공자에게 떠올랐다. 그것은 무위자연의 노장사상과는 다른 새로운 깨달음이요 인간 관계 질서를 찾아 나서는 사상 혁명이다. 자연 흐름대로의 삶에서 사람과 사람 사이에는 인위적으로 지켜야 할 질서나 사회 진보를 위한 지도자 군자君子들이 이행해야 할 창의적인 제안을 많이 내놓고 있다.

노자와 다른 자신의 사색에 의한 생각들이 옳음을 40세에 확신(불혹不惑)을 가졌다고 술회한다. 그리고 50세에 하늘의 뜻 즉 모든 분야에 걸쳐 올바른 이치, 진리를 깨달았다(知天命)고 말한다. 따져보면 느린 걸음의 성인 등극이다. 중국에는 노자와 공자 사상 두 큰 산맥의 영향 아래 여유와 사람다움의 질서가 자리를 잡아 살아왔다. 뒤에 불교가 전래되어 사상의 삼각형을 이룬다. 세 줄기 사상은 우리에게 전래되었으며 유학儒學은 고려 말 안향 선생이 '성리학'이란 이름의 학문으로 중국에서 배워왔다. 조선조에서 공자 사상에 뿌리를 둔 성리학은 통치 이념이었다. 관리 등용 시험에도 활용되자 백성들 사이의 사유思惟도 자연스럽게 공자 사상이 넓고 깊게 퍼졌다.

후회

공자 주변에는 가깝고 먼 곳으로부터 많은 사람들이 모여들어 3천 제자와 공자 사망 때까지 곁을 지킨 72명의 현인들이 있었다. 대화록 논어에는 제자 아닌 분들이 공자의 삶을 비판한 내용도 담겨 있다. 논어를 가르친 교수는 제자들 실수라고 했다. 그런데 제자들이 공자의 어록을 엮을 때 공자를 비판한 내용을 그대로 담았다는 것은 논어와 공자의 격을 높여 준다. 그것은 큰 형님 같이 이웃을 보듬는 매우 인간적인 공자의 모습이기도 하다. 「어린 시절 고난을 딛고 끊임없는 수련과 사색을 통해 하늘의 뜻을 깨달아 성인의 자리에 오른 공자. 우리들에게 따뜻한 큰형님이요 어려서 직업은 일반적으로 기피하는 창고관리 짐승 기르는 일이지만 뜻 있는 청소년들에게 용기와 희망을 시사示唆하는 할아버지다.」

벼슬길에도 나아갔다. 처음 토지 문제를 다루는 직책을 수행했다. 능력을 평가 받아 현재 검찰총장과 경찰청장, 대법원장을 겸한 치안, 형벌을 총괄하는 최고 직에 올랐다. 이때 하위직에 있는 부하가 사형시켜야 할 사람의 죄를 소명하며 서명을 구하자 서명했다. 이 사건으로 공자는 〈평생 동안 잘못을 후회〉했다. 공자는 어떤 경우라도 사람을 죽여서는 안 된다는 용서와 배려 사랑주의자다. 그래서 사형 집행의 서명을 평생 오류로 참회하며 살았다.

주유천하와 역사책 춘추春秋

공자의 조국인 노나라는 대부들의 쿠데타로 왕권이 무너졌다. 대부들이 왕을 재껴두고 그 권한을 행사했다. 왕은 그림자만 있을 뿐이었다. 공자는 쿠데타를 일으켜 왕권을 뒤흔드는 대부들의 날뜀이 싫었다. 동참하지 않은 공자에게 신변위험도 있었다.

공자는 조국을 떠나 망명길에 올랐다. 13년 간 여러 나라를 순회할 때 어려움과 위험이 따르기도 했다. 식량이 떨어져 집단 굶어 죽음이 일어날 뻔도 했다. 그러나 스스로 "도道를 전할 책무를 하늘이 부여했으므로 천수를 누린다"는 신념으로 살았다.

조국을 떠난 때가 55세로 당시의 나이로 젊은 나이가 아니다. 여러 나라 제후諸侯들을 만나 인仁과 예에 바탕 한 도덕정치를 강조했다. 자그마치 13년을 국외로 떠돌며 인과 예에 바탕 한 이상천국을 만들고자 했으나 받아들인 제후가 없어 빈손으로 돌아왔다. 제자 몇 명과 함께 숙식을 해결하며 떠도는 삶. 그 나날들에 궂은일 좋은 일 갖가지 체험을 하며 더 깊은 도와 인을 챙겼을 성싶다.

68세 노인이 되어 귀국했다. 조국 노나라는 여전히 임금의 권력을 대부들이 행하는 상황이었다. 공자는 죽음이 다가섬을 인지했다. 그래서 70세에 세상에 남겨야 할 역사책 쓰기에 착수했다. 제자들 출입도 금했다. 공자가 쓴 역사책 『춘추』는 임금들의 잘못까지 썼다. 관에 발각되면 죽음을 면할 수 없는 위험이 따랐다. 공자가 처음인 올바른 역사 서술은 공자를 사후에 성인의 자리에 오르게 하는 후학들에 의해 높은 평가를 받은 역사책이다. 종전에 역사책은 임금의 잘한 일만 기록하여 뒤에 왕들이 본받도록 했다. 춘추는 잘한 점은 본받고 잘못한 점은 반복되지 않도록 해야 한다는 관점에서 쓴 역사책이다. 그러므로 홀로 집에서 쓴 극비 저술이다. 춘추는 종이가 없던 시대라 대를 쪼개 다듬어 한 자 한 자 칼로 팠다. 2년 만에 완성하여 봉함하고 감추어 둔 뒤 1년 더 살다 73세에 돌아가셨다. 공자는 하늘의 뜻 즉 사람이 행해야 할 최선의 길을 깨달아 전파했다. 제자들과 중국 전역의 백성들은 따뜻하고 하늘처럼 높은 경지의 큰 스승을 성인聖人으로 추모하여 오늘에 이른다. 증자 자사 맹자 정자, 주자 등이 학맥을 이어 발전시켜 고려 말에 성리학으로 진해졌다.

예술을 즐기고 예찬

"애들아 왜 시를 배우려 하지 않느냐. 시를 배우면 즐거운 감흥을 일으키고 사물을 옳게 볼 수 있다. 사람들과 가까이 어울릴 수 있고 사리에 어긋나지 않게 살아갈 수 있다. 새와 짐승 나무와 꽃에 대하여도 많이 알게 된다."는 시에 대한 예찬은 오늘의 많은 시인들께도 큰 격려다.

평소 심성을 다듬는 음악을 좋아하고 활쏘기를 통해 체력을 다지는 바탕 위에 역사와 인간 삶에 대하여 진지하게 탐구했다. 끊임없는 수련을 통해 멋지고 고결한 인격자로 살아온 공자의 의연하고 고결함이 그립다. 논어는 사람이 어떻게 살아야 하는지가 담겨 있다. 자신을 위한 이기적인 욕망을 이겨내는 것을 인류가 실천해야 할 최고의 도라 한다. 그것은 곧 인류 사랑과 통한다. 제자들과 대화록 속에는 인간이 기본적으로 지켜야 할 사항 외에도 군자(지도자)와 공직을 맡은 관리들의 처신과 통치자가 지녀야 할 자세 등 다양하다. 그것은 물음이 있을 때 답하는 형식의 책이다. 관리로 진출한 제자들도 다수 있었다. 누구나 수련을 통해 군자君子(높은 품격의 지도자)에 오를 수 있음을 담은 어록인 논어. 〈사색을 통해 길이 자신의 가슴에 있으며 우주만물도 두뇌에 의해 관찰과 깨달음〉을 가르치는 인문학의 정수다. 그런데 중국 대륙에서 수난의 극치를 당한 아이러니가 있었다.

사후 폄훼와 부활

　20세기가 열리면서 중국 대륙에 새로운 사상운동이 일어났다. 서양의 현대과학기술에 바탕 한 힘에 짓눌린 중국은 서양식 개혁을 외쳐대며 행동했다. 지금까지의 사상과 문화는 발전의 장애물로 여기며 여러 갈래 사상은 전통을 개혁해야 한다며 규탄으로 번졌다. 손문의 혁명 뒤에 공산화 정권이 들어섰다. 공자를 비판하고 사상 청산을 촉구했다. 한때 공자의 분묘를 파헤치고 사상 해체는 물론 흔적 지우기 작업을 강행했다. 「문화혁명」을 내걸고 공자뿐만 아니라 불교 등 공산주의와 일치하지 않은 사상과 문화를 파괴하는 반문화 야만의 모습을 드러냈다. 이에 반대자가 있으면 과감하게 죽이거나 가두었다. 평등하게 잘살자는 공산주의는 다름을 포용할 아량 없는 피의 숙청이다. 중국공산화과정에 6천만 명이 넘게 숙청되었다고 파룬궁추종자들은 주장한다. 지주들이 처형 된 것이다.

　모택동이 죽고 실용주의자 등소평이 집권했다. 어리석음으로 가득한 죽의 장막을 걷어내고 개방과 개혁을 통한 서구적 발전을 향해 나아갔다. 첫 번째가 경제번영을 위한 시장 허용과 창의력에 의해 발전하는 바탕 위에 자유경쟁을 도입했다. 외국자본 투자를 법적장치로 보장했다. 맹목적 문화혁명 주도자들을 교도소에 가두었다. 공자사상 연구와 교육을 허용했다.

중국과는 무관하게 우리나라는 성균관을 중심으로 백성들 사이에 공자 숭앙이 지속 되었다. 필자도 그 영향을 받으며 성장 했다. 개혁개방 뒤 공자를 배우러 중국 지성인들이 한국을 찾았다. 시진핑 정부는 세계를 향해 공자 가르침을 내세운다. 정치에서도 외교에서도 공자 말씀을 인용 활용한다. 세계 각국에 공자학원 개설을 늘려간다. 서양 지식인들도 공자사상에 매료한 사람들이 많아진다. 미국 대학에 공자사상 탐구 학과도 있다. 제정신으로 돌아온 중국은 천안문 광장에 모택동 사진보다 큰 공자 동상을 세우기도 했다. 공자는 화려하게 부활했다. 사후 세계가 있다면 공자는 자신을 지키고 사상을 받들어 온 한국을 향해 고맙다고 한 말씀 하실 듯하다. 하지만 예수 기독교나 싯다르타 불교처럼 "미래 세계에 대하여는 모른다" 했다. 우리도 현대화 과정에서 공자사상에 소홀함은 있었지만 지우는 운동 같은 건 없었다. 중국보다 우리나라는 공자와 주자학 등 유학에 대하여 맥을 이어온 점에 대하여 중국이 발 벗고 따라와야 할 숭유崇儒국가다.

제자들

지금 지구상 많은 지성인들에게로 공자의 삶과 생각은 청량한 바람처럼 선선하게 퍼지고 있다. 성인들 뒤에는 열렬히 따르는 의미 있는 제자들이 있다. 싯다르타, 소크라테스, 예수 모두 따르는 제자들이 광채를 빛

내며 스승을 성인의 자리로 밀어올리고 세상을 밝히는 빛으로 자리매 김한다. 앞서 언급한 대로 공자에게도 따르는 제자가 많았다. 공자는 유 랑 중에 무위자연無爲自然으로 살아가는 노자를 만나 사상에 대하여 의 견 교환도 했다. 장자를 따르는 촌부로부터 제후들 만나는 여행을 '초상 집 개'에 빗대어 비판하는 모욕을 받기도 했다. 이처럼 말하기 좋아 주 유천하지 그의 망명생활의 삶은 험난했다. 무전여행 비슷한 형태의 여행 중에 제후들은 공자를 만나 가르침을 받고자 대화하고 접대하고 여행을 지원하기도 했다. 그 가슴엔 도와 인의 세상을 만들기 위해서는 세상의 비웃음 따위는 낯붉힐 일도 아니요 안중에 없어 보인다.

공자를 따르는 많은 제자 중 필수 요원은 '자공子貢'과 '자로子路.' '증 자'라고 생각된다. 고난 길인 여정에 자공과 자로의 역할이 빛난다. 요즈 음으로 바꿔보면 최고급 승용차 격인 네 필의 말이 끄는 화려한 수레로 13년 동안 여행케 한 제자 자공. 그는 부유한 아버지에게 간청하여 스승 의 의미 있는 여행을 지원했다. 13년 이란 세월 동안 공자와 제자들이 탈 수 있는 고급 승용차를 제공한 것은 대단히 정성스럽고 믿음직스러 운 스승 받들기다.

또 한 분은 곁에 밀착한 경호 실장 격인 자로子路다. 옛날이나 지금이 나 성정 거친 사나이들이 곳곳에 있기 마련. 동행한 십 명 내외 제자 중 에 자로는 공자의 신변을 안전하게 지켜낸 경호 실장이었다. 십 수 년에 걸쳐 천하를 떠돌며 도덕정치 강론을 펼치는 스승 일행에게 최고의 수

레를 지원한 자공과 일당백의 완력으로 신변의 안전을 잘 지켜낸 자로는 많은 제자들 중에서도 돋보이는 제자다. 그렇다고 자공과 자로가 수제자 반열에 올라 있진 않다. 두 제자에 대한 평가를 요청 받은 공자는 "자공은 제후국의 재무장관 정도 자로는 국방장관 정도의 인물이라" 했다.

자신보다 낫다며 사랑한 제자 안연顏淵은 일찍 죽어 공자를 슬프게 했다. 공자의 수제자는 증자曾子다. 그는 아버지를 따라가 어깨 너머로 공부했으나 스스로 생각하고 공자의 말씀을 창의적으로 풀이한 제자였다. 증자는 저서 「대학大學」에서 "수신제가修身齊家치국평천하治國平天下"로 공자사상을 압축해서 말했다. 이 말은 아직도 우리사회 특히 정치인들 사이에 회자하는 명구다. 이처럼 공부는 훌륭한 선생님의 가르침이 중요하지만 스스로 생각하는 공부 즉 자신의 방법을 찾아내 수련하고 깨달음이 중요함을 수제자가 된 증자의 예에서 알 수 있다.

막힘없이 나아간 길

공자는 제자들 질문에 막힘이 없다. 어느 날 자공이 물었다. "사람이 죽는 날까지 꼭 지켜야할 한 가지가 있다면 무엇일까요?" "그것은 '서恕'다"라며 거침없는 즉답을 했다. 즉답은 평소 생각하며 실천하고 있음의 반영이다. 성인 경지에 이른 깨달음에서 올바른 말씀이 나온다. 모든 사람을 아우르고 베풀며 잘못을 용서하는 것이 평생 행해야 할 도리라고 말한 공자. 평소 신념에서 샘물처럼 솟아난 삶에 대한 대답은 사랑이 내포된 용서요 포용이었다. 수제자 증자는 '용서'와 함께 '충忠'을 더한다. 충은 성실과 충성이라고 증자는 풀이하며 자공의 '용서와 아우름'에 '성실과 충성'을 보태 죽는 날까지 지켜야 할 덕목이라고 공자는 가르쳤다. 이처럼 공자는 누구든 묻는 말에 대답 형식으로 사상이 펼쳐졌다. 공자의 바르게살기와 남에게 베풀며 살아야 한다는 가르침은 동서고금의 진리다. 그의 사상은 평화에 대하여 이웃에 대하여 어찌 행동해야 하고 말해야 하는지 인간 기본적인 길을 사랑으로 안내해 준다. 그는 정치와 행정의 이론가였지만 벼슬보다 오히려 사상을 깊고 넓고 높게 하여 성인의 반열에 이르렀다. 성인은 온 인류의 왕이다. 예수가 그렇고 부처가 그렇고 소크라테스가 그렇다. 4대 성인들은 한결같이 『깨달음』을 시사한다.

자신을 외면한 정치의 수렁에서 좌절을 삭이며 그의 생각은 더 깊게 다듬어져 세련을 높였다. 제자들의 질문에 모른 것은 모르겠다고 한 정직한 스승. 만능의 신이 아닌 솔직 담백한 스승으로서의 따뜻한 모습이다. 특정한 인물에 대한 질문의 답이 간간이 나온다. 자장이 여쭈었다. "영윤(공자가 평소 명재상이라 칭찬한 제나라 안평중)은 인仁의 경지에 이르렀습니까."에 대한 질문에 "충성스런 공직자다. 모르긴 해도 어찌 인하다 하겠느냐."는 대답. 인은 충성스런 공직자와 다른 차원의 절대사랑을 품은 최고 덕목이다. "모르긴 해도"의 전제가 붙은 대답이 외경畏敬스러운 경지다.

열 세대쯤 되는 모범 마을을 지칭하며 "진실 되고 미더움이 나만한 사람은 있겠지만, 나처럼 배우기를 좋아하지는 못할 것이다."고 배움에 대한 열정을 토로하였다. 쉼 없이 배우고 사색하기를 즐거워했다. 그는 신의 경지에서 사람들에게 명령하는 것이 아니라 끊임없이 자연과 인간사회를 들여다보고 진리를 탐구하는 영원한 학생이자 격조 높고 다정다감한 스승이다.

공자의 삶은 『도道』를 이상향으로 삼고 '덕德'을 토대로 하여 '인仁'의 옷을 입고 '예술藝術' 즉 음악과 시 짓기 낭송 등을 즐기며 살았다.(지어도志於道. 거어덕懞於德. 의어인依於仁. 유어예游於藝.)』

향수鄕愁

공자가 여행 중 진나라에 머물 때 향수에 젖어 "돌아가리라 돌아가리라! 내 고향 젊은이들은 뜻은 크지만 일에 미숙하고 훌륭하게 기본은 갖추었지만 그것을 재량하는 방법을 알지 못한다."며 애석해하는 귀거래사를 남겼다. "노인들은 편안하게 하고 벗들은 신의를 갖게 하며 청소년들을 감싸 보살펴 주고자 함에 뜻을 두고 산다."며 태어난 나라 사랑을 표출한다. 또 이렇게 비관하기도 한다. "다 글렀구나! 나는 아직 자기의 허물을 보고 깊이 반성하는 사람을 보지 못했다." 공자는 제자들께 삶의 방향에 대하여 말한다. 넓은 지식, 비굴하지 않은 용감, 도에 따라 사는 현명, 즉 「지知용勇인仁」을 강조했다.

공자의 삶도 한 점 구름으로 뜨고 사라짐은 일반인의 일생과 같다. 범부들도 성인에 버금가는 군자가 될 가능성을 언급하여 분발케 한다. 신이 아니고 유아독존이 아닌 더불어 대등하게 살면서 문화를 높이고 도와 인의 길을 열어 인류에게 희망의 다리를 놓은 큰 발자취. 그는 최초로 임금의 과오도 기록한 비밀 역사책 『춘추春秋』를 남겼다. 그러한 용기와 담대함으로 인류가 밟고 갈 길을 안내한 백합 향기 뿜어내는 나그네다. 비천한 소년 시절을 보낸 구丘가 성인 공자孔子로 승화함은 인류에게 모든 가능성을 시사示唆한 영원한 그리움이다.

지혜를 사랑한 순진성

- 소크라테스

철학의 비조鼻祖

공직에서 물러난 뒤 강원대 서양사 은퇴교수 조인형 박사에게서 공부했다. 강남 시니어플라자는 일컬어 노인대학이다. 매주 80분씩 5년여 배운 서양사는 유럽의 치고 박은 전쟁사 사상사 아테네 민주주의 스파르타 강한교육 열 두 신에 대한 종교상 등 다양했다. 다신교였던 고대 그리스는 다른 종교인들끼리 상호동맹도 맺은 도시국가들이다. 신들은 올림프스의 산 정상에 살면서 제우스신의 주도하에 우주만물과 질서를 장악한다고 확신하고 있었다. 건축 등 서양미술사도 간은 봤다. 프로그램이 160여 종으로 5층 건물이 항상 붐비고 인기 있는 과목은 대기해야 한다. 가곡합창 다양한 무용 노자 주역 논어 대학 등 배움도 한가로움 속 혼의 즐거움이다. 인문학의 본질은 "인간다운 인간"을 가르치고 배워 깨우치게 함이다.

세계 4대성인을 태어 난 순서로 세우면 석가 공자 소크라테스 예수다. 석가모니와 예수는 미래세계의 신神으로 승화 했다. 기원 전 560년경의 석가모니. 479년 전 공자. 470년 전 태어난 소크라테스. 공자(동양)와 소크라테스(서양)는 만날 수는 없었지만 같은 시대 분으로 신을 숭앙하지 않은 인간중심사상가다. 석가와 공자는 천수를 누렸고 소크라테스와 예수는 공권력에 의해 처형 된 점도 이색적이다.

공자가 '도덕성'을 강조 했다면 소크라테스는 무지를 깨닫게 하고 '지혜'로운 인간을 강조했다. 네 분의 성인을 돌아보는 필자는 어렸을 때 가정생활에서 자연스레 익힌 공자사상에 바탕 한 조상 모시는 신앙과 독서를 통해 만난 소크라테스 등 여러 걸출한 사상과 만난다. 어렸을 때 어머니 치마폭을 잡고 사월초파일 절에 갔다. 지금 나가고 있는 기독교교회 엷은 신앙들과 얽힌 잡동사니다. 살아온 궤적이 가지런하지 않지만 잡동사니를 걸러 좋은 점을 챙겨 살려는 노력은 한다. 현재의 삶 남은 삶에 대한 곰곰 생각하는 것은 회한과 깜박거리는 희망이다.

아테네 지식인들에게 '질문을 통해 지혜를 깨우치게'한 소크라테스 상징어가 된 "너 자신을 알라"는 소크라테스가 창조 한 말은 아니다. 그리스 아테네 신전 대리석에 새겨진 Gnothi Seauton(Know Yourself)를 자주 인용하여 스스로를 깨닫게 한 질문이다. 앎이란 영혼의 수련을 통해서 얻게 한 깨달음.

조각가인 아버지 산파인 어머니 사이에서 태어난 소크라테스는 가난했다. 그럼에도 먹고 사는 일에 관심을 갖지 않았으며 내일을 걱정하지도 않았다. 아내 쿠싼티페의 입장에서는 빵보다 속상함을 지고 돌아오는 게으름뱅이다. 화난 아내가 물바가지 세례를 퍼붓자 "천둥 뒤에는 날씨가 맑다."는 일화가 생겨날 정도다. 제자들 중 부유한 청년들도 스승의 무관심한 궁핍생활을 좋아하며 따르는 젊은이가 많았다. 제자들의 초청을 받아 자주 식사하곤 했는데 제자들이 스승과 함께 식사하는 것을 즐거워했다. 수입 없는 남편에 대한 투정은 했지만 아내도 남편을 사랑하여 70세에 독약처형 될 때까지 가정을 지켰다.

플라톤의 변명辨明

소크라테스는 책을 쓰지 않았다. 〈사양도 않고 넘치지도 않게 술도 마시고〉 전쟁터에서 제자의 생명을 구하기도 했다. 그는 「사랑으로 지혜를 구하는 철학의 비조」다. 청년들을 선동하여 타락시킨 죄목으로 민주주의 도편투표결과에 따라 사형이 결정되자 제자들은 교도관을 매수했다. 스승에게 도망을 권유하자 "내가 국가의 덕을 얼마나 많이 받고 살았느냐. 국법에 따라야한다"며 사양하였다. 독배를 마시기 전 여러 이야기들을 플라톤은 유려한 문체로 엮었다.

소크라테스는 말했다. "그대가 말하는 사람들은 그럴 것이 그들은 죽음의 지연으로 유익이 있을 것을 아는 까닭이다. 그러나 나는 죽음의 잔을 조금 늦게 마신다고 해서 무슨 이익이 있으리라고 생각지 않는다. 잠시라도 지체시키는 것은 벌써 가버린 생명을 붙들려 애쓰는 가소로운 일이다. 제발 내가 바라는 대로 해 주기를 바란다."

그 말을 듣고 제자 크리스톤은 눈물을 흘리며 곁에 있는 하인에게 눈짓을 하자 옥졸과 함께 독배를 들고 나왔다. 소크라테스는 옥졸을 보고 "친구여 그대는 이러한 일에는 잘 알고 있으니 어떻게 하는지 가르쳐 주게."하고 말하자 옥졸은 "별게 없습니다. 약을 들고 이 방을 거닐다가 다리가 무거워 지거든 침상에 누우면 약효가 납니다."하였다. 제자들은 참아왔던 울음을 터뜨려 엉엉 울었다. 물론 나는 소크라테스를 위하여 우는 것이 아니고 그 훌륭한 친구를 잃어버린 나의 불행을 생각하고 운 것이라고 플라톤은 썼다.

자유방만이 주는 교훈

소크라테스 이전에도 자연이나 반짝이는 별 등을 탐구하는 철학자들은 있었다. 소크라테스는 「인간의 정신 탐구」가 더 높은 가치라 했다. 제자들이 정의를 논할 때 "그것이 무엇이냐"를 비롯하여 명예 덕 애국심이라는 말 등에 대하여도 의미를 묻는 질문을 하였다. 플라톤은 말했다. "숫자로 결정하는 것이 꼭 지혜로운 것은 아니다."라며 수에 의하여 잘 못결정할 수 있는 민주국가형태를 비판했다. 플라톤은 후일 〈철학자가 왕이 되어야 한다〉는 주장을 폈다. 아테네의 자유민주주의는 절도 없이 넘치는 방만한 개인주의로 사람들의 성격을 이완시켜 엄격한 교육을 실시한 스파르타의 노예가 되었다.

우리는 인권과 자유 지도자를 선택하는 등 "지금까지 있어온 정치형태 중 가장 훌륭한 자유민주주의(존·듀이)"를 지키며 살고 있다. 그렇지만 고대에 스파르타에게 패망한 아테네의 사례는 지금의 환경에서도 경종이요 교훈이다. 평화와 질서 자유와 번영 의지를 지키기 위해 선택하는 국민이나 지도자 모두 투철한 통찰력과 자제력과 대화 통합이 필요하다. 지혜로운 사람의 통치가 아니면 어떻게 자유를 지키고 그 사회가 강해질 수 있느냐는 질문은 2천 4백여 년이 지난 오늘에도 맞는 본보기다.

소크라테스는 "사람들이 배울 수 있는 이상으로 가르치면 결국 사람들에게 박해를 받는다."고 했다. 이 말은 자신과 예수에게 날아 간 화살이 되어 명중 되고 말았다.

인간혁명

- 함 석 헌

혼을 깨운 책 두 권

1960년대 함석헌 선생의 글은 내 혼을 흔들었다. 『뜻으로 본 한국역사』와 『인간혁명을 읽고 또 읽었다. 공무원 시험과목 아닌 책 중에서 가장 많이 되풀이 해 읽은 책이 위 두 권이다. 머리를 맑게 하고 가슴을 두근거리게 했다. 현재 보관 중인 책은 문드러져 있다.「씨올의 소리」도 정기구독처럼 읽었고 사상계에 실린 함석헌 글이면 꼭 읽었다.

함석헌의 글은 사회병리 현상을 씻거나 도려 내 새롭게 돋아나게 하려는 수술과 약 처방을 내린 글이다. 청년기의 심신을 고조시킨 글은 황홀했고 행복 했다. 함석헌은 무쇠몽둥이로 치는 듯 혹독한 인권 탄압 유신정부에서도 가두지 못했다. 나는 새도 떨어뜨릴만한 5공화국 군사독재에서도 입을 막지 않았다. 피 끓는 젊은이들이 피 흘리고 죽어가면서 끈질기게 민주주의쟁취를 위해 달려 든 것도 위 두 권의 책이 정신무장을 하게 했을 듯하다. 함석헌 강연에는 청년들이 구름처럼 몰려들었다.

살벌했던 「국가재건최고회의」 최고 책임자에 대하여 이렇게 응수 한다. "세상은 살기마련이다. 쓰레기를 버리는 사람이 있는 가하면 또 그것으로 살아가는 사람이 있다. 주워 모은 쓰레기 사겠다기에 가져다팔았더니 국가재건최고회의 어느 어른이 나를 정신분열증 든 사람 같다고 했다 한다. 최고의 자리에서 보니 넝마주이쯤은 미친놈으로 뵈는 것도 무리가 아닌 것이다."

함석헌은 뜻으로 본 한국 역사에서 우리역사를 "고난의 늙은 갈보"에 비유 했다. 천 년 간 중국 일본 사이에 끼어 겪어온 수많은 민족 수난사 속에 약자로 살아 온 과정의 서러운 한 측면을 촌철살인으로 찔렀다. 조선말에 이르면 우리를 먹겠다고 중일전쟁 노일전쟁 불란서와 미국의 강화도 행패 영국이 거문도를 점령하는 등 난장판의 형국이었다. 우아함과 보드란 살이 빠져버린 늙은 갈보. 사랑도 돈도 도망쳐버린 외로움을 샅샅이 긁어 노출시킨다.

로댕의 조각 작품 '늙은 갈보'와 빗대어 우리역사를 고난의 늙은 갈보라고 함 속에서 함석헌은 우리 역사의 짓이겨지고 찢긴 실상을 딛고 새

출발점을 찾아 나선다. "고난을 겪었지만 자괴나 자포자기를 해선 안 된다. 슬픔과 엄숙함 존경을 담고 있는 로댕의 정신처럼 우리 역사를 사랑하고 혼을 가다듬어 챙겨 나가야 한다."고 힘주어 호소한다.

가장 센 빛을 내 가슴에 쏘아 격려한 함석헌의 『뜻으로 본 한국역사』에서 두 구절 옮긴다.

"일제 36년 하면, 느낌으로는 360년도 더 되는 것 같다. 그렇게밖에 아니 되었던가 의심난다. 그 고난은 그렇게 심했고 영원히 씻겨 질 것 같지 않았다." 하루 또 하루 얼마나 절박했던 날들이었나 싶다. 얼마나 고통스럽고 답답한 날들이었을까. 글도 못 쓰게 하고 말도 이름까지 바꾸는 잔악함을 보이지 않았는가. "깨닫지 못하는 백성에게 불행한 역사는 되풀이 된다"는 말씀이 가슴을 후빈다. 왜倭 일본은 고려시대부터 노략질 했다.

한국기술사회와 일본기술사회 간에 매년 오가며 합동 심포지엄을 할때 여러 일본인을 만났다. 말이 부드럽고 상냥하여 도덕성 높고 친절해보였다. 대부분의 일본 백성 성격과 다르게 일본 권력자들은 교묘하게 그들 선량한 백성까지 선동한다. 우리를 혐오하게 하는 더러운 정책들을 펼친다. 침략과 약탈을 그들은 늘 되풀이해 왔다. 지금도 독도를 자기영토라는 목소리를 높이고 있다.

기술에 목마름

"새 나라를 시작하며 당한 또 하나의 어려움은 기술의 부족이다. …
근대 살림은 고도로 발달해 가고 있는 기술 문명인데 기술 모르고 어
떻게 하나?"

과학기술중앙부처인 과학기술처에 근무하면서 1960년대 초 함석헌
의 기술 강조 혜안에 새삼 감탄했다. KIST도 세우기 전이다. 기술이 나
라 일으킬 길임을 깨달은 투시력. 광복 후 황무지나 다름없는 우리 허
술한 과학기술 실상을 탄식했다. 일본강점기에 우리 젊은이들의 공과대
학 공부는 길을 막았다. 인문학이나 기껏 농업 대학 의대진학은 허용했
다. 그 불모지 속에 건국 후 초대 이승만 대통령부터 이·공학을 챙겼다.
굶어죽는 국민이 수다함에도 파격적인 국고를 지급하여 미국 영국 프랑
스 캐나다 독일 등 이공계대학에 200여명을 유학 보냈다. 그 유학생들이
대한민국 제 1세대 과학자들이다. 그 국비유학생들이 주축이 되어 연구
용 원자시험試驗로 를 운영하며 원자력연구소를 이끌었다. 박정희 대통
령 때에는 사비 유학공학박사들까지 키스트에 유치하여 과학기술 황무
지를 갈아엎으며 우리 기술의 씨를 뿌렸다.

과학기술처(부) 공무원들이 이공계전문가들을 지원하는데 물을 주고
거름을 주었다. 유치과학자들이 "문교부에 가면 과장 만나기도 힘든데
과학기술처는 장 차관은 물론 국 과장을 자유롭게 만나 대화하고 건의

하며 애로사항을 얘기할 수 있어 좋다"는 평가가 있었다. 과학기술처공무원들은 말대로 「봉사자요 과학기술자들의 심부름꾼」이었다.

전두환 대통령은 청와대 영빈관에 국무위원 모두 정부출연연구소장들 명망 있는 대학교수 대기업 총수 등 200여명을 모아놓고 「기술진흥확대회의」를 직접 주관(11회) 했다. 과학기술처는 기술발전 전략이나 성공사례 민간기술지원을 위한 각 부처가 이행해야 할 제도개선 등을 보고토록 했다. 쿠데타아 독재로 지탄은 받지만 나라살림과 미래의 꿈인 『'첨단기술'과 '우리기술 갖기'』는 위엄을 앞세워 확실하게 챙긴 대통령이다. 우선 대기업들부터 어깨를 흔들어 기술 일으키는 연구개발 체제를 갖출 수 있게 강력한 정책을 폈다. 최고통치자가 기술개발을 위해 직접 회의를 주관 한 것은 세계사에 전에 없었고 뒤에도 없을 기이할 만큼 탁월이었다.

위압적인 독재체제에 몸을 도사리며 발 빠른 대기업들은 과학기술자들을 모으고 연구시설을 갖춰 나갔다. 3-4년 지나니 기술개발제품은 황금열매처럼 열렸다. 이를 본 중견기업 중소기업들도 본을 받아 연구열기가 화끈 달아올랐다. 이 열기가 이어져 세계 최첨단기술국가에 오르고 노동현장의 임금인상 목소리를 소화하며 1인 당 국민소득 3만 달러를 넘어서 세계가 부러워하는 국가로 탈바꿈했다.

저승 세계가 있다면 함석헌이 얼마나 좋아할 것인가. 1960년대 초에 기술을 강조한 함석헌. 천재소설가 이광수도 장편소설 「무정」에서 홍수를 만나 해결 방은 과학 ! 과학! 뿐이라며 피를 토하듯 썼다.

함석헌은『인간혁명:1961.8.15.)』에서 인문학은 시작이 '사람'이다. 과정도 '사람'에 관한 것이다. 끝도 '사람'이다. 함석헌이 간파한 사람, 우리백성 우리민족을 돌아보고 갈 길을 제시한다. 우리들 삶의 태도가 바뀌어야 하고 그것은 "참의 길이어야 하며 곧 정의를 향해 가야한다." "정치혁명은 새로운 혁명의 씨앗을 품어 혁명의 역사가 반복됨을 지적한다. 그러므로 자신부터 고치고 민족개조에까지 나아가야 한다."고 피를 토 하듯 역설한다. 우리 현대사는 크게 보아 산업화 민주화 두 줄기다. 민주화 과정의 투쟁은 함석헌 언설 영향이 컸을 것이다.

간디가 간 길을 걸어야 한다는 말씀에 목이 잠긴다. 치우침 없는 '중용'을 얘기한다. 중용은 공자의 손자 자사가 쓴 책이다. 인문학의 큰 나무다. 사람의 성정부터 분석하여 편향을 배제하고 중심을 잡아가는 깊이가 있다. 진리는 동서고금을 관통한다. "우리들의 태도가 바른 방향으로 바뀌어야 나라가 선다."는 것은 인간혁명 책 전체에 흐르는 카랑카랑한 목소리로 가르침이요 혼 불이다.

4.19 후의 민주당정부를 나무란다. 그러나 「장면정부의 국토건설」만은 잘 한 것이라고 격려한다. 갈아엎음을 이야기 하고 기술을 언급한다.

뜻으로 본 한국역사에서처럼 인간혁명에서도 함석헌이 나라건설에 기술의 중요성을 다시 강조한다. 나라와 백성을 사랑한 함석헌은 이승 후의 세계가 있다면 하늘나라에서 우리가 일으킨 첨단기술들을 놀라운 눈으로 바라보며 조국의 번영에 통쾌해 할 것이다. 그렇게 애타게 기다리던 우리민족의 뛰어난 잠재성의 표출을 보며 흐뭇해 할 거다. "잘했다 잘 해. 내가 조금 언급했던 과학기술에 대한 중점적인 육성 시책의 펼침. 그곳에 우리들의 답이 있었구나."

또 삶의 자세에 대하여 언급했다. "예나 지금이나 우주가 윤리적 질서인 이상 악과 싸우는 것이 역사인 점에서 틀릴 것은 없으나 예수는 그 싸우는 방법이 달랐다." 전에는 악을 정복하여 없애버리려던 것을 예수는 '악을 선의 한 부분으로 안아서' 없애기로 했다. 그래서 그 군대는 강했다."고 말한다. 교회 없는 기독교(퀘이커)를 주창했다. 아마 지금의 종교 재벌을 예견했는지 모른다.

하느(나)님 섬기기에 대하여 역사적으로 풀어낸다. 우리민족의 할아버지 단군님도 하늘 자손이다. 고인돌 무덤은 죽음에 대한 깊은 생각이 있었던 단면이다. 연장선상에서 환인桓因 하눌님 하나님을 같은 의미로 풀이 한다. 백산白山 태백산은 서양의 태양신처럼 다 유일신을 표기한 하나님 사상과 통한다는 해석(뜻으로 본 한국역사 130-131쪽)을 유념하며 살았다. 그렇기에 필자는 묘소를 찾아 조상 제사모시기와 기독인으로 삶은 하나라는 생각이다. 그러나 이 언급은 아빠를 좋아 한 예수신앙이 깊은 딸의 "제삿날 집에서 기도하면 된다"는 반론 앞에 멈춰 선다.

윤리 회복하기

살아 계실 때 빈곤 속의 범죄현상 들을 보면서 추락한 윤리회복을 힘 있게 말했다. 우리가 동방예의지국 아니냐고. 어떻게 살아왔는가? 어떻게 살고 있는가? 어떻게 살아갈 것인가? 함석헌은 갈 길을 제시해 준 탁월한 스승이다.

먼저 '기도'를 말씀하신다. 갈구하며 하는 기도는 "갇힌 혼이 하늘을 향해 부르짖음"으로 모든 죄악을 닦아 냄이라했다.

다음으로 '노력'을 강조한다. 육신을 지닌 인간은 성령의 감동을 받으면서도 육신의 성정을 벗어나지 못한다. 이를 의식하고 윤리를 회복하려면 묵은 때를 벗기 듯 피나는 노력이 필요하다.

마지막으로 '희생'을 내 세운다. 몸을 내던지는 희생 없이 건전한 사회윤리가 지배하는 동방예의지국에 이를 수 없다.

공무원 과장 때 경제기획원 조성* 과장과 점심 먹으며 일본 기술직공무원제도 자료 도움을 받았는데 뿌리까지 챙겨주는 성실함과 보통 일본인들의 사근사근함에 대한 이야기를 했다. 유학 중 일본 공무원과 친하게 지낸 것을 얘기하며 조 과장은 즉각 응답했다. "결코 짧은 기간에 형성 된 것이 아닙니다. 천년을 지속해온 노력의 축적"입니다. "인성을 바꾸는 것은 새마을교육 식 단기간에 이루기를 기대해선 안 됩니다. 자신부터 삶의 자세를 새로운 각도에서 바꾸면 그 빛이 위아래 옆으로 퍼져

나가는 지속성과 긴 세월이 필요합니다." 함께 유학 생활한 일본인에게 들은 얘기와 독서를 통해 일본을 공부한 내용을 전했다. 부연하여 우리 공무원들이 지금 새롭게 나간다고 다그치고 열심이지만 전반적으로 일본공무원들 수준의 70%에도 미달함을 깨달아야 합니다. 엄숙함이었다. 조 과장 얘기는 함석헌의 애타는 호소 단면을 듣는 듯 했다.

젊었을 때 '민족성의 개조' '자아개조' '혁명과 종교' '인격의 구조' '생명의 원리' '죄 문제' '혁명의 원리' '지원병' 등을 인간 혁명에서 읽었다. 함석헌의 가르침들을 가슴 울렁이며 받아들였다. 정신 한편에 세포로 남았는지 모르겠다. 이제 아침 이슬처럼 아롱지며 나이 속으로 사라져 희미하다.

> 만리 길나서는 날/처자를 내맡기며/맘 놓고 갈만한 사람/ 그 사람을 그대는 가졌는가/ 온 세상 다 나를 버려/마음이 어려울 때에도/'저 마음이야' 하고 믿어지는
> 그 사람을 그대는 가졌는가/ 탔던 배 꺼지는 시간/ 구명대 서로 사양하며 '너만은 제발 살아다오' 할/ 그 사람을 그대는 가졌는가/ 불의의 사형장에서 다 죽어도 너는 세상 빛을 위해/ '저 만은 살려두라' 일러줄/ 그 사람을 그대는 가졌는가/ 잊지 못할 이 세상을 놓고' 떠나야 할 때/저 하나 있으니 하며/ 빙긋이 눈 감을/ 그 사람을 그대는 가졌는가/
>
> - 함석헌 시 「그 사람을 가졌는가」 전문

초인사상의 조련사

- 니체

프리드리히 니체 선생님

제가 선생님께 빠져들었던 계기와 삶 속에 녹아 있는 조각들을 짚어
봅니다. 오늘날 내 행복한 삶 속에는 선생님 말씀과 만나 심령에 일렁거
렸던 물결의 거품이 남아있고, 훈련된 정신이 뇌와 심장의 세포에 박혀
꿈틀거리고 있습니다.

1962년 익산시 평화동에 살고 있을 때였습니다. 미국인 윌. 듀란트
가 쓰고 최혁순님이 번역한 「영원한 사상의 발자취」라는 서양철학서적
을 만났습니다. 플라톤부터 존. 듀이까지 저명한 서양철학자의 사상과
삶을 조명하고 저자가 나름대로 비평을 덧붙였습니다. 번역이 간결하고

문장이 아름다운 책을 되풀이해 읽었습니다. 책 후반부쯤에서 선생님을 마주했습니다.

목사의 아들로 태어난 선생님이 "신은 죽었다"고 목청을 높이며 불효를 무릅쓸 만큼 저돌적이고 용감함은 익히 알고 있었습니다. 숱한 부흥회에서 목사님들의 격조 높고 열띤 신앙설교를 들으면서 선생님의 비웃음이 환청으로 다가서 옷소매를 끄집곤 했었습니다.

그 때는 육백년 전통의 유교와 새로 유입된 기독교가 가정에서 충돌을 일으키고 있었습니다. 유교의 젖을 먹고 자라 뿌리내린 생각도 선생님에게 끌린 일말의 계기가 되지 않았을까 돌아봅니다. 예수교는 제사를 모시지 못하게 했으니까요.

그런데 선생님의 「초인용광로」에 빠져 이루어진 단련이 어설펐던 것 같습니다. 초인 론에 매료 될 때와 달리 지금은 인간 능력의 한계를 인정하며 살고 있습니다. 이따금 교회에 나아가 봉사활동도 동참하고 어둠을 밝히는 홍 목사님의 따뜻한 말씀에 마음을 정제하기도 합니다. 유교적 윤리, 불교의 자비 및 윤회설, 기독교의 온유와 사랑 실천 등이 혼재한 삶을 살고 있습니다. 그런 내용들이 저의 시와 산문으로 표출하기도 합니다. 짧다는 인생 속에 변하고 또 변하며 살다보니 내 모습이 정확히 잡히지 않는군요.

윌. 듀란트는 선생님에 대하여 이렇게 썼습니다. "니체는 다윈의 아들이었고 비스마르크의 아우였다"고. 그 지적은 옳다고 생각합니다. 곳곳에 선생님의 한발 앞선 진취적이고 참신한 발상에는 진화론의 피가 흐르고 있습니다. 영웅 도덕과 초인 론에는 비스마르크의 의회중단의 단호함이 묻어 있습니다. "인간의 최선은 의지의 강함과 결정력과 지속성이다. 겸손은 예속에서 나오며, 무력함에서 이타주의가 생긴다."고 설파한 선생님. 의지의 철학자답게 선생님의 강인함에는 공감했습니다. 그러나 겸손과 이타주의에 대한 폄하는 그럴 수도 있겠구나 싶으면서도 전적인 찬동은 할 수 없습니다. 겸양과 이타심이 배제된 채 선생님의 강한 의지와 격정만으로 달리다보면 사람과 사람 사이에 무수히 충돌이 일어날 것입니다. 또한 선생님처럼 독신으로 살다 자결하는 골짜기로 떨어지면 인류의 대 잇기가 끊기는 함정이 있습니다. 이 지구상에서 아름다운 사람이 소멸된다는 말씀입니다. 그것은 내 기준으론 불온하기 때문에 따를 수 없다는 점을 고백합니다.

선생님은 또 채찍 합니다. "먼저 그대의 육체와 영혼을 방정하게 건설해야한다. 인간 노력의 목적은 만인을 향상 시키는 것이 아니고 보다 훌륭하고 강인한 개인을 발전시키는 것이다"라고. 선생님은 석가 공자 소크라테스 예수 등 인류 스승들을 싸잡아 매장하고 있습니다. 참으로 담대한 용기의 분출입니다. 그것은 개인이 있을 뿐 인류란 허구로 치부하는 선생님의 초지일관한 견해입니다. 하지만 자신을 치열하게 훈련하고 단련한 뒤엔 뒤진 사람들을 끌어올리는 것이 우리가 더불어 사는 현실 속에 보편적인 도리라는 생각입니다.

또 사자후를 토합니다. "선이란 무엇이냐. 용감한 것이 선이다. 권력에의 의지, 권력을 증대 시킨 것이다. 악이란 무엇이냐. 유약에서 오는 모든 것이다. 초인은 위험과 투쟁을 사랑한다"고. 비스마르크의 아우답게 선생님은 쿠데타의 예찬론에 빠질 위험이 있지 않습니까. 아니 독재까지 예찬한건가요? 지구의 동쪽 끝 한국에서 태어난 저는 강인한 사람들 때문에 참으로 용감하고 선량한 사람들이 숱하게 죽거나 아파하는 것을 보며 안타까웠습니다. 지긋지긋한 암울한 안개가 드리운 나날이었습니다. 선생님의 의지와 용감성은 자신을 단련시켜 어려운 사람들을 일으켜 세운데만 사용토록 울타리를 쳐줬으면 좋았을 것입니다.

저는 선생님을 영원한사상의발자취에서 만난 뒤 「짜라투스트라는 이렇게 말했다」 평전인 「해체와 창조의 철학자, 니체」 등 단행본을 몇 권 더 읽었습니다. 그리고 50년 넘게 항상 가슴 속 깊이 간직하고 살아 왔으며 앞으로도 지키려는 주문呪文이 있습니다.

"평범한 군중의 일원이 되지 않으려면 자신에게 안일을 주지 말라". 이 가르침 한 가지를 따르려 노력하는 것만으로 선생님 제자 반열에 끼어 줄 수 있는지요.

퇴계와 육사

- 이 황

청포도 시인 이육사는 "자신을 속이지 말라.(毋自欺)"고 한 퇴계의 14세손이다. 백두산이 퇴계라면 육사는 태백산이다. 한 산맥에서 솟아오른 봉우리다.

육사가 일제의 감옥에 갇혔을 때 딸이 태어나자 옥비沃非라는 이름을 지었다. 그 분이 유일한 혈육인 외동딸이다. 육사는 열일곱 번을 일제군경에 끌려 가 감옥에 갇혔다. 혹독한 고문의 반복 끝에 베이징 일본 헌병대에서 두들겨 맞고 절명했다.

형무소 등 번호 264를 필명으로 삼은 육사본명은 이원록. 수많은 문인들이 탁월한 작품을 남기고도 친일목록에 올라 작고한 뒤에까지 부끄러운 너울을 쓰고 있다. 하지만 육사는 청솔처럼 푸르게 독립운동을 하다가 순국한 문인으로 후진들에게 뿌듯한 자산이다.

육사를 기린 기념관을 방문 했을 때 칠십대 초반의 옥비님이 아버지를 회상한 귀한 말씀을 했다. 옥비란 이름의 뜻은 "욕심 부리지 말라"는 훈계가 담긴 이름이라 했다. 갇힌 몸으로 일주일간 심사숙고 끝에 지은 이름이라 했다. 이름대로 살아서 인지 참 팍팍한 삶을 살아 지금에 이르렀다고 했다.

그 말 속엔 남들에 의해 불리는 이름의 중요성에 대한 시사점도 담겼다. 그러나 옥비님은 간난의 세월을 홀어머니 아래 자랐으면서도 구김 없이 깔끔해 보였다. "장하게 살다 가신 아버지를 가슴에 품고 자긍심과 행복감으로 충만"해 있다며 부드럽고 온유한 음성으로 담담하게 회고담을 이어갔다.

뒤이어 해설자의 설명이 이어졌다. 육사 외할아버지와 외삼촌이 앞선 독립운동가다. 따라서 어머니도 친정댁 영향을 받았던 것으로 보인다. 아들 육사를 향해 "너는 절대로 눈물을 보여선 안 된다. 나라를 잃은 사내에게 그 이상 슬픈 일은 없다"며 아들을 강인한 독립운동가가 되도록 채찍 했다. 해설가 말을 들으며 훌륭한 어머니가 청솔처럼 푸른 아들을 키웠구나 싶었다.

문학관에서 애기를 듣는 동안 고요 속에 묻힌 듯 조용했다. 「인생은 각기 처한 상황에 따라 각기 다른 정답을 지닌 엄정한 시험」일 수 있다는 생각이 스쳐 갔다. 불꽃처럼 살다 간 육사의 사십 년은 짧은 삶이지만 영원한 삶으로 부활하고 있다.

낙동강 상류에 자리한 안동은 최근 유네스코 문화유산으로 등재된 하회마을을 비롯해 도산서원 병산서원 농암고택 유교박물관 등 찾을 곳이 많다. 조선조 대표적인 성리학자 퇴계 이황과 그 제자 유성룡은 당대의 큰 산맥을 이뤘다. 같은 시기에 호남엔 송순과 정철로 이어진 인물이 있어 서로 비교하기도 한다는 해설안내원 설명이다.

퇴계 선생은 벼슬보다 은퇴 후 펼친 삶이 더욱 빛나 우리들에게 귀감이 된다. 후학 양성, 깊은 사색에 바탕 한 저서 활동으로 드러난 넓고 해박한 철학은 조선조의 대학자로 우뚝하다. 멀리 장성의 기대승과 서찰을 이용한 사단칠정논의를 여러 차례 했다. 그 일면엔 일찍 부모를 여의고 어렵게 자라며 단련된 퇴계선생의 남을 배려하는 인간미가 함축되어 있다고 한다.

육사의 시 「절정」과 백마 타고 오는 「광야」의 현장이기도 한 주변 경관은 아름답다. 태백에서 봉화를 거쳐 흘러내린 낙동강 상류를 읊은 「도산구곡」은 국문학사에서 높게 다룬다. 도산서원 부근엔 유유자적하던 퇴계의 자취와 향기가 곳곳에 묻어난다.

우리들은 퇴계의 삶을 흠모하고 예찬한다. 그러면서도 그 발길을 따라가기가 어려운 것은 무엇 때문일까. 그것은 육사선생이 인간의 본성을 꿰뚫고 '옥비'라는 딸 이름을 통해 후진들에게 가르친 욕심 버리기에 서툴기 때문인지 모른다. 끝없이 꿈틀거리는 사사로운 욕망과 갖가지 세상사에 휘둘리고 있기 때문일 것이다. 혹은 도회의 잿빛에 물든 병이 깊어 무딘 가슴에 멋스러움이 근접하지 못하는 건지도 모른다. 어떻게 살아야 할까? 현대인이 은퇴 후 어떤 삶이 바람직 한 것일까. 퇴계가 살던 시기와는 너무 다른 환경 아닌가.

섬광처럼 스치는 생각 중에 〈봉사활동〉이 떠올랐다. 전문성을 살리건 누구나 맘만 있으면 할 수 있는 단순한 봉사활동이건 상관없다. 봉사 활동은 은퇴자들의 보람된 삶을 일구는 금과옥조 일성 싶다.

여생을 구차스럽지 않고 가을 철 노란 은행잎처럼 산뜻하게 마무리 하는데 글 쓰는 일만으로 만족할까. 도산서원 뜰을 나서며 수명이 늘어나고 건강이 좋아진 세상을 마냥 좋다고만 할 수 없다는 생각이 밀려들었다.

펜클럽 문학기행을 마무리 하며 남은여생을 채우는 콘텐츠를 무엇으로 채울까? 숙제를 안고 돌아 왔다.

나라중심 세우기

– 김 진 현

환경과 성장

한 사람의 인격은 하늘이 내린 본성과 부모와 스승에게서 받은 교육 독서와 친교 등을 통해서 이루어진다.

김진현은 일본강점기에 아버지가 독립운동단체인 '신간회'에 참여했고 광복 후 청렴 도지사를 역임한 선친을 본으로 삼았다. 성장하면서 김구선생의 「백범일지」를 읽고 혼魂을 받아 불태우며 살아왔다. 지금까지 아버지와 백범은 삶의 엄정한 사표요 채찍이다.

1936년생인 김진현은 과학기술처장관 때 일본강점기의 초등학교 3학년 담임 홍진기 선생 이야기를 두 번인가 했다. 세상에 대한 분별력이 아직 일러 학교에서 일본어로 공부하는 것도 별로 이상하게 생각하지 않았다. 그런데 하루는 담임선생님이 "우리글은 '한글'이고 국기는 '태극기'이며 상하이에 '임시정부'가 있다."는 요지의 이야기를 했다. 이 내용을 처음 들었을 때 가슴이 뛰고 우리민족과 조국에 대한 인식이 머릿속 깊이 새겨져 나라사랑에 대한 싹이 푸르게 자랐다. 홍 선생님이 눈 뜨게 한 '진실'은 1945년 광복으로 가렸던 구름이 걷히고 사실로 드러났다.

광복은 경천동지로 전혀 다른 세상으로 탈바꿈했다. 홍 선생님이 깨우쳐 준 내용이 얼굴을 내민 것이다. 이때부터 〈진실〉은 김진현의 좌우명이 되었다. 어떤 사안을 대할 때 진실이 무엇인가를 생각하고 진실을 찾아 글을 쓰고 말하며 세상을 향해 목소리를 냈다. 진실의 바탕에서 편 가르기 아닌 '공평'이 이어졌고 지금까지 진보와 보수에 치우침 없이 옳다고 판단한 길을 걸었다.

언론인

서울대학에서 사회학을 전공한 김진현은 1957년 견습기자 공개경쟁시험에 합격하여 연합신문과 동아일보로 이어지는 언론인으로 진출했다.

김진현은 경제기획원 출입기자로서 활동을 본격화한다. 현대경제학 책에는 슘페터의 '창조적 파괴 기술의 위력'이 조금 언급 되었다. 아담스미스의 자유방임경제학을 뒤엎은 재정을 통한 정부의 개입(1920년대 미국경제공황 치유)을 강조한 케인즈의 현대경제학을 정독했지 싶다.

1960년대는 일반국민들이나 지성인들이 과학기술에 관심이 없었던 시기다. 그런데 경제기획원 업무에서도 소외된 부서라 할 수 있는『기술관리국(1967년 과학기술처 모체)』업무에 관심을 갖고 취재하며 키스트 설립에 관한 기사를 비롯하여 과학기술에 관한 기사를 쓴 예외적인 기자로 독특함이 보인다.

1966년 주 1회씩 1년 간 쓴「코리아의 고동」은 세계로 향하는 '한국' '한국인' '한국 상품' 등 한국경제의 산업화 국제화와 한국문화 해외진출 등을 담아 낸 주옥같은 글들이다. 57년 전에 오늘날 해외 젊은이들의 열광과 갈채를 받는 '한류의 원형'도 예시되어 있다. 연재 된 코리아의 고동은 김진현을 주목받는 언론인으로서의 궤도에 올라서게 한 명문들이다. 김진현은 저명 칼럼리스트인 월터 리프먼 레이몽 아롱 같은 칼럼리스트가 꿈이었다. 1980년대 격랑의 민주화과정을 날카롭게 헤집은 120여 편의「김진현 칼럼」은 그 꿈이 반사 된 빛이다.

민주화 과정에 동아일보도 진통이 컸다. 정권 탄압에 맞서 백지광고를 메우던 국민들의 의로운 기백이 선하다. 그 물결 속에 동아일보 내에도 노동조합이 결성되어 시련의 시간이 있었다. 이어진 전두환 보안 사령부 칼날에 의해 동아일보사에서 추방 되어 낭인이 되기도 했다.

실직의 답답한 심신을 달래려 양산통도사 금강암에 잠시 머물 때다.

아침에 뒷산 정상에 올랐다. 바위에 손바닥만 하게 패인 작은 곳에 비온 뒤 고인 물에서 꿈틀거리는 생명체를 발견하고 "하늘이 내린 생명의 존엄과 경이"를 보았다고 과학기술처 월요 간부회시 술회했다.

어려운 고비를 넘어 다시 동아일보 논설주간으로 활동했다. 사내 여진은 가라앉은 듯했으나 언제 지각을 뚫고 불덩이로 솟아오를지 몰랐다. 착잡한 마음이 교차하는 중에도 동아일보를 정년까지 지키고 싶었다.

그런데 1990년 11월 9일 제6공화국 노태우 대통령 김종인 수석으로부터 과학기술처장관 내정 일방적 통보 후 대통령발령이 있었다. 과학기술 전문가가 아닌 자신도 동아일보사도 과학기술계도 놀랐다고 회고한다.

과학기술처장관

인력계획과장 때다. 핵폐기물시설과 관련하여 충남 안면도에서 민란에 버금가는 큰 사건이 일어났다. 정부의 대응은 '과학기술처장관 교체와 사업의 백지화'였다. 에너지 빈국에서 청정에너지인 원자력발전 확대는 현 시점에서 필수다. 그런데 국가적 중요과제인 사용 후 핵연료 저장시설이 수많은 진통을 겪고도 지금까지 원점에서 맴돌고 있다. 처음 원자력발전소 운영허가 때 원자력국장 박시열이 "폐기물 처리시설 계획을 제출하지 않으면 운전면허 불가"라는 주장이 관철 되었어야 했다. 그런데 윗선에서 변했던 것 같다. 1970년대에는 사용 후 핵연료시설을 함께 건설했어도 환경단체나 주민들 저항이 없었을 것이다.

안면도 파동 후 김진현 장관이 부임 했을 때 필자는 놀라지 않았다. 과학기술처장관은 전문성이 필요한 자리지만 과학자 장관 중엔 실망시킨 분들도 있었다. 장관은 전문성도 중요하지만 과학기술계 전체를 잘 아우르고 관련부처 국회 등 외곽에 대하여 잘 대처하는 역동성이 더 중요하다. 과학기술처에는 간부를 비롯하여 이·공학 전공 공무원이 많았고 차관을 과학기술자 중에서 임명하면 별 문제가 없다는 생각이었다.

전두환 대통령 이후 특정연구개발 사업이 본격화되기 이전은 국민은 물론 정부부처 내에서도 과학기술처는 무관심 속 희미한 존재로 선배와 동료 후배들은 관련부처와 국민을 향해 목마른 설명과 외침의 반복이었다.

「광주과학기술원설립」업무로 광주현장에 모시고 간 일이 있었다. 장관님은 지역민들에게 덕망이 높고 사업가인 금호그룹 박성용 회장을 '설립추진위원장'으로 지명하여 의견수렴과 리더십 발휘에 큰 역할을 맡겼다. 그 때 전남대 조선대 공대학장도 회의에 참석했다. 전남대공대학장은 "독립법인이 아니면 전남대를 지원함이 낫다"는 주장을 했다. 그러나 정부 내에서는 카이스트 분원으로 설립키로 합의 된 상태였다.

대통령과 장관이 바뀐 뒤 다시 독립법인 「광주과학기술원법」을 추진할 때 경제기획원 문교부 국방부등 관련부처를 설득하여 합의하고 법제처 심의까지 마쳤다. 독립법인을 가장 세게 반대한 경제기획원은 "재정의 과 부담"이었다. 하루는 어떻게 해야 벽을 뚫을 수 있나? 곰곰 생각했다. 비용이 얼마나 더 드는지 분석했다. '기관운용에 추가 비용은 상임감사실 1억 원' 정도다. 분석 자료를 가지고 기획원 정해*과장을 찾았다. "법인화해도 모든 시스템은 분원과 같다. 다만 상임 감사는 신설해야 되는데 약 1억 원 정도 추가 된다." 설명을 들은 정 과장은 "그 정도면 독립법인으로 하자"고 했다. 그런데 뜬금없이 총무처반대에 부딪혔다. 수차례 총무처 설득에 실패하고 박성용 추진위원장에게 도움을 요청했다. 황인성 국무총리는 박 회장 계열사인 아시아나 회장을 역임했었다. 황 국무총리를 이해시켜 법 제정에 결정적인 역할을 했다. '적소에 맞는 인재 기용'은 지도자의 성공 요건이다.

월요간부회의를 중심으로 윤슬처럼 반짝이는 기억의 조각들을 더듬어 본다. "지금은 민간기술이 공공연구기관을 앞서는 측면이 있다. 국방과학기술도 민간기술과 접목하여 끌어올리도록" 담당 조정관(국장)께 지시했다. 국방과학은 ADD가 전담하던 때다. 보안 등 군사정부영향에 젖은 공무원으로서는 그 영역은 금기시 되는 울타리가 쳐 있을 때다. 가능할까하는 회의가 있었다.

김진현은 1급 공무원 3명을 한꺼번에 옷을 벗겼다. 이런 연유로 칼날 같은 기강을 세우고 있었다. 담당국장은 열심히 뛰었다. 그리고 민간기술과 접목을 국방부 쪽에서 수용했다고 보고했다. 회고담을 읽다 보니 담당국장의 노력만이 아닌 장관이 대전소재 국방과학연구소를 방문하여 연구소장께 직접 제안하였다. 소장은 장관 방문은 처음이라고 반기며 수용의사를 밝혔다.

지금은 민간업체에서 방위산업의 다양한 첨단제품들을 생산하여 외국에 수출하고 있다. 그 씨앗을 김진현이 심었다는 생각이다. 방위산업은 민간기술 날개를 달아 세계적으로 높은 평가를 받는다.

장관을 역임하면서 여러 무게 있는 일들을 많이 했다. 짧은 글에 다 담을 순 없다. 다만 리더십이나 바른 방향의 추진력 등은 과학기술처장관을 역임하면서 사회적으로 확실한 평가를 받았다고 본다. 특히 공산권 개방물결 속에 미국 중국 소련 등 여러 나라와 과학기술외교를 전 방위적으로 펼쳐 우리가 원하는 쪽으로 유도했다. 임명 당시 과학기술계의 우려는 기우였다.

빠뜨릴 수 없는 일이 또 있다. 간부회의에서 "원자력소관 장관인 자신도 모르게 임명한 「원자력대사」"와 관련하여 담당 실 국장을 크게 꾸짖었다. 안면도 사태로 물러난 전임 장관을 위로 했지만 자신도 모르는 원자력대사 임명으로 원칙에 어긋난 일에 대하여는 그냥 넘어 갈 수 없다는 점을 간부와 직원들에게 각인시켰다.

1991년 11월 9일 오후 국회 예산결산위원회에서 과학기술처 예산심의를 했다. 예산결산에 대한 심의가 원만하게 진행 되어 마무리 단계에 뜬금없이 원자력발전소 건설문제가 제기 되었다. 야당 박영숙 의원이

"동자부 장관에게 물었어야 했는데 넘겼다며 2030년까지 50기의 원자력 발전소 건설하겠다는 것이 사실인지" 물었다. 원자력위원회 상정 등 협의가 없었던 내용이었다. "원자력발전건설은 동자부소관으로 잘 모르겠습니다."

모른다는 답변을 야당의원들이 물고 늘어져 릴레이식으로 질문했다. 박영숙 등 7 명이 추궁 식으로 물었으나 "협의한 사실이 없기 때문에 모른다."는 답변을 반복했다. 자정이 넘도록 같은 내용의 질문과 적당히 타협하지 않은 '진실 지키기' 논쟁은 그 때 국회의사록 2-16쪽을 가득 채웠다. 박실 의원이 "원자력위원회회의록을 제출토록 하자"는 발언으로 종결 되었다.

장관이 국회야당의원과 긴 시간 논쟁 끝에 진실을 지켜 이긴 찾아보기 어려운 사례를 남겼다. '진실'에 바탕 한 김진현 식 삶과 리더십의 사례다.

국가정책 개념과 G7 프로젝트

과학기술처 장관으로서 김진현은 국가정책에서 과학기술의 위상에 관하여 일반관념을 깨는 철학이 있었다. 과학기술을 경제의 종속변수로만 생각한 사회통념과 과학기술처 공무원들의 생각을 바꾸는 노력을 지속적으로 했다.

"과학기술은 경제발전을 견인하고 첨단무기로 국방력강화 산업화과정에서 발생한 환경문제 해소 제품의 품질을 높이고 획기적인 생산증대 과학영농 기르는 해양수산물에 이르기까지 과학기술이 주도하는 국가정책의 상위개념"임을 강조 했다.

그런 바탕에서 G7국가 수준으로 기술을 끄집어 올린다는 목표제시와 과학기술 핵심과제인 특정연구개발 사업을 새로 추슬러 『G7프로젝트 11개 대형과제』를 도출했다. 이는 과학기술처공무원들을 앞세워 기획했지만 선진국에서 공부하고 생활한 정부출연연구소 연구원 이·공계 대학 박사 산업계 의견 등을 모아 전문분야별로 심혈을 기울여 정리 한 것이다.

과학기술계나 언론계에서는 김진현의 장관재임 중 가장 큰 업적으로 "G7프로젝트의 수립 추진"으로 평가 했다고 술회한다. 산만하게 추진하던 특정연구개발 사업을

*초고집적반도체('93-97:5,500억원).   *광대역종합정보통신망(92-2001: 5,700억) *고선명 TV(92-94: 625억) *신의약· 신농약 (92-97: 1,964억). *첨단생산시스템(92-2001:4,393억) *정보전자 에너지 첨단소재(92-2001:2,719억) *차세대 자동차(92-96:4,500억) *신기능생물소재(92-2001:3,860억) *환경공학(92-2001:2,315억) *신에너지(92-2001:2,856억) *차세대원자로(92-2001:2,380억 원)을 확정하고 추진했

다. 지금 민간 기업들이 세계를 앞질러 달리고 있는 기술의 신바람 속에는 김진현이 역점을 두어 기획하고 추진한 기술개발과제들의 뼈가 보이고 숨결이 있다.

국무위원

장관은 모두 국무위원이 먼저다. 대통령이 준 임용장에 『○○○을 국무위원에 임함 ○○○장관에 보함』이라고 쓴다. 국무회의는 대통령 또는 국무총리가 주재한다. 매주 정기적으로 열리는 국무회의는 각 부처에서 올리는 법령안이나 주요정책 보고사항들을 심의하고 의결한다. 각 부처에서 올린 국무회의 안건은 대부분 실무협의 차관회의를 통과한 안건들이다. 그런데 간간이 이견이 있으면 재협의토록 유보되기도 한다.

국무회의에서 김진현은 다른 부처에서 올린안건도 사리에 맞지 않으면 의견개진을 했다. 일반적으로 반대가 아닌 더 나은 대안은 국무위원으로서 책무라 생각했다. 관련부처에 부담을 주지 않고 내용을 보다 충실하게 한 측면에서 스스럼없이 의견을 개진하면 대부분 받아들여졌다. 그 결과 타 부처에서 주요안건을 올릴 때면 과학기술처 기획관리실장에게 사전 설명하는 예도 있어 기획관리실장이 자긍심을 느낀다는 얘기를 했다. 당시 강영훈 국무총리가 회의를 마무리 짓기 전에 "김 장관 의견 없나요."하고 묻기도 했다고 회고 한다.

체신부에서 「제2이동통신 사업자」를 선경(현SK그룹)으로 지정하는 안건이 올라왔다. 노태우 대통령과 선경은 사돈 간이었다. 장차 누가 될 수 있다고 판단하여 김진현은 발언 했다. "아무리 선경의 기술성이 높다 해도 임기 6개월을 앞두고 대통령 사돈회사로 사업을 지정하는 것이 옳은 일인가. 좀 더 신중해야 하지 않나"는 취지로 발언 했다. 말을 마치니 최병열 노동부장관이 "김 장관 말씀이 옳습니다." 제청하여 안건을 유보 시켰다.

전·노 대통령이 퇴임 후 겪어야 했던 많은 고난을 떠올리면 국무위원으로서 건전한 상식과 진실에 바탕 한 김진현의 고언은 얼마나 현명이었나.

대양大洋으로 나아 감

국무위원 겸 장관을 역임한 김진현의 활동영역과 맡은 직책은 광범위하고 다양하다. 중견언론경력을 거쳐 훌륭하게 수행한 과학기술처장관이 보여 준 리더십에 대한 사회적 평가는 아주 정당했다.

장관 퇴임 뒤 김진현에게 중요 직책들이 경쟁하듯 이어 진다. 동아일보와 과학기술처 장관의 '해협'을 지나 큰 바다 '대양'으로 나아 간 것이다. 진실과 원칙을 지키는 사회적 평가는 자신이 하고자 하는 일을 창설하거나 희망하는 시민단체에 참여하는데 문이 활짝 열려 순탄하게 나아갔다.

대양의 항해에도 항로는 있다. 김진현은 중심을 잡아 항로를 이탈하지 않았다. 우리사회의 병폐인 극단주의를 경계한다. 극단적인 환경단체나 노동운동은 우리사회가 나아가는데 저해요인 일 때도 있다. 영세업종은 국가 지원이 필요한 부분이 있지만 중견기업 이상은 저임금 국가가 아니다. 많은 국내기업이나 한국에 진출한 외국기업들이 과격한 노동조합에 고개를 젓고 외국으로 탈출하는 사례가 많다. 과하면 부족함만 못하다.

광복 후부터 격렬했던 좌우 이념문제도 민주화과정을 거치면서 걸러져 대결의 요인이 대부분 해소되지 않았는가. 여 든 야 든 정책경쟁을 해야지 보수니 좌파니 하는 논쟁이 무의미 한데도 여전히 시끄럽긴 하다. 김진현은 삶을 통해 우리사회 병폐를 뛰어넘어 갔다. 김지하 고은 강원룡 등 진보적인 분들과 친교하고 최병렬 등 보수주의 인물들과도 깊게 교류해 왔다.

회고록인 『대한민국 성찰의 기록』을 보면 명료하다. 책 표지 안쪽에 적은 내용을 인용한다. 서울시립대 총장 대한민국역사박물관 총 책임자로 각계의 의견을 수렴하여 편향 되지 않은 전시물 배치. 문화일보 회장으로 남북정상 회담 수행 등 굵직하다.

한국경제연구원 신설 해양, 과학기술, 미래에 관한 연구기관 등 10여개 기관을 창설 운영하기도 했다. 국가가 위촉한 『세계화추진공동위원장』을 역임하고 이봉창 안재홍 장준하기념 사업회 창립총회장. 이승만 장면 기념 사업회. 김구 조봉암 김성수 기념행사에도 참여하여 『대한민국 중심주류 찾기』 역할을 했다.

김수환 이한빈 선생 등의 가르침으로 본격적인 NGO 활동도 했다. 송월주 스님 서경석 목사 박세일 교수 등과도 경제·통일 환경 관련 20여 개 단체에 참여하거나 창립하기도 했다. 「세계평화포럼」을 오랫동안 운영했다.

경계境界인

김진현은 일제 강점기에 태어나 초등학교에 다니다가 광복을 맞았다. 그러나 미국과 소련에 의해 38선이 그어지고 남북이 분단되었다. 이는 강대국의 일방적인 처사로 역사적 치욕이며 지금까지 만족갈등의 원죄로 이어지고 있다.

김진현은 스스로를 「경계인」이라 한다. 앞에서 본 바와 같이 자신은 고질적인 이념에 막히지 않고 좌든 우든 "대한민국정체성 세우는 일"이면 거침없이 나아갔다.

시대 구분 측면에서도 수많은 경계점에 서 있다. 광복은 큰 전환 점 중 하나다. 광복 전과 후는 역사적으로 큰 획을 긋는 경계다. 1948년 8월15일 초대대통령이승만취임 후 1987년 민주주의 정착까지 약 40 년간은 우리사회 격동의 연속이었다. 남로당이 일으킨 제주 4·3 사건 여순사건. 6·25전쟁은 북쪽 공산정권의 남침으로 세계 3차 대전이라 할 만큼 참전 국가 수가 많았고 핵무기를 제외한 첨단무기도 총동원되었다. 시대적 관점에서 획을 긋는 경계점은 반복 되었다.

4.19 5.16 10.26 12.12 5.18등 고비마다 피를 흘렸다. 김진현은 언론인으로서 역사의 소용돌이를 겪으며 치우침 없는 경계인으로서 진실과 정의만 바라보며 국가가 나아가야할 방향을 지속적으로 제시했다.

산업의 변동도 극심했다. 농업사회에서 산업화를 거쳐 정보화 사회까지 숨 가쁘게 달렸다. 김진현 뿐 만 아니고 광복 후 지금까지 살고 있는 우리는 여러 경계를 넘으며 지켜 본 시대적경계인이다.

1980년대 이후 첨단과학기술을 천착하여 국력이 치솟은 것, 자유민주주의 실현으로 세계가 우러러 본 우뚝한 국가위상도 놀라운 큰 획이다. 2021년 7월 6일 유엔무역개발회의(UNCTAD)는 한국이 심의요청을 하지도 않았는데 관련국들이 모여 『한국을 선진국』으로 만장일치 결의했다.

광복 후 GDP는 50-60 달러로 북한 보다 가난했다. 정부수립 후 70여 년 만에 3만5천 달러를 넘어 선 명실상부한 기적을 이루었고 2차 세계대전 후 신생 국가를 포함한 개발도상 나라 중 유일하다.

국제적으로 평가 받는 선진국은 단순히 경제적 부만을 지칭함이 아니다. 경제력 민주주의 보건시스템 부패지수 인권 노동환경 등 많은 평가항목을 종합한 결과다.

2023.12.14. 김진현 사무실을 방문했다. 책으로 가득 찬 방에 비서도 없이 지금도 독서와 사색 글쓰기에 일념이다. 2023년 2월 발간한 「한국의 새 길을 찾다」 총 542쪽은 국가원로 학자 등 24인의 공동 집필이다. 김진현의 "대한민국의 통사通史, 근대화혁명의 성공과 실패"라는 글 40여 쪽이 실렸다.

언제까지 탐구와 글쓰기를 계속할지 경계인을 넘어 103세 김형석 교수 활동을 떠올리게 한다.

〈주〉 김진현 회고 「대한민국 성찰의 기록」에 바탕 함.

몽마르트언덕 별들

- 볼테르

에펠탑

파리관광에 낭만의 상징 세느강은 필수다. 그러나 한국인이 파리 세느강에 가면 명성에 비하여 강폭이 좁다는 생각을 할 것이다. 시원한 한강의 넓은 가슴에 비하면 얼마나 협량한가다. 오세훈 시장이 의욕적으로 한강르네상스를 추진할 때 박수치며 부풀었는데 엉뚱한 학교급식문제로 도중하차 해 버렸다.

세느강에는 유람선이 뜨고 주변을 공원으로 꾸몄다. 이름만으로도 부풀게 하는 세느강 옆 에펠탑. 건설 당시엔 환경단체들로부터 많은 저항을 받았다고 한다. 철로 만들어진 에펠탑이 이젠 황금알을 낳는 거위가 되었다. 프랑스혁명 100주년 기념탑을 짓게 했는데 창의적인 엔지니어가 세계적 명품을 만들어 놓아 돈 내고 줄서서 오르게 한다.

탑과 어우러져 세느강 유람선도 활기를 띄지 싶다. 탑에는 오후 햇빛에 반사 되어 황금빛으로 반짝이는 조그마한 '에펠' 동판이 마음을 끄집어 삶의 의미를 되새기며 뚫어져라 바라보았다.

볼테르 선생님

몽마르트 언덕 화가들이 그림을 팔아 생계를 이어가는 예술가들의 자유분방한 테르트르 광장을 하염없이 거닐며 책을 통해 만난 몇 분의 프랑스 스승들을 짚어 봤다. 먼저 중세 천년의 암흑기 두꺼운 벽을 깨는 데 앞장 선 계몽주의 볼테르(Voltaire) 선생님이 떠올랐다.

편협의 외골수에 매몰된 등등한 기독교(천주교)를 비판하며 새벽을 여는 닭 울음을 토해낸 것은 모험이자 지혜를 퍼뜨린 순교적 용기였다. 실권세력 슈발리에(Chevalier)가 보낸 하인들에게 몽둥이로 두들겨 맞을 때 "머리는 때리지 마라. 아직 쓸 만한 생각이 뇌에 잠겨 있을 것이다."고 외친 볼테르.

책을 읽으며 아픔을 넘어 죽을 수도 있는 테러를 당하면서 익살스런 해학諧謔의 여유에 경탄 했다. 한때 영국으로 피신하거나 스위스 부근 페르네 지방에 머물면서 시와 소설을 쓰고 역사를 연구하며 철학에 정려하면서 천년 암흑을 이끈 기독교의 피폐를 끝까지 비판한 선생님. 기독교인이었으면서도 맑은 하늘같은 '이성理性'의 외침으로 중세 암흑 천년을 걷어내고 피어 낸 '계몽주의'라 평가 하는 아테네 철학인 〈이성〉의 르네상스 꽃이 향기롭다.

루소 선생님

또 한분 루소(스위스 태생 프랑스에서 활동)가 떠올랐다. 어머니는 일찍 돌아가시고 10대 초에 아버지는 아들 루소를 팽개치고 떠났다. 고아로 자란 루소가 자신의 아들 5 명을 모두 고아원에 보내야 했던 빈곤 죄의 비통함 파렴치를 딛고 살았다. 얼마나 어려운 삶을 살았는지 유추되는 대목이다.

만일 오늘날 전개되는 한국의 청문회 제도 같은 심사대에 섰다면 폐륜으로 치부되어 몰락했을지 모른다. 슬픈 가정사와 윤리적 낭패를 뚫고 루소는 자연주의 바탕에 『사회계약론』으로 민권신장과 민주주의에 큰 주춧돌을 놓았다. 자유민주주의 아버지 루소를 보면 "어려운 환경이 결코 인간의 삶을 좌절 시키는 것만은 아니다."라는 교훈을 안겨준다.

철인 칸트가 탐독에 빠져 규칙적인 산책 시간을 망각했다는 루소 참회록이자 교육이론인 『에밀』 그는 에밀을 통해 교육에서 '어머니 중요성'을 강조 했다. 아기 낳기와 보육을 꺼리는 상류층 여성들을 향해 걱정과 비판을 했다. 그 걱정스런 현상이 오늘 우리나라에서 도를 넘어 '민족 소멸'이란 절벽으로 치닫고 있다. 비틀어진 왜곡을 펴는 정부쇄신정책을 서둘러 시행해야 한다. 우리 젊은 남녀들은 남녀 사랑으로 빚어내는 가정의 따뜻함과 자녀와 어울림 속 행복을 심각하게 돌아봐야 할 것이다.

"인간의 본성은 선이고 선은 자연이다"고 한 루소의 주장은 맹자의 성선설과 유사하다. 그런 바탕 위에 루소는 두 갈래 인간 불평등 론을 전개했다. "자연적 또는 신체적 불평등이 하나다. 또 다른 불평등은 도덕적으로 혹은 정치적인 불평등으로 사회를 구성하면서 생겨난 불평등이다."

헤겔이 불평등에 관심을 가졌다. 헤겔 좌파 마르크스는 헤겔의 '사회적 불평'등 론에서 힌트를 얻어 공산주의로 달려가 인류사에 참혹한 살생 판이 벌어지게 했다. 평등을 내세운 스탈린이나 모택동은 수 천만 명의 인민들을 살해 했다고 알려져 있다. 지금 마르크스가 주창한 공산주의는 장마당경제체제로 전환하여 본질이 소멸된 거나 마찬가지인데 〈사회주의 독재〉는 아직도 담장너머 암울이다.

베르그송 선생님

몽마르트 언덕에서 상상은 이어졌다.

베르그송 선생님의 『창조적 진화』이야기는 내 삶의 실천적 과제였다. 외국어에 아둔한 저로선 모두 번역서로 만났다. "인간은 수동적으로 적응하는 기계가 아니고 새 방향으로 나아가는 힘의 초점, 창조적진화의 중심이다.'고 선언한 내용의 부연들을 뜯어보며 학습했다.

"변화는 우리가 상상하는 것보다 훨씬 근본적이다." 이 말을 음미하며 인간 삶은 부단한 변화를 통한 더 나은 곳으로 발전시켜 나갈 수 있다는 실마리로 삼았다. "각 순간은 단순히 어떤 새로운 것일 뿐만 아니라 예측할 수 없는 것이다. 시간은 축적 성장 지속시켜 나간다. '지속'이란 과거가 미래로 쏠려 살쪄가는 연속적 진전이다."

「진화」하면 '다윈'을 먼저 떠올린다. 다윈의 진화론 파장이 선생님의 「창조적 진화」 파장보다 더 컸었던 것 같다. 자연과학의 영역을 넘어 인문학에까지 영향을 미쳐 전래의 생각을 바뀌게 했으니까. 신의 창조설을 훼손한 다윈의 진화론. 그 책은 한 때 읽지 못하도록 권력에 의해 '금서처분' 되었다. 그런데 다윈의 '싸움을 통한 강자생존'의 생물학의 지평을 넘어 선생님은 정신세계로 승화시킨 거다. "의식은 뇌에 의존하고 뇌와 함께 멸한다." 우리들이 생각하는 것. 착한 생각 악한 생각, 미래에 대한 설계, 이런 모든 사고는 전적으로 뇌의 작용이다.

그렇다면 '마음'이란 따로 없는 것 아닐까? '정신 나간 사람'이라 말하지 '마음나간 사람' 이라 말은 공명이 없다. 나는 '마음'의 실존에 대하여 회의하곤 한다. 그러면서도 동서고금에 사용한 '마음'이란 용어를 시 쓸 때도 가끔 쓰고 있다. 근원이 없는 허상, 〈뇌 작용의 그림자로 따라다닐〉 뿐 따로 있는 영역이 아닌 것 아닌가. 저의 문제 제기에 대하여 베르그송 선생님. "마음의 근원이란 이것이다."는 과학적인 답을 주십시오. 동서양 옛 부터 지금까지 인정하는 『마음: 心,mind』의 실존은 무엇인가. 마음이란 뇌의 작용에 의한 정신의 종속 아닌가. 심신은 마음과 정신의 두 개 뜻이 아닌 정신세계의 오묘함을 의도적으로 구분 짓는 그림자가 실존처럼 도착된 개념일성 싶다.

"선택은 창조적 활동이다." 했을 때 그것 또한 의식, 즉 뇌 작용의 영역 아닌가. 선생님께서 '의식은 뇌에 의존한다'고 말씀 했으니까요. 그렇다면 인류가 공인하고 믿어 온 '마음'이란 잘 못 분류한 것 아닐까요? 실제로 뇌가 기능이 망가져 의식을 잃고 식물인간으로 누워 지낸 환자들이 있지 않은가. 만약 '마음'이란 것이 뇌 아닌 다른 기관, 예 컨데 심장의 파장에 근거 한다면 뇌가 망가져도 또 다른 의식인 '마음'은 작동해야 하는 것 아닐까. 그런데 "의식은 뇌가 망가지면 함께 멸한다."는 선생님께서도 "마음(mind)은 척도(measure)다."했는데 무슨 뜻인지 이해할 수 없습니다. 뇌가 망해 의식이 소멸된 상태에서 가늠하는 '척도'가 존재할 수 있는 건가요?

궁금증에 빠져 창고노동자의 아들로 태어나 솟아오른 「이방인」 「시지프스」 바위 굴러 올리기 신화 저자 알베르 까뮈나 계약결혼으로 사랑에 빠진 실존주의 소설가 샤르트르는 놔두고 내려왔다.

3

샛별

과학영농의 아버지

- 우 장 춘

슬픈 생애와 결혼

우장춘 박사는 한국농업을 일으켜 세워 굶주림을 완화 시키려는 열정으로 첫 삽을 뜬 애국자이며 위대한 과학자요 과학영농의 아버지다. 1950년대는 〈과학·기술〉 이란 용어가 생소했다. 남북분단 상황에서 몇 명의 공학박사가 북한으로 가버렸다.

광복 후 이공계 박사는 열 명 내외로 희귀했다. 우장춘은 1930년대 도쿄대학에서 농업박사 학위 취득 후 낙후한 조국을 일으켜 세우겠다고 다짐했다. 그는 조국을 애틋하게 사랑했다. 독립운동가 김철수의 당부 때문이었을 것이다.

1950년에 일본에서 과학의 불모지 조국의 품으로 돌아와 농업현장에서 연구하고 재배하며 땀 흘린 모습은 타오르는 애국 혼의 환한 빛이다.

우장춘은 1898년 4월 8일 한국인 아버지 우범진과 일본인 어머니 사카이 나카 사이에 도쿄에서 태어나 1958년 8월 10일 을지로 국립의료원에서 61세에 운명했다. 우장춘의 일생은 험난하고 애달다. 명성황후 시해사건 때 아버지가 일본을 도왔고 범죄자로 일본에 망명했다.

1903년 5세 때 아버지는 대한제국에서 보낸 고영근에게 암살당해 홀어머니 아래서 자랐다. 가계가 어려워져 6세 때는 고아원에서 지내기도 했다. 어머니는 우장춘을 데리고 히로시마로 내려가서 중학과정을 마쳤다.

머리가 총명함을 전해들은 박영효가 조선총독부에 건의하여 학자금을 지원받아 1916년 도쿄대학 농학과에 진학하여 넓은 길에 올라섰다.(박영효는 '태극기'를 처음 사용한 혁명가. 우장춘은 '공학'을 희망했으나 총독부에서 불허 함)

1924년 부인 와타나베 코 하루와 결혼했다. 가정교사로 가르치던 제자였다. 둘 사이에 연정이 깊어 결혼하려는데 장인이 조선인이라며 반대했다. 부인은 단호했다. 아버지와 의절하고 3년 뒤 '조선인 망명 지원을 하는 스나가'를 찾아가 명목상 우장춘을 입양시킨 후 결혼했다. "사랑의 힘은 국경을 넘는다."고 했는데 우장춘아내가 그랬다. 일제강점기 망명객을 도운 스나가도 기이하고 고마운 일본인이다.

세계 우뚝 선 생물학자

우장춘은 1935년 「배추 속屬 식물에 관한 게놈 분석」으로 유채는 배추와 양배추의 자연교배로 생겨난 식물임을 규명하여 도쿄대학에서 농학박사 학위를 받았다. 이는 진화론의 창시자 〈다윈〉이 생각지 못한 것으로 진화론을 보완하여 현대진화론 시대 문을 연 것으로 세계생물학계가 평가한 위대한 발견이요 창조다.

우장춘의 논문은 『종의 합성과 종간 접종에 관한 개념 제시』였다. 이 논문을 통해 세계적 명망 높은 육종학자의 지위에 올랐다.

일본에서 조선인이라며 차별은 받았지만 탁월한 육종학자로 생활하는데 큰 문제가 없었다. 우장춘은 도쿄대학에서 농학박사학위를 받은 실력으로 농사시험장에 취업했다. 16년간 말단 기수技手로 근무했다. 사표를 내고 종묘회사로 옮겨 근무하다 8년 만에 일본패망으로 퇴사 후 잠시 실업자로 지내다 조국에 돌아온 것이다.

홀로 귀국한 애국의 혼

우장춘 명성은 세계적으로 치솟고 있었다. 국내에서는 정부수립 전인 1947년부터 우장춘 귀국운동이 전개되었다. 1945년 광복과 함께 모든 분야에서 일본과 단절되어 국내에선 채소종자까지 구할 수 없어 농촌은 황량했다.

1950년 정부초청으로 우장춘은 조국의 품으로 돌아오기 위해 〈나가사키 현〉에 위치한 조선인 밀입국자 수용소로 향했다. 관리자가 "수용소 입소 대상자가 아니라"고 막았으나 한국으로 강제 추방당하기 위해 수용소에 자진해서 들어갔다. 어려움을 헤치며 키운 홀어머니와 장인과 의절하며 결혼한 사랑하는 처와 딸을 두고 조국의 고국에의 귀환이 보통 결심으로 가능한가? 아버지나라 농촌을 부흥시키겠다는 훨훨 타오른 애국심으로 홀로 송환 선에 올라 귀국했다.

조국에 대하여 눈을 뜬 것은 대학재학 중 일어난 사건에서 비롯되었다. 조선인 한 도지사가 도쿄를 방문하여 재일조선인들을 모아놓고 일본과 합방의 당위성을 강조한 내용의 친일연설을 했다. '청년독립운동가 김철수'가 연단에 뛰어올라가 도지사의 멱살을 잡아 흔들며 판을 깨버렸다. 이 엄청난 사건 뒤 우장춘은 김철수를 찾아가 자주 만났다.

그때 우장춘에게 "너는 아버지처럼 치욕스럽게 살지 마라. 독립과 조선을 위해 일해야 되고 네가 배운 것을 조국을 위해 봉사해야 된다. 절대로 조선 성姓을 바꾸면 안 된다." 이후 김철수가 병으로 세상을 떠날 때까지 형제처럼 정을 나누었으며 조국에 대하여 눈을 뜬 것은 젊은 독립운동가 김철수 영향이 컸다.

해군입대와 과학영농활동

1950년 정부에서는 우 박사에게 정착금으로 일본돈 100만 엔(현 한화 약10억 원 정도)을 줬다. 우장춘은 그 돈을 각종 종자를 구입하는데 모두 썼다. 6.25 전쟁이 터지자 50 넘은 고령으로 정부의 만류에도 해군 정훈장교로 자원입대하여 소령으로 제대했다.

1953.5-1957.5,초대중앙원예기술원장. 1957.5-1959.8(작고) 초대 농사원 (농촌진흥청 전신) 원예시험장을 역임했다. 6년이란 시간은 우장춘이 뜻을 펼치기에 너무 짧다. 우장춘의 귀국 후 생활은 공무원 박봉으로 궁핍했지만 애국심으로 버티며 활발하게 활동했다. 빈곤에 찌든 대한민국에 우장춘은 단비와 같았고 희망과 선망의 화신으로 농업현대화에 신화를 만든 과학자다.

"씨 없는 수박을 개발했다. 무궁화 꽃을 하얗게 개량했다…." 초등학교 4학년 담임 선생님의 말씀은 신비스럽기까지 했다. 이야기 구구절절 가슴이 뛰었다. 얼마간이나마 그런 길을 가고 싶은 꿈을 꾸었다. 나중에 알았지만 씨 없는 수박은 일본육종학자 키 하라 히 토시 박사가 개발했다. 우장춘은 육종학을 국내 후진들에게 소개하기 위해 씨 없는 수박을 재배 했던 것이다.

무와 배추씨를 전량 수입하던 때 우장춘의 연구 활동으로 국내에서 우량 무와 배추씨앗을 대량생산 보급했다. 개량종자는 외국 종자보다 우수 했다. 성공에 이르지 못 했지만 1년에 벼 두 번 재배연구(이모작)로 식량문제 해결에도 몰두했다.

바이러스 감염이 심한 강원도 씨감자를 개량하여 병에 강한 우수 품종으로 혁신했다. 세계적으로 평가 받은 뛰어난 육종학자 우장춘은 우리나라 육종학의 지평을 열어 준 밀알이요 스승이다.

제주도와 남해에서 감귤재배도 했다. 지금 품질 좋은 제주감귤산업은 우장춘이 한국인에게 남긴 선물이다. 국내 최초 육종학을 펼치며 과학영농의 길을 열어보였다. 우장춘은 당시 숭앙을 받기에 넉넉한 일들을 해낸 생물학자요 애국자다.

어머니 장례와 우물

어머니가 돌아가셨다는 소식을 듣고 다녀오려고 했다. 돌아오지 않을까 걱정했는지 정부는 우장춘의 일본방문을 허락하지 않았다. 우장춘이 가족을 저버리고 홀로 와 희생적으로 봉사한 조국에 대하여 정부의 태도는 인륜을 저버린 조치였다. 필자는 이 얘기를 읽고 가슴이 울렁거리며 눈물이 났다. 하는 수 없이 상복을 입고 시체도 없이 국내에서 초상 절차의 예를 갖췄다. 그 때 들어온 조의금으로 우물을 파서 이웃들과 함께 물을 마셨다. 우물 앞에 자유천慈乳泉(어머니 젖)이라 자필로 쓴 표지돌이 부산 우장춘기념관에 있다.

1999년부터 부산광역시에서 우장춘 기념관을 개관하여 기린다. 2층 기념관은 우장춘의 농업과학연구소 자리다. 부산광역시에서 우장춘 길도 지정했다. 동래구 온천동 미남교차로에서 금강식물원까지의 거리로 부산자치단체에서 매우 합당한 일을 한 것이다.

1959년 8월 작고 몇 시간 전에 정부는 '문화포장'을 수여했다. 훈장 아닌 포장은 우장춘 업적에 대한 인색한 예우 아닐까. 그럼에도 포장을 받고는 "조국이 드디어 나를 인정했구나. 조금만 더 빨리 주지." 독백한 뒤 돌아가셨다.

헌신에 대한 정부의 홀대를 참고 모친상을 당해 가지도 못한 채 교도소처럼 갇혀 고독을 씹으며 살았음을 느끼게 한 슬픈 대목이다. 곁에는 부인 우소춘(한국이름)과 벽에 매달린 푸르게 자란 벼 이모작시험그릇이 지켰다. 장례는 사회장으로 치렀고 묘지는 수원 전 농촌진흥청 뒷산에 모셨다. 묘지부근에 동상이 세워져 광채를 빛내고 있다. 그나마 애국자 예우를 한 징표다.

후진들

육종학은 이어졌다. 한 사람 한 사람의 창조적 누적이 문명이고 문화다. 1971년에는 허문회 박사가 수백 종의 벼 씨를 교배하여 일반 벼보다 30%증산된 통일벼 재배에 성공했다. 대통령이 달려가 격려하고 훈장도 수여했다. 그러나 쌀의 품질이 떨어져 수요가 적어 몇 년 뒤 재배가 중단 되었다. 이때는 보릿고개를 넘어가고 있을 때다. 2018년부터 아프리카 세네갈에서 우리 농업기술진에 의해 통일벼가 보급되어 식량난 해소에 기여하고 있다고 한다.

1980년대 중반 정부과천청사 과학기술처(부) 연구조정실에서 국가특정연구비 지원업무 일부를 담당한 때다. 하루는 우리나라 농업발전연구지원을 총괄(당시 14개 농업연구소)한 농촌진흥청 김00 국장이 찾아와 다급한 표정으로 말했다.

"종자은행을 만들려고 합니다. 농림부에서는 과학기술관련예산은 절박성을 설명해도 고개를 돌립니다. 과학기술은 투자해도 회임기간이 길어 바로 효과가 나지 않아 성과가 눈에 잘 보이지 않기 때문이죠. 우리나라에 산재한 모든 식물씨앗을 채집하고 보관해야합니다. 우량종 개발을 위해 채집한 씨앗을 외국 씨앗과 교환하기도 하고 국내 종끼리 교배하여 새로운 종자를 만드는데 필요한 시설입니다. 선진국들은 우리나라 야생 씨앗까지 채집하여 관리하고 있습니다. 우량식물 종을 만들기 위한 씨앗을 모으고 항구적으로 보관 관리하는 사업이 시급합니다. 씨앗을 저장관리 할 항온항습시설에 필요한 7천만 원만 지원해 주십시오."

다소 장황했지만 국장(이사관)이 사무관에게 애절 할 만큼 간절한 호소를 했다. 허문회 박사가 통일벼 개발할 때 400여 벼 품종과 교배 연구했다는 생각이 떠올랐다. 이튿날 모시던 김영중 국장께 보고하니 국장은 "국공립연구기관의 연구 활동 강화를 위해 필요해 보이니 지원해 줍시다."였다.

진흥청 김 국장에게 연락하여 절차에 따라 신청서를 접수하여 실장까지 결재 받아 지원해줬다. 지금 돌아보니 기원전 아리스토텔레스가 한 일을 2,300여년 뒤에야 했던 일 아닌가. 우리가 근·현대자연과학에 대한 접근이 참으로 늦었구나 싶다. 1차 년도 지원 후 타부서로 옮겼다.

몇 년 전 퇴직자모임인 회원들과 수원 농업박물관 견학 길에 동행했다. 정부의 지방 균형발전책에 따라 농촌진흥청은 전북완산으로 이전되고 그 터 일부에 농업박물관을 꾸몄다. 박물관은 농촌진흥청의 역사와 각 분야별 연구 성과물과 영상설명도 병합한 홍보장이기도 했다. 건강식품 인체에 이로운 화장품 여러 색깔의 장미 등등 전시물이 다양했다. 마치 생명과학 연구소에 들른 기분으로 변신했다.

공업 분야 4차 혁명이 화두에 오르내리는데 박물관에서는 농업 6차 혁명시대 영상을 띄우고 있었다. 연구 기술혁신에 유통시스템까지 포함한 내용이었다.

정부 특정연구비 지원확대로 농업분야에서 이룬 다양한 연구 성공사례를 관람하며 잠시 연구지원 업무에 근무했던 일이 떠도는 흰 구름처럼 스치며 뿌듯했다. 거듭된 연구 성과로 우리농촌이 과학영농으로 정착되어 새로운 옷을 입고 태어나기를 속으로 기원했다.

최근 발굴되었다는 '3천 년 전 볍씨'가 신기하여 갸웃거리며 들여다보다 '종자은행' 생각이 떠올랐다. 안내 한 분에게 종자은행 상황을 물으니 "항온항습시설과 그동안 모았고 지금도 모으고 있는 종자들 모두 완산으로 옮겨 종자개량연구에 잘 활용되고 있다."는 설명이다.

새롭고 유용한 수많은 종자개발로 공업위주 산업혁명에 뒤지지 않은 농업혁명도 기원한다. 우리농업기술도 크게 향상되었다고 했다. 덴마크를 뛰어넘는 과학기술영농으로 우리농촌이 부러운 삶의 터전으로 새롭게 자리 잡아 갈 가능성을 느끼게 한 보람찬 견학이었다.

헐렁해진 농촌은 폐허로 내리막길이다. 봄소식을 전하는 제비처럼 곳곳에 펼치는 과학영농만은 반짝이는 빛이다. 국내 공급뿐 아니라 수출도 한다. 어렸을 때 만나지 못했던 다양한 야채들이 도시 매장에 가득하다. 고추도 오이처럼 크며 맵지 않다. 년 소득 1억 원을 넘긴 농촌부자가 늘어간다는 기별이다. 어두운 밤 횃불처럼 우장춘 혼은 후배들에게 전수되어 낙후 된 농업의 과학화에 헌신한 연구원들이 많다.

이제 조국은 선진국으로 치솟았다. 조국의 농업현대화를 위해 가족도 팽개치고 희생한 애국자 우장춘 박사에게 "최고과학훈장인 '창조장'"을 추서하여 부산기념관으로 보내 기리게 하면 어떻겠는가.

노벨물리학상 메이커

- 이 휘 소

우리들의 자존심

2006년 9월 16일 저녁 시간. 매월 과학기술 책 한권을 선정하여 토론하는 '과학 책 읽기 독서회'에 참석했다. 그날 고려대 강주상 교수가 지은 "이휘소 평전"에 대한 강 교수의 발표를 듣고 토론하였다. 이휘소 박사와 함께 미국물리학계에서 활동했던 강주상은 동영상까지 준비한 치밀함으로 참석자들을 만족 시켰다. 그날 밤 발표내용과 토론을 통해 터득한 내용과 강주상 저서를 바탕으로 평소 존경한 우리들의 우상 이휘소에 대한 발자취와 세계적인 명성을 탐구해 본다.

나누어 준 강주상의 저서는 이휘소에 대한 존경과 그리움을 더욱 키웠다. 우리국민의 자존심이기도 한 이휘소의 행적을 알리는 내용 중엔 평전 내용을 인용한 부분이 많다.

세계적으로 높은 평가를 받으며 세계물리학의 정상에 오른 이휘소 박사께서 조국에 기여할 기회를 놓친 채 일찍이 타계한데 대하여 너무 안타까웠다. 그럼에도 이휘소님의 업적은 민족 자존심을 세우고 내 또래의 국민들 가슴 속에는 우상으로 남아 그립다. 아마 과학에 뜻을 품은 후배들 간에도 이휘소가 이른 경지를 들으면서 꿈을 키워 가는 분들이 있으리라 생각한다.

아쉬움

정근모 박사의 기획과 권고로 이휘소 박사가 고국의 과학영재들이 모인 한국과학원 후배 교육을 지원하고자 했다. 계절학교 형태인『저명한 교수들의 특강과 세미나 형 여름학기』를 함께 하기로 하고 돌아오려 한 것은 정말 잘한 결심이었다. 그러나 세상사는 호사다마다.

대통령이 나라발전의 명분을 내세워 영구집권 하겠다고 '유신선포'를 했다. 한국과학원 하계학교 책임을 맡기로 한 이휘소는 정근모에게 정중히 양해를 바라는 편지를 썼다고 한다. 민주주의를 외면한 유신선언에 의연하게 반대하고 발길을 돌려 귀국을 포기한 점에 대하여 평가해본다.

그것은 아쉬운 측면이 있다. 과학기술은 본래 이편도 저편도 아닌 정치적 중립성을 지니고 있다. 물론 과학기술은 중립일지라도 과학기술인은 정치적 의견을 가질 수 있겠지. 하지만 국가 백년대계의 과학영재 양성 하계학교운영 참여까지 독재정권 지지로 보았을까 하는 생각에 아쉬움이 크다.

영구집권은 몇 년 못 가 최 측근에 의해 무너졌다. 이 박사께서 꾹 참고 조국의 기둥이 될 후진을 양성하겠다고 조국에 더 자주 들르고 정성 쏟는 일이 많았다면 1977년 불행한 교통사고를 모면할 수 있었지 않았을까. 조국이 노벨과학상을 애타게 바라는 것을 알기에 숙맥 같은 생각에 독서회 토론 때 멍하니 천정을 쳐다보기도 했다.

이휘소를 끌어들여 김진ㅇ 소설가는 「무궁화 꽃이 피었습니다」를 썼다. "이휘소가 박정희대통령과 함께 핵폭탄을 개발하다 돌아가셨다." "독도를 일본이 먹으려 하자 남북이 힘을 모아 핵탄두 미사일로 도쿄 근방을 갈겨버리는" 시원하고 민족 기상을 드높인 장면을 등장 시켜 독자들로부터 박수를 받았다.

그런데 이휘소의 부인은 격분하여 소설가를 명예훼손죄로 고소했다. "영구집권 독재를 거부한 민주주의 신봉자를 독재자에게 협력한 것으로 왜곡시켜 박사님 명예를 실추시키고 모독했다."는 내용이었다. 사실 이휘소는 오펜하이머가 핵개발에 참여 했다가 대량살상을 보고 "사람들 희생을 막으려다 많은 살상을 했다."며 핵개발 팀에서 이탈하였다. 이휘소도 핵개발을 멀리한 오펜하이머와 동행의 길을 택했다.

소설은 베스트셀러가 되어 600만 부가 팔렸다. 허구이지만 사실처럼 묘사하였고 국민들에게 감동을 준 뛰어 난 소설이다. 필자도 여러 권으로 된 장편 「무궁화 꽃이 피었습니다」를 밤잠을 설치며 읽었다. 소설의 영향을 받아 한 때 이휘소 뒤를 따르려는 젊은이들이 폭발적으로 늘었다. 각 대학마다 취업이 되지 않아 지망자가 적었던 물리학과에 갑자기 지망생이 쇄도 한 것은 후배들이 박사님 물리학이 세계정상에 오른 것에 대한 흠모 결과다.

명성 그 빛남

"이휘소는 1972년 가을학기에 스토니부룩에서 '게이지' 이론에 관한 대학원 강의를 했는데, 교실은 대학원생보다 이론 물리 전공교수와 박사 연구원들로 꽉 찰 지경이었다." 이 강의는 에어버스(Abers)가 정리하여 물리보고서(Pbysics Report)라는 학술지에 단행본 형식으로 발표했는데 대부분물리학자들은 이 논문으로 양-밀스 게이지이론의 양자화를 공부할 정도로 즐겨 찾는 지침서이다.

토프트는 1999년 노벨물리학상을 수상한 후 이휘소의 인간적이고 과학자적인 성실성을 이렇게 추억하고 있다. "이휘소 박사는 명성에 걸맞게 아주 정직한 학자였다. 그는 자신이 이 분야에서 보탠 업적이 정직하고 공정하게 평가 되도록 항상 노력했다. 그는 전혀 반대의 스타일로 살아가는 많은 미국의 물리학자들과는 달리 그 자신에 합당한 학문적 기여도 이상을 만들려고 노력하지 않았다."

이휘소는 당시 에어버스라는 젊은 연구원과 함께 「양-밀스게이지 벌판 이론」의 양자 현상 계산방법에 관한 긴 보고논문을 완성했다. 이 논문은 이후 엄청나게 많이 인용 되었는데 그 이유는 당시 이 분야에 관심을 가지고 연구를 시작한 많은 학자들이 이휘소가 개발한 방법이 벨트만과 토프트가 개발한 파인만 도형을 이용한 증명방법보다 훨씬 직관적으로 이해하기 쉬웠기 때문이었다.

객관적인 입장에서 공평하게 이야기 하자면 "이휘소 논문들은 벨트만-토프트의 것과 상보적인 관계에 있었다."고 강주상은 주장했다. 이후 70년대 초 수년간 이휘소는 양-밀스게이지 벌판이론을 바탕으로 구성된 전자기-약력에 관련된 제반문제를 해결하는데 가장 중추적인 역할을 수행하였다.

이런 사연으로 노벨물리학상 수상자인 토프트는 자신의 지도교수 이상으로 이 박사를 존경하게 되었다. 이 박사 또한 토프트의 명석한 재능과 성실한 자세에 감탄하여 친구처럼 대해 주었다."

(강주상 저 이휘소평전:178-180 쪽 선택 인용)

노벨물리학상 메이커

'경입자 모형' 이론으로 노벨물리학상을 받게 된 와인버그는 이휘소의 게이지 이론으로 큰 덕을 보았다고 할 수 있다. 이휘소 논문이 나오기 전 와인버그의 논문은 하나의 새로운 제안으로 받아들여졌을 뿐, 확립된 이론으로 중요성을 인정받지 못했다. 그런데 이휘소의 논문으로 재규격화가 증명됨으로써 와인버그의 옛 논문이 갑자기 학계에서 주목을 받게 된 것이다. 와인버그의 「경입자 모형」 논문은 이휘소의 재 규격화 이전에는 인용실적이 미미했는데 재 규격화가 알려지자 폭발적으로 많이 인용 되었다.

이 이론이 발표 당시 주목을 받지 못한 까닭은 대개 두 가지다. 첫째는 재규격화 문제이고, 둘째는 이 이론의 특징이라 할 수 있는 중성흐름(neutral current)의 부재 사실이다. 그동안 연구 결과는 약작용에 관계된 흐름이 전하각 변하는 흐름만 있다고 생각되었다. 그러나 와인버그의 이론은 중성인 입자의 흐름, 즉 중성 흐름도 약작용에 관계하고 있다는 것이다. 이런 중성흐름이 당시에는 실험적으로 발견 되지 않았다. 이휘소에 의해 재 규격화가 입증 되었으므로 중성 흐름만 밝혀지면 된다. 결국 1973년에 유럽입자물리연구소(CERN, European Oganization for Nuclear Resarch)에서 발견 되었고 1979년 와인버그를 포함한 세 사람이 노벨상을 수상하였다.

이휘소에게 더욱 큰 덕을 보았다고 할 만한 사람이 있다. 와인버그와 공동으로 수상한 파키스탄 물리학자 살람(Salam)이다. 1974년 여름. 영국 런던에서 고 에너지 물리학 국제회의가 열렸다. 격년으로 개최되는 이 회의는 전 세계의 많은 입자 물리학자들이 참가하는 권위 있는 국제 학술회의다.

이휘소는 전체회의의 연사로 초청되어 전약작용에 관해 전반적인 발전상황을 종합 강연하도록 일정이 잡혔다. 이때에는 게이지 이론의 재규격화 문제가 해결 되었으므로 와인버그의 1967년 논문「경입자 모형」은 화려한 각광을 받고 '와인버그모형'으로 통용 되었다.

강연 전 날 휴식 시간에 이휘소가 김정욱과 커피를 마시면서 담소하고 있을 때 살람이 다가왔다. 그는 이휘소에게 자기도 와인버그와 똑 같은 연구결과를 발표 했는데, 사람들이 인정하지 않는다며 불평을 늘어놓았다. 이휘소는 그 이유를 설명해 주었다. "우선 살람의 연구결과는 와인버그보다 1년이 늦은 1968년에 발표 되었고, 그것도 학술지가 아닌 프로시딩(Proceeding) 회의보고서 이며 와인버그처럼 라그랑지안을 구체적으로 제시하지 않은 점"을 지적했다. 살람은 그렇지 않다며 저녁이나 같이하면서 좀 더 이야기 하자고 했다.

다음 날 이휘소의 강연이 시작되기 전 김정욱은 지난 저녁 일이 궁금하여 무슨 일이 있었는가를 물었다. 이휘소는 "살람에게 잘 대접 받았소. 그의 주장이 하도 강하고 또 들어보니 수긍이 가서 아무래도 인정해 줘야 할 것 같소."라고 말했다.

얼마 후 강연이 시작 되었다. 이휘소가 미리 준비한 OHP 용지에는 '와인버그 모형'이라고 쓰여 있었는데, 강연도중에 그는 와인버그 이름 그 다음에 삽입기호 v를 표시하고 거기에 살람이라는 이름을 적어 넣었다.

살람

와인버그 v 모형

살람이 발표한 이론이 와인버그 이론과 동등한 자격이 있음을 공식적으로 인정 해준 것이다. 그 후 학계에서는 '와인버그-살람 모형으로 통용 되었고 ,살람은 와인버그, 글래쇼와 함께 1979년 노벨물리학상을 공동 수상하였다. 살람이 노벨상을 받으면서 "이휘소는 현대물리학을 10여 년 앞당긴 천재다. 이휘소가 있어야 할 자리에 내가 있는 것이 부끄럽다."라고 말했다.

(강주상, 이휘소 평전 183-186 선택 인용)

애석함

이휘소 평전을 발표한 뒤 동영상을 보니 고속도로 왕복 사이는 20미터 정도의 공간 풀밭이다. 반대편 도로를 달리던 트럭 앞바퀴가 빠져 튕

겨 굴러와 반대편 도로를 달리던 이휘소차를 친 것이다. 교통사고 상상도 영상을 보고 탄식과 눈물을 흘렸다.

발표자 강주상은 "우연이지 이렇게 정교한 의도는 없어 보인다."고 미국 관계당국의 조사결과와 같은 얘기였다. 필자가 보기에도 일견 그렇게 보였다. 이휘소는 유학길에 올라 세계 정상의 물리학자가 된 뒤 조국을 한 번 방문하여 서울대학 원자력공학과 일을 도왔다.

노벨물리학상의 메이커로 부를 만큼 세계물리학 정상에 올랐으나 교통사고로 맞은 40대의 갑작스러운 죽음. 그것은 소설 "무궁화 꽃이 피었습니다"를 구상하여 전개해 나간 건 작가의 탁월성이지만 한 편으로 애석함에 대한 울음이다.

한 편으로 '노벨과학상(물리 화학 생물)' 수상에 대한 모든 국민들의 간절한 기대가 이휘소에게 담겨 있어 수백만 독자를 모은 측면도 있었을 것이다. 민족적 액운이다. 유신체제에 반발하여 귀국을 포기한 그의 국가에 대한 관점도 새로운 차원에서 바뀌고 있었다고 한다.

조국의 후진양성을 생각하고 낙후한 조국의 과학기술에 대한 관심도 높아져 가고 있었다. 세계 최고수준의 물리학 친구들을 우리 대학과 연계시키고 싶은 뜻도 있었지 싶다. 그러나 죽음은 모든 것을 막아버린다. 지금까지도 애타게 기다리는 과학과 문학에 대한 노벨상은 누가 언제 쯤 받아 국민을 열광케 할 것인지 알 수 없다.

이휘소는 세계 물리학계에서 인정한 천재였다. 이휘소의 죽음에 그가 소속했던 미국의 페르미연구소는 장례일 까지 일주일 간 조기를 달아 애도 했다. 장례식에는 평소 친하게 지내던 친지들이 미국 각지에서 200 여 명 참석했다 한다. 영결식에서 윌슨 페르미 연구소장은

"친애하는 여러분, 우리는 평소 그토록 사랑하고 존경하던 이휘소를 고별하는 이 자리에 모였습니다. 그에 대한 사랑과 존경은 이루 표현하기 어려울 정도 입니다. 슬프게도 이 자리는 인간이 얼마나 연약한 존재인가를 일깨워줍니다. 하지만 다른 한 면에서 보면 놀랍게도 인간이 얼마나 강인한가를 보여주기도 합니다. 한 사람이 평생 쌓은 공헌이 축적되어 오늘날의 문화를 이룩하게 됩니다. 그래서 비록 사람이 개인으로는 죽더라도 삶은 지속 되는 것입니다. 지구상에서 인간의 영생을 구현하는 셈입니다. 현재의 인류문명이 각 사람의 기여가 쌓여 이처럼 고도로 발달하게 된 것은 우리 모두에게 소중한 일입니다. 그럼으로써 우리가 살아가는 의미가 있고 삶 자체에 만족할 수 있기 때문입니다. 이휘소는 인류문화 발전에 특별한 공헌을 하였고, 오늘 우리는 여기 모여 그의 공적을 기리고자 합니다." (중략):(이휘소 평전 235쪽 일부)

팬티가 썩도록 연구한 사람

이휘소는 펜실베이니아 대학 조교수보직으로 프린스턴 고등연구원에서 연구생활을 했었다. 유학을 떠난 지 6년. 그는 이미 박사학위를 받았

고 대학 조교수신분으로 연구만 자유롭게 집중할 수 있는 위상에 올랐다. 연구원장은 유명한 원자탄 개발 맨하튼 사업의 총 책임자였던 오펜하이머 박사였다.

과학자는 논문으로 평가 받는다. 이휘소의 박사학위 논문은 높은 평가와 관심을 받았다. 수많은 연구원들 중에도 오펜하이머 원장은 이휘소를 특히 사랑했다한다. 수요일이면 언제나 점심을 같이하고 논문 내용을 토론했다한다. 점심시간이면 잘 모르는 과학자들도 이휘소를 만나 이야기 하는 분들이 많았다.

고등연구원은 노벨상 받은 분이 20명 이상 배출되었고 수학의 노벨상 격인 필드메달 수상자는 70% 이상을 차지 한 실적으로 빛난다. 6개월- 3 년 정도 머물며 자율적으로 연구하는 연구기관을 오펜하이머 원장은 "연구원 호텔"이라고 별칭을 붙였다. 이런 제도가 미국이 세계를 압도하는 과학기술강국을 만들어 내고 있을 것이다. 그런 제도가 바로 미국의 힘인 것이다.

이 연구원에서 이휘소는 "팬티가 썩은 사람"이라는 별칭이 붙었다. 그만큼 자리에만 앉아 연구에 몰두한데 대한 동료들이 붙인 의미 있고 재치 있는 별칭이다. "천재는 99%의 노력과 1%의 영감이다"라는 말이 떠오른다. 이휘소는 세계적으로 명성이 알려진 매우 창의적인 이론물리학자로서 근대 이론물리학자 20인을 거론 한다면 반드시 포함시켜야 할 인물이라고 한다.

타오르는 열정으로/깊이깊이 파고든 과학에의 길/
그것은 하늘이 끄집은/치열함 배인 운명이었으리/
천재로 뜨며 지구촌 달구던 이휘소 /조국으로 돌아오려던 혜안/
갑작스레 엇나간 민주주의 앞에 발길 돌린 아쉬움

고국에 희미한 점 하나 찍어놓고/ 뜬금없이 저승 길 떠나/
숭앙의 수의입고 떠도는 허망한 구름송이

후진들 기리는 무성한 숲에 덮여 가물거리는/
아메리카에 쓸쓸히 잠든 그대 혼 위에/ 코리아 이름 붙이고 싶다.
(졸시, 아쉬움 전문)

〈주〉 본문은 과학 독서회 참석과 강주상의 이휘소 평전에 바탕함

의약국산화 선구자

- 채 영 복

국비유학

채영복 박사는「원자력 강국과 과학입국」의 신념으로 이승만 대통령
이 양육한 여러 과학 아들 중 한 명이다. 서울대 화학과를 졸업하고 파
격적인 혜택을 준 국비유학생 선발시험에 18:1의 좁은 관문을 뚫고 합
격했다.

1959년 반복되는 굶주림에 대하여「산야의 초목을 포도당으로 변환
시켜 해결 하겠다」는 푸른 꿈과 조국의 기대를 새기며 독일 뮌헨대학을
향해 유학길에 올랐다. 제1세대 과학자후보들은 특별 지원되었다. 국민
소득 년 70달러 미만일 때 월 250달러를 받은 기린아들이다. 무척 까다

로웠던 외환 환전과 여권 발급도 경무대에서 다 해결해 주었다. 이 한가

지만으로도 이승만은 위대하다.

선배에게 소개 받은 뮌헨대학 생화학자 페오도르 린넨(Feodor Lynen)

교수를 찾아갔다. 공손하게 인사드린 후 "문하생으로 받아 주십시오." 간

청했다. 린넨은 "한국에서 받은 학사학위로는 박사 코스를 밟을 수 없으

니 디플롬(Diplom)코스를 이수 한 후 지도 해 주겠다."고 친절하게 말

했다.

유학공부 첫 시작 디플롬 코스는 전 과정이 유기화학 실험으로 채워

지다시피 했다. 2년 간 이 과정을 이수하면서 유기화학에 매료되어 생리

화학분야 전공을 하려던 생각을 접고 후이스켄 교수지도를 받아 유기화

학(이학)박사학위를 받았다. 박사학위 취득 후 처음 약속대로 린넨 문하

로 갔을 때 린넨은 「노벨생리의학상」을 받아 세계적으로 명성이 높았다.

다시 린넨의 지도를 받으며 「막스플랑크 세포연구소」에서 새로운 분

야인 생화학의 기초를 닦았다. 이 때 린넨은 2년 동안 월급을 주며 학업

에만 열중하도록 도와주었다. 독일에서 8년간 절차탁마 시간이 흘렀다.

린넨은 1959년 〈노벨생리의학상〉을 받은 뉴욕대학 세베로 오초아

(Severo Ochoa)에게서 지도받도록 추천해 주었다. 린넨은 채영복을 잠

재능력이 있는 과학자로 평가한 것이다. 또 한 분의 노벨상 수상자 스승

아래서 공부하게 된 행운이었다.

오초아 교수지도를 받으며 「세포 안에서 유전자가 어떻게 복제돼 단

백질로 합성되는지」를 연구하였다. 이 과제는 최첨단 프로젝트로 동료들이 연구실에 침대를 들여놓고 밤낮으로 열정을 쏟았다. 매일 연구에 들어가기 전 연구원들이 한 자리에 모여 연구과제에 대한 열띤 토론을 하는 것이 일상화 되었다. "창의력은 뛰어다니면서 얻는 것이 아니라 토론과 사색에서 생수처럼 솟아나는 것을 터득했다."며 오초아 교수는 과학자로서 연구에 임하는 자세와 철학을 심어 준 훌륭한 스승이라고 회고한다.

귀국 후에 이와 같은 첨단 연구를 계속할 수는 없었지만 10년 간 쌓아올린 교육훈련은 불모지나 다름없던 우리나라 「의약품 농약 원제의 국산화」와 「농약 의약 신물질 창출」이라는 금자탑을 세우는데 밀알이 되고 초석이 되었다.

외국에서 배우고 연구하는 동안 조국에서는 4.19혁명에 이어 5.16정변 등으로 요동쳤다. 뉴욕에서 한참 연구에 매몰되어 있을 때 군사 정부로부터 명령이 날아왔다. "국비장학생인 당신은 조속히 귀국할 의무가 있음. 귀국해 근무할 연구기관을 정하고 귀국일정을 확정 할 것. 그렇지 않으면 여권연장을 불허 함."

KIST유기합성연구실

귀국조건으로 반년 간의 여권 연장을 받고 귀국준비를 하고 있던 어느 날 스승 린넨 교수가 독일에서 뉴욕의 연구실을 찾아왔다. 린넨은 "뉴욕연구과제가 끝나는 대로 독일로 돌아 와 〈막스플랑크 세포화학연구소〉에서 중책을 맡아 달라."는 놀라운 제안을 했다. 그러나 이미 귀국하여 KIST에 근무하기로 한 정부와 약속을 한 후여서 과학자로서 천금 같은 제안을 수용할 수 없었다. 그 때 노벨상수상자인 스승 린넨 은 크게 실망했다. 제안대로 독일로 갔었더라면 인생이 어찌 되었을까. 감회는 남아 있으나 귀국 후 과학자로서 삶에 후회 없는 정진을 했다.

KIST에서 정밀화학 제품 국산화에 몰두하고 있을 때 린넨이 두 번째 방한하여 연구실에 왔다. 낙후한 연구과제와 장비 등을 보고도 스승은 실망의 감정을 감춘 채 "학문적 가치는 낮을지라도 모국의 발전을 위해 훌륭한 일을 하고 있으니 그 속에서 보람을 찾으라."고 격려 했다.

1966년 최초 특수 법인형태인 정부출연연구소로 설립한 한국과학기술연구소(KIST)는 바텔 연구소 모델인 연구단위별 독립 채산제로 운영되었다. 우리 과학기술의 메카이기도 한 KIST는 국내 영세하고 기술이 낙후한 중소기업을 상대로 기술 지도를 하면서 연구용역을 획득해야 했고 일감을 확보하지 못하면 연구실이 소멸 되는 엄정한 운영체계였다.

채영복은 「유기합성연구실」 조직을 만들고 실장으로 「의약품 원제 국산화」를 목표로 출발했다. 첫 번째 연구과제는 동화약품과 연구용역을 맺고 위장약 국산화인 「메토클로피라미드」 개발이었다. 성공한 연구내용은 동화약품에 기술을 이전했다. 의약품 원제는 국내공급은 물론 일본까지 수출하였다. 이 연구 성과가 〈의약품 국산화의 효시〉이며 첫 출산이다.

두 번째도 동화약품과 연구용역을 체결했다. 페니실린계 항생제 「암피실린」을 성공적으로 개발했다. 맹장수술 후 채영복이 직접 복용하기도 한 약이다. 국산화 한 두 약품 생산판매로 동화약품은 크게 확장 되었다.

당시는 물질특허제도가 도입되지 않은 상황이어서 선진국에서 이미 개발 된 약품이라도 이 물질의 새로운 방법을 개발하여 특허범위를 우회하면 법률위반이 아니었다. 국가에서는 오히려 연구개발한 '신기술제품'을 일정기간 수입금지 품목'으로 고시하여 보호 조치했다.

채영복은 『수출입연보』에서 고가수입약품 목록을 도출해 연구과제로 연계시키는 데 착안했다. 세 번째 연구과제는 결핵치료제 「에탐부톨」이었다. 당시 100만 명이 넘는 국민이 결핵환자였고 사망률도 매우 높았다. 이 과제는 한독약품과 연구용역계약을 체결 했는데 외국제약회사와 사이에 여러 난제에 부딪히기도 했다. 1973년에 시작하여 1976년에 생산 공장을 준공 했다. '에탐부톨' 생산 공장의 준공은 국내제약회사들에게 의약품 원제생산에 활력을 불어넣은 기폭제가 되었다.

고가수입의약품들을 중심으로 계속해서 수많은 연구과제들이 수행되었다. 두 제약회사의 성공사례를 본 제약회사들로부터 유기합성연구실에 연구의뢰가 쇄도하여 문전성시를 이루었다. 찾아가지 않고도 연구 용역을 수탁했다. 이를 바탕으로 더 큰 걸음으로 나아가 『정밀화학』개념을 정립하여 제3차 경제개발5개년계획에 반영하고 국가차원의 정밀화학 육성방안도 마련했다. 또한 기술발전을 주도해야할 민간참여를 유도하기 위해 「정밀화학공업 진흥회」「신약연구조합」「신 농약연구조합」 등을 설립케 했다.

물질특허전쟁 총 사령관

10여 년간 노력으로 의약품원제와 농약원제의 국산화가 확산되자 시장을 잃은 미국 유럽 등 다국적기업들은 반격을 시작했다. 회사 차원을 넘어 정부 간의 통상압력으로 밀고 왔다. "물질특허를 법제화 하라"는 압박이었다. 물질특허제도를 도입하면 화학적 생물학적으로 생산되는 물질 자체를 보호하여 아무리 제조공정을 바꾸는 기술혁신을 이루더라도 물질특허 보유자의 승낙 없이는 만들 수 없다. 합성과정 변형만으로는 의약 원제를 제조할 수 없게 되는 것이다. 연구 성과를 업고 국내 제약회사들은 빠르게 성장했지만 신약개발을 할 수 있을 만큼 자본축적이나 연구인력 안전성시험건물 신물질창출에 필요한 요소기술 등 여건이 미비한 상황이었다. 국내제약 산업을 지키기 위해 〈정밀화학진흥회〉를 주축으로 4년간 정부에 물질특허제도도입 시기상조를 설득하며 목마른 반대투쟁을 했다.

그 과정인 1982년 채영복은 한국화학연구소 소장으로 자리를 옮겼다. 연구소 소장 직을 맡은 후에도 『물질특허 반대운동』에 앞장 서 더 큰 목소리를 냈다. 그러나 달걀로 바위 치기였을까. 1984년에 이르자 정부는 과학계의 외침을 호의적으로 들으면서도 여타분야의 통상문제로 선진국 압력을 더 버티기 어려워짐이 역력 했다.

채영복에게 선진국과 맞서야 하는 시간이 옥죄어들고 있었다. 그렇다면 『신물질 창출』 도전으로 코페르니쿠스적 전환을 해야겠다며 굳게 다짐하고 나아갔다. 그 첫걸음으로 과학기술에 이해가 깊은 경제기획원 문희갑 차관을 만났다. "물질특허를 허용하기 전 신물질 창출연구의 틀을 닦아야 하니 정부가 재정지원을 해주십시오." 귀담아듣던 문 차관은 이듬해인 1985년 200억 원의 파격적인 예산을 책정했다. 당시 국가연구개발예산(특정연구비) 총 700억 중 삼분의 일에 상당한 액수였다. 이는 '기술전쟁에서 이기라는 격려'로 더욱 분발했다.

지금은 총을 들고 싸우는 것만이 전쟁이 아니다. 부국강병을 위해 경제영토를 넓히려는 총성 없는 〈기술전쟁〉이 피터지게 전개되고 있다. 『새로운 기술창출은 과학자들의 실험실과 엔지니어들의 현장에서 눈에 보이지 않은 고뇌와 땀, 실패와 성공들이 엮인 총화』다. 채영복은 신 의약 창출과 신 농약 창출로 물질특허개방 앞에 총사령관 격으로 온 몸을 던져 싸울 과학자들을 모으고 필요한 연구동을 짓기 시작했다.

이 긴박한 도전을 짚어보면 충무공 이순신이 전함 13척으로 수군과 인근 백성이 단결하여 싸운 명량 전투를 떠올리게 한다. 〈13척에 비견되는 신물질합성능력〉만 있을 뿐 그 외에 신물질 창출을 위한 연구경험을 지닌 인력도 시설도 전무했다. 필요한 〈요소기술〉들을 어디서 어떻게 확보해 올수 있을까? 며칠을 두고 숙고 끝에 외국의 이 분야 실적이 있는 회사들과 공동연구를 통해 필요한 기술들을 습득하는 방안에 귀착했다.

지금은 우리 기술능력이 향상되어 선진국들과 공동연구가 보편화 되었다. 그 때는 우리가 가보지 않은 새 길을 개척하는 번뇌 끝에 솟아난 용기와 고난의 결단이었다. 우리 측이 지니고 있던 새로운 물질들의 합성능력을 내세워 외국화사들이 가지고 있는 신물질 창출에 필요한 여러 가지 다양한 '요소기술'을 결합하는 공동연구를 추진할 세부계획을 세웠다. 의약보다 용이한 농약부터 시작하기로 했다.

이 계획을 들고 제일 먼저 찾아간 곳이 미국 몬산토 였다. 몬산토는 몇 그램의 소량 제초제로 1헥타르의 모든 잡초를 고사시키는 제품을 생산하여 세계시장을 휩쓸었다. 정중하게 공동연구를 제안했다.

"우리에겐 훌륭한 합성연구능력을 지니고 있으나 이 합성한 화합물들의 약효를 평가하고 이들 물질에 대한 약리학적인 실험을 할 수 있는 능력이 없다. 우리의 합성능력과 당신의 생리학적 요소기술들을 합쳐 공동연구를 추진하면 상호 이익이 되지 않겠나. 우리 측은 정부의 지원으로 연구재원도 충분하다. 성공하면 우리에게 판매액의 3%만 달라."

몬산토 마브르그 연구소장은 냉담하게 답했다. "우리는 당신이 말한 합성능력도 재원도 충분하다. 그 외에 제시할 수 있는 다른 조건이 있는가?" 여러모로 생각해 보았지만 대안이 떠오를 리 없었다. 점잖게 거절당한 것이다. 거절태도 속에는 「신물질 창출연구는 선진국 몇 나라의 전유물인데 이제 산업화초기에 있는 너희나라에서 신물질연구를 시작하겠다고?」 빈정거림을 읽을 수 있었다.

선진국의 벽 앞에 잠시 당황 했으나 기죽지는 않았다. 그동안 두 분의 노벨상 수상자 지도를 받으며 수련한 연구경력, 박사과정의 혹독한 실험과정, 합성을 통해 의약원제 농약원제 국산화 실적 등으로 불타는 신물질 창출의지가 마브르그 연구소장 한 마디에 꺾일 사령관이 아니다.

이 대화 속에서 번뜩 아이디어를 얻었다. 그렇다면 〈미국 내에 우리가 필요한 요소기술들을 보유하고 있으나 재원이 넉넉지 못해 합성인력이 부족한 회사도 있지 않겠는가,〉 이런 회사를 찾아낸다면 공동연구를 진행시킬 수 있겠다는 생각 이었다. 돌아오는 길에 화학연구소에서 설립한 미국현지법인(ACT)에 들러 그런 회사를 찾아보도록 지시했다. 마침 ACT는 국내 농약회사 제품의 수출 시장조사를 위해 미국 내 농약회사들을 접촉하며 유대를 맺고 있었다. 몇 주 후 ACT 사장에게서 연락이 왔다. "찾으려는 회사가 있는 것 같다, '벨자콜'이라는 중견 농약사인데 잘하면 성사 될 수도 있을 것 같다"는 보고였다.

바로 미국으로 가 협상을 시작했다. 그리고 공동연구에 전격적으로 합의했다. 미국의 중견 농약제조회사와 1980년대 아직 산업화초기에 있는 한국의 한 연구소간에 대등한 위치에서 공동연구를 추진하기로 한 성사는 기적과 같은 일로 국내 다른 분야 연구개발에도 좋은 사례를 남겼다. 이 일을 전담하던 벨자콜「볼프 박사」는 훗날 규모가 훨씬 큰 FMC 사로 옮기면서 공동연구도 자동 연계해서 옮겨갔다.

한국화학연구소에선 FMC 가 제시하는 분자설계에 따라 열심히 새로운 물질들을 합성해서 FMC에 보내면 3-4개월 후 실험결과가 통보되어 왔다. 보낸 물질들 중 생리활성을 지닌 결과가 오면 우리 측 합성연구 팀들은 환호했다. 그러나 합성물질을 보낸 뒤 결과통보가 오기까지 3-4개월의 시간이 소요되어 그사이 결과도 모른 채 합성을 계속 하여 시간낭비가 컸다

처음엔 공동연구 성취만으로 만족 했고 그동안 상호 신뢰도 쌓였다. "문을 두드리면 열릴 것"이라 했다. 시간 단축 방안으로 스크리닝 기술들을 국내에서 수행하는 게 경제적일 것이라고 FMC 측에 제안했다. 이 제안이 받아져서 우리 연구원을 현지에 파견하여 생리학적인 시험을 전수받게 되었다. 그동안 우리 과학자들의 능력을 벨자 콜 박사가 평가한 셈이다. 관련기술들을 이전받기 위해 조광연 공성민 김진석 박사 3명을 미국 현지에 파견하여 필요한 요소기술들을 전수받기 시작 했다. 이 과정을 거쳐 국내처음으로 〈농약스크린 연구동〉을 지어 농약 신물질창출

기반을 닦았다.

한국화학연구소와 FMC 공동연구는 성공적이었다. 성과내용은 FMC 측으로부터 퍼져 나갔다. 그러자 부정적이던 거대기업들의 태도가 확 바뀌었다. 몬산토, 듀폰, 독일 휙스트, 영국 스미스클라인 비참. 보로즈 웰컴 등 제약사들까지 공동연구에 참여하여 농약을 넘어 신약부문까지 확대됐다.

1986년 노정구 박사가 참여하여 지은 동물독성시험용 「안전성연구센터(350평)」는 완공 후 1988년 국내최초 GLP인증, 2000년 OECD GLP 상호인증 획득, 2005년 미국 식품의약청(FDA)실사 후 국제적 우수성을 인정받았다. 이를 바탕으로 현재 대전 본부에 6천 평 정읍분소에 9천 평 진주분소에 4천 평으로 확장운영중이다. 이 시설은 국내 제약사들이 성장하여 자체 신약연구개발을 활발하게 하는데 필수연구 시설로 활용되고 있다.

1987년 물질특허제도가 국내법에 도입 되었다. 그동안 채영복 박사가 총괄한 여러 연구팀들은 국내제약회사들이 신물질 창출연구를 할 수 있을 정도로 성장하는 기반 조성에 절대적으로 기여했다. 지금 우리 제약회사들은 신 의약(신물질)을 개발하여 기술료를 받고 해외수출을 할 정도의 기술수준으로 성장했다.

농약 부문에서는 '테라도어' 등 3-4 개의 신물질을 직접 창출하여 전세계 농약 신물질 창출 가능한 5개국 중 한 국가로 눈부시게 등극했다.

이들 제품은 미국 등 세계 10여국에 진출하여 제품을 수출 하는 성과를 올리고 있다.

선진국들의 거센 파도 속에서 제약사들과 농약제조회사들을 지켜내고 성장시켰다. 우리기술 한 분야를 선진국수준으로 끌어올린 채영복 팀이 빚어낸 파노라마요 장쾌한 드라마다.

질병은 치료약과 의료기술 양 날개로 치유한다. 농산물증산은 종자개량과 농약(살충 살균 제초) 등으로 이룬다. 채영복 팀은 국민건강과 식량증산 각 한쪽 날개를 달았다. 이제 정부의 바이오산업 육성정책으로 신물질개발 산업은 더욱 비약하고 있다.

정부지원과 과학기술자 프로정신

전쟁에 맨몸으로 싸울 수는 없다. 국가의 지속적인 '연구개발비 지원이란 무기'가 있었고 기술전쟁(신물질 개발)의 '전투병 격인 훌륭한 과학기술자'들이 크게 확충 되었다. 초기 과학기술자들은 이루고야 말겠다는 프로정신으로 무장했다. 「원자력발전국산화」 「인공위성발사체의 개발」 「고속전철국산화」와 함께 「의약·농약 신물질국산화」는 정부출연연구소가 주축이 되어 이룬 세계에 자랑할 만한 국가위상을 끌어올린 첨단기술이다.

의약국산화 선구자 채영복은 다급한 국내외 현실을 꿰뚫고 이루어내겠다는 꿈과 열정 끈기로 정부 재정지원을 받아냈다. 이를 바탕으로 여러 전문 과학기술자들을 모아 기술전쟁을 이겨 낸 아름다운 하모니다.

채영복이 전반적인 과학기술정책을 총괄하는 과학기술부 장관을 역임할 때 '연구중심 국가'를 만들어야 지속적인 발전을 할 수 있다는 새로운 비전을 가졌다. 모든 나라 연구기관들과 뛰어난 과학자들이 한국에 몰려와 연구하는 환경과 토대를 만들어야 한다며 파스퇴르연구소를 유치하기도 했다.

〈주〉 이 글은 이임광 지음 「채영복과 정밀화학의 개척자들」을 바탕으로 함.

기적을 만든 나라 과학자

- 정근모

새 길 뚜벅뚜벅

『기적을 만든 나라의 과학자』정근모 박사는 과학기술 중심사회를 확산하는 여러 갈레의 새벽닭 울음소리를 냈다. 새로운 기술국산화를 앞서 주창하고 안 가본 길을 많이 제시한 공이 많아 다 들출 수 없다.

세계인들이 눈 부비고 바라보는 선진수준으로 뛰어 오른 한국 속에는 수많은 연구원들과 엔지니어 별들의 반짝인다. 더 많은 수의 근로자들 땀방울도 영롱하다.

오늘날 비약의 날개는 '기술'이다. 기술이 우리 역사에 비단옷을 입혀 '새길'을 걷고 있다. 하늘로부터 받은 지능지수가 "세계일등 민족이다(스위스 제네바대학연구)"는 평가를 받기까지 5천년이 걸렸다.

긴 역사에서 보면 두꺼운 '기술천시' 고치를 뚫고 나온 나방처럼 우리는 이제 시작이다. 지치지 말고 자녀들도 낳아 기르며 힘차게 이어 달려야한다. 지구상에서 필요한 제품 만들기 1등의 꿈, 그것은 신기루가 아니다.

현실로 드러내며 '뚜벅뚜벅 가는 발걸음'이다. 생활이 여유로워지면 문화와 나눔 도덕에서도 일등국가로 나아가는 르네상스가 따라온다. 우리는 냉정하게 보아 단군이 개국 후 가장 높이 솟아오른 빛나는 나라에서 살고 있다.

천재가 세운 과학기술 사관학교

정근모는 초등학교졸업생 전체를 대상으로 처음 실시한 국가고시에서 전국 1등을 했다. 전국 동급생 중에서 1등이면 누구든 '천재'라는 호칭에 이의를 달 국민은 없지 싶다.

명문 경기중학교에 입학했다. 공부에 대한 끈을 놓지 않고 경기고로 이어졌다. 고등학교 1학년 때 대학입학 검정고시에 '수석'으로 합격 후 서울대물리학과에 입학한 전무후무한 기록을 세웠다.

이승만 대통령 국비장학생으로 미국미시간주립대학교에서 23세 때 응용물리학 박사를 받았다. 이는 '건국이후 최연소 이공계 박사학위' 기록이다. 신화를 만들며 나아 간 정근모는 프린스턴대학에서 우리나라 '최초 핵융합연구'에 참여했다. 핵융합이 실용화 됐을 때 인류의 큰 과제인 무공해 에너지문제가 해결되는 꿈의 에너지다. 섭씨 1억도 열을 발생시키는데 저장기술을 아직 찾지 못하고 있다.

1966년 메사츄세츠 공과대학(MIT) 연구교수로 재직 중 근거리에 있는 하버드대학 「과학기술정책과정」을 이수했다. 이때 『후진국에서 두뇌유출을 막는 정책수단』이란 논문을 썼다.

뉴욕공과대학 교수로 옮긴 뒤 한국정부에 논문을 보내 우수과학기술 인재양성 특수교육시스템을 제언했다. 현대국가는 과학기술이 끌어가고 과학기술은 우수한 과학자와 엔지니어들의 두뇌와 손끝에서 빚어낸다.

1970년 청와대 대통령 실은 김기형 과학기술처장관을 통해 정 박사를 귀국케 했다. 그해 4월 8일 박정희 대통령주재 〈경제동향보고회의〉에서 젊은 과학자 정근모는 논문을 요약하여 『이공계특수대학설립(안)』을 보고했다.

설명이 끝난 뒤 참석국무위원들 의견 개진 시간이 있었다. 5.16주체세력이었던 홍종＊ 문교부장관은 "그 예산을 기존대학에 투자하는 것이 낫다. 그렇지 않으면 다른 대학들은 슬럼화 된다."며 강한 톤으로 반대했다. 박대통령 의도와는 궤를 달리 한 마뜩치 않은 발언이었다.

대통령은 교수출신인 남덕우 재무부장관의 견해를 물었다. 남장관은 "문교부장관말씀이 현 교육 틀에서 옳습니다. 그러나 개발도상국을 뛰어넘기 위해서는 전략적으로 '특수이공계대학 설립제안'이 타당해보입니다." 대통령은 "바로 그거야 우리가 개발도상국을 뛰어 넘으려면 무언가 '새길'이 필요한 거야." 예산편성권을 가진 김학렬 경제기획원장관은 침묵으로 대통령을 따랐다.

대통령말씀은 곧 결론이었다. 그날 회의에서 특수이공계대학 설립을 추진키로 결정했다. 학교설립 운영예산도 경제개발특별회계로 과학기술처에 반영하여 문교부의 일반학교교육 시스템에 구애되지 않고 독자적으로 운영토록 했다. 찌든 보수와 관료주의 문교부 불만이 울퉁불퉁 보인다.

처음 한국과학원(KAIS)으로 설립하여 운영하다 뒷날 한국과학기술원(KAIST)으로 발전했다. 이 학교는 우리나라 과학영재들이 치열하게 경쟁하여 입학했다. 『과학기술 인재양성사관학교』 역할을 해 오며 우리 중공업과 기술발전을 뒷받침한 토대가 되었다.

정근모 제언대로 이 학교가 성공하자 국내외에 이 모델을 본받은 대학들이 확산되었다. 카이스트는 석 박사 중심체제로 운영되는 이공계 고등교육 본보기가 되었다. 국가 경제력이 커지면서 뒷날 국내 명문대들도 카이스트 모델인 연구를 겸한 대학원중심 대학으로 운영되고 있다. 정근모의 예견이 맞아 떨어졌다.

과학기술원 석 박사과정 학생들에겐 "병역특례 학비면제 숙식제공 졸업 후 취업주선" 등 파격이었다. 전국 이공계 최우수인력들이 불꽃 튀는

입학경쟁을 벌이며 모여들었다.

후일 과학 고등학교와 연계하여 과학영재교육을 정착시킨 건 천재 과학자 정근모의 제안을 수용한 대통령의 위대한 결단이었다. 졸업생들은 국가공무원 국가기간산업 중공업요원으로 진출하여 우리나라산업화의 튼튼한 기둥이 되었다.

과학기술은 과학자들의 상상력과 연구, 엔지니어들의 장인정신 손끝으로 빚어내는 현대경제에서『무한자원』이다. 경제성 있는 주요 자연자원도 없는 우리가 선진국을 추월하기도 하면서 번영의 길을 질주하는 현실은 과학기술을 일으키는데 카이스트가 우수과학인재양성이란 큰 역할을 해온 측면이 있다.

과학기술력이 부국강병

천재 과학자 정근모는 과학기술처장관 2회를 역임한 특이한 기록도 가지고 있다. 과장 때 장관으로 모셨는데 간부회의 등의 여백에 자신의 삶 길잡이로 원자력원(원자력 청 전신) 첫 원장 김법린 박사(독립운동가 문교부 장관 동국대총장 역임)얘기를 몇 번했다. 대학졸업 후 인턴으로 원장을 보좌하다 유학을 떠나기 전 원장실에 불려들어 갔다.

"자네는 일신의 영달을 위한 과학자보다 최강국 미국을 알아오게. 미국의 과학기술교육, 과학기술연구체계, 국가와 기업이 기술발전을 위해 어떤 일을 하는지 등을 배워와 조국의 밀알이 되게. 노벨과학상보다『과학기술이 부국강병에 최선』임을 국민들이 깨닫게 해야 되네."

정근모는 최강국 미국에서 국내 최연소 이공계박사가 되었다. 박사 후 김범린 원장 말씀을 가슴에 새기고 미국 여러 대학을 옮겨 연수하면서 대학별 장점을 관찰 기록하고 연구개발과 과학교육 행태들을 관찰했다. 그리고 한 편의 과학인재 양성보고서를 완성했으며 우리나라 과학기술 수장을 두 번 역임하면서 '과학기술중심국가'로 가기 위하여 고등과학원 등 새로운 제도를 정착 시켰다.

카이스트와 고등과학원 등 과학기술교육과 연구의 새로운 시스템은 독립운동가로 문교부장관을 역임하고 초대원자력원장인 김범린 박사 숭고한 혼이 정 박사에게 옮겨 붙어 타오른 영혼의 불꽃이기도 하다.

약관의 부 원장

정근모는 32세 약관의 나이에 한국과학원 부원장자리에 임명됐다. 동시에 교수로 활동했다. 노벨물리학상 메이커로 세계적으로 명망 높은 선배 이휘소 박사와도 적극 소통했다.

정근모가 〈카이스 계설학교프로그램운영〉을 제안하여 이휘소도 쾌히 동의했다. 천재과학자와 물리학의 세계정상에 오른 두 분이 중심이 된 카이스 계절학교 운영은 상상만 해도 환상적이다.

실현 되었으면 한국의 과학기술역량은 더욱 비약했을 것이다. 그러나 세상사 호사다마好事多魔라 했다. 이 계획이 그랬다. '유신'이라는 정치적 덫은 이휘소 비위에 맞지 않아 일시 귀국하여 조국에 기여하려는 기회를 영영 놓치고 40대의 왕성한 활동 중에 불의의 사고로 서거하였다.

미래 한국사회를 과학기술중심사회로 육성하는 방안에 대하여 정근모 제안으로 윤덕용(뒤 카이스트원장) 조경목(뒤 과학기술처차관)과 정책연구사업과 수단을 챙겨 국가 과학기술 역량 확장 방안을 도출하기도 했다.

초일류과학기술국가

아들 병 치료를 위해 미국에 돌아가야 하는 곤경에 처한 때가 있었다. 자신의 신장을 아들에게 이식해 소생케 하는 시련 속에도 미국석학들과 교류하며 미국에서 대학교수 생활을 이어갔다.

1982년 5공화국 대통령경제수석 김재익 박사로부터 "귀국하여 국가일을 도와 달라"는 전화를 받고 돌아 왔다. 한국전력(주)산하 기술연구소장 자리가 기다리고 있었다. 돌아와 간부들과 격의 없는 소통을 하며 연구소가 나아갈 방향을 토론했다. 후일 이 연구소는 세계최고원자력발전 설계회사로 정착했다.

장관재임 때는 과학과 기술을 아우르며 우주강국 등 거대지향 새 길을 주창했다. '새 길'은 에디슨의 전구 발명이나 콜럼버스의 신대륙발견 같이 세상을 확 바꾼다. 없는 것을 창조하거나 있어도 몰랐던 것을 찾아 내는 일이 새 길이다.

정근모가 장관 때 주장한 '초일류 과학기술국가건설 불꽃'은 기업으로 번졌다. 정부출연연구소들은 기술 황무지를 갈아엎는데 충분히 기여했다. 민간 과학기술연구소 활성화로 정부출연연구소 기능에 대한 국가차원의 개혁요구가 제기 되었다. 정근모 장관은 키스트의 처음 형태인 과제중심 책임연구제를 주창했다.

한 편으로 과학기술중심사회 불씨가 민간주도 첨단과학기술연구개발로 번져 들불처럼 타오르기 시작했다. 메모리반도체 기술처럼 선진국울타리를 넘어뜨리기도 한 뛰어난 기술로 국민소득은 눈부시게 솟아올랐고 언론과 국민들을 열광케 했다.

장관 재직 시 기술창업(벤처기업)을 반복해 강조했다. "왜 공과대학졸업 우수인력들이 기술창업을 않고 취직만 하려 하는가." 미국상황을 보고 역설한 벤처기업은 세월이 한참 흐른 뒤에 시작 됐다.

벤처기업은 국제 통화기금(IMF)체제에서 대기업까지 도산하는 불안정속 정보통신분야에서 시작되어 한때 테헤란로 밤을 밝혔다. 이제 벤처기업은 지방자치단체 지원까지 가세하여 봄비온 뒤 죽순처럼 방방곡곡에서 쑥쑥 자란다. 줄 이은 벤처기업창업으로 우리나라 국제특허기술등록도 4위를 지켜내고 있다.

한 사람의 삶은 스치는 바람이기도하지만 또한 우주에서 가장 존귀한 측면이 강조되기도 한다. 정근모는 일본강점기 말인 1939년에 태어나 단군 이후 지속 된 빈곤의 극한상황을 살고 굽이굽이 험난한 시간들을 체험해 왔다.

지금 한국의 솟아오름의 연유를 자문해 본다. 그리고 숙연히 독백한다. "부국강병의 뿌리는 과학기술이다. 과학과 기술력이 곧 국력이다!" 이는 김법린의 말처럼 허구 아닌 체험하고 있는 진실이다. 정근모의 구상대로 자체 우주발사대에 의한 우주강국과 원자력발전 일 등 벤처기업이 왕성한 자랑스러운 나라 모습이다.

정부가 과학기술의 중요성을 인식하고 격려하는 진심을 드러내면 국민들도 과학기술자들을 존경하는 분들이 많아지고 신바람 속 과학기술자들은 더욱 분발할 것이다. 필자는 알려지지 않은 문학 활동을 하면서 과학기술로 번영한 현실을 반영한 글들이 보기 드문 것을 안타까워한다. 국사책 현대사에도 과학기술이 주도하여 끌고 가는 실상이 반영되지 않고 있다.

눈 먼 문인들 모른 채 비껴가는 국사학자들을 통탄한다. 국사편찬 위원회에 과학기술전반을 이해하는 학자의 참여는 역사 주류현실을 바로 기술하는데 필수라는 생각이다.

주: 정근모 '기적을 만 든 나라 과학자'에 바탕함

항구에 심은 꿈

- 이 환 범

드라마

사람의 한 평생은 드라마다. 삶속에는 고난이 엮이고 즐거움이 펼쳐진다. 실의에 젖어 번민의 날이 있고 성공의 꽃을 피운다. 1945년 광복 전후 출생하여 지금까지 살아온 한국인들은 너나 할 것 없이 파란만장한 현장에서 살았다 할 수 있다.

일본제국주의 행패는 우리식 이름과 성씨도 바꾸도록 강제했다. 학교에선 일본어로 가르쳤다. 청년들은 세계2차 대전 징용군으로 끌려가 죽음 앞에 노출 되었고 여성들은 성 노예로 끌려갔다. 석탄 캐기 금광 등에 강제로 끌려 가 노동을 하고도 임금을 받지 못해 지금까지도 소송이

진행 되는 민족적 아픔이 있다.

이환범 회장이 얼어붙은 땅을 뚫고 올라와 잎을 피우고 꽃을 피워 열매를 맺기까지는 누구보다 드라마틱하다. 9세 때 광복을 맞아 1949년 초등학교를 졸업했다. 북쪽의 공산화와 중학교 1학년 때 터진 6.25전쟁은 이환범의 인생을 확 뒤엎어 놓았다. 그러나 그 뒤엎음은 거센 태풍이 '썩은 바다적조현상'을 뒤 엎어 맑게 되돌리 듯 파도타기를 스스로 헤치며 성공의 광장으로 한 걸음씩 나아갔다.

일본 침략과 35년 간 지배는 광복과 더불어 남북분단의 원죄가 되었다. 함경남도 부유한 가정에서 태어 난 이환범의 토지는 북한 공산정권에 의해 완전히 빼앗겼다. 피난 올 때 "빼앗긴 토지의 등기부는 가지고 왔다"고 술회하며 통일되면 반드시 찾겠다고 맥주잔을 비우며 쓴 웃음을 지었다.

소련은 2차 대전 후 김일성을 앞세워 대한민국전체를 공산화 할 계획을 갖고 있었다. 일본군과의 전투에만 매몰 되었던 미국은 뒤늦게야 그 음모를 알고 허겁지겁 소련과 만나 논의 끝에 위도 38선을 그어 북은 소련, 남은 미국이 일본을 밀어내고 나누어 관리 한다는데 합의했다.

1950년 6월 25일 일요일 새벽 북한은 소련제 탱크 최신무기 등을 지원받아 전쟁을 일으켜 허약한 남쪽을 물밀 듯이 몰아붙였다. 서울을 빼앗기고 한 달도 못돼 낙동강을 중심으로 대구 경주 부산으로 이어진 일부 지역만 남았다. 서울을 비롯한 남쪽을 점령한 북한군은 사람들을 잡아다 광장에 모아놓고 인민재판을 벌여 〈반동〉이란 굴레를 씌워 마구 살해했다. 공산당은 '혁명'이란 이름을 붙여 사람 죽이기부터 출발한 것은 스탈린 모택동 김일성이 똑 같다. 이것이 공산정권의 실체다.

그러나 미국을 비롯한 유엔군이 참전하여 반격작전을 펼쳤다. 맥아더 장군의 인천상륙작전이 성공하여 9월 28일엔 서울을 되찾았다. 유엔군과 한국군은 북진을 계속하여 평양을 거쳐 압록강에까지 진격하여 통일이 눈앞에 보인 듯했다.

뜻밖에 30만 명의 중공군이 참전하여 북측을 지원하며 기습작전 등 격전을 거듭했다. 이듬 해 추운 겨울 1.4 후퇴로 서울을 다시 빼앗겼다. 밀려오는 중공군에게 후퇴하는 과정에 함경남도 흥남에 머물던 미국군 화물선으로 피난민들이 몰려들었다. 배에 오르다 떨어져 죽기도 하고 남은 가족들과 생이별은 오늘까지도 '이산가족'의 슬픔으로 남아있다. 소년 이환범은 아버지와 함께 아슬아슬하게 피난민을 가득 실은 배에 올라탔다.

난관 뚫고 피어난 꽃

남쪽으로 내려와 피난민 대열에서 분산 된 이환범이 정착한 곳은 경남 월성군 바닷가 감포항 이었다. 이곳에서 중학과정을 이수하는 동안 서울은 다시 수복했다. 향학열에 불타는 피난민 학생 이환범이 찾는 것은 국비 장학생이었다. 당시 초등학교 교원 양성'사범학교' 통신 기간요원 양성 '체신고등학교' 철도공무원으로 채용되는 '철도고등학교'가 있었다. 모두 국립으로 교육비용을 국가에서 부담했으므로 수재들만이 들어가는 어려운 관문이었다.

이환범은 전국에서 모인 수재들의 경쟁을 뚫고 철도고등학교 토목반에 합격했다. 3년간 절차탁마하여 졸업하고 서울대학교 공과대학 토목공학과에 합격하였다. 어려운 환경도 뜻이 굳건한 젊은이의 길을 막지 못한다.

뜻을 세우고 의지 있는 사람들은 어떤 어려움이던 끝내 뚫고 나아간다. 한 겨울 꽁꽁 언 땅속에 누워 있다가 봄이 되면 흙을 비집고 올라와 꽃을 피우는 것처럼 하늘은 뜻이 굳세고 능력이 있는 사람이면 구제한다.

엘리트 공무원

1962년 대학졸업 후 이환범은 현 편제에서 국토부와 해양항만을 아우른 부서의 공무원으로 취업했다. 당시 공직사회에 대학졸업생이 드물었고 최 우수대학인 서울대출신 공무원은 엘리트였다.

근무 2년 차에 공무원을 대상으로 네델란드 델프트공과대학 국제수공학 1년 과정의 모집이 있었다. 내부경쟁시험에서 1등으로 뽑혀 델프

트공과대학에서 항만 및 해안공학 디플로마 과정을 수료했다.(1964.4.9.-1965.12)

3년 뒤엔 프랑스 중앙수리시험소 항만수리모형 실험연수(1968.6-1969.11)에 선발 되어 해양항만 최신 기술을 습득한 이 분야 독보적인 공무원이 되었다.

1974년 아시아개발은행(ADB) 차관사업으로 동아건설에 의해 준공 된 당시 동양 최대 인천항부두(DOCK)는 프랑스와 네델란드에서 공부하고 수련한 공무원 이환범이 감독하였다. 도크는 인천 바닷물의 들고 나옴 격차가 10미터 정도에서도 선박의 안정적인 정박으로 화물을 싣고 내림이 가능한 시설로 수출주도 한국의 물류시설에 대 변혁을 일으켰다. 외항 내항 사이의 수위조절은 당시 해양항만 국내기술로는 최첨단이었다.

1977년까지 15년간 공무원(사무관)으로 근무하던 중 국내 대기업 삼성종합건설(주) 상무이사로 발탁되어 이라크 움카슬 항만공사 현장소장을 1년 간 맡았다.

창업 및 활동

1980년 7월26일 우리나라 최고기술자격이며 미국 일본 등 국제적으로도 대등성이 인정 된 기술사(엔지니어) 자격을 취득했다. 이를 밑돌로 삼아 1980년 8월 '대영엔지니어링(주)'를 창업하여 2014년까지 대표이사를 맡아 왕성한 활동으로 회사를 번영시켰다. 이후 2023년 까지 명예회장(사원 300여 명)으로 해양 항만 등 신기술 주도로 전국에 걸쳐 수많은 사업을 수탁 받아 수행한 큰 별이 되었다.

2004년 한국기술사회 회장으로 선출되어 3년 간 모신 일이 있다. 그 때 업무활동비로 월 300만원 씩 회에서 지급했는데 그 돈을 사무국 직원에게 따로 관리케 하여 한 일기술사 합동 심포지엄 일본개최 때 선배 회장들을 참여케 하는 비용으로 지급한 전무후무한 회장이다. 한 푼도 주머니에 넣어 간 일이 없었다.

최고기술자격인 기술사제도가 우리산업의 급 팽창과정에서 기술사 공급부족으로 왜곡돼 현장에서 일정기간 근무경력만 있으면 기술사와 대등한 자격을 인정하는 제도들이 난무했다. 한국기술사회장 재임 시는 기술사자격취득자들 숫자도 많이 늘었다. 엇나간 제도를 바로세우기 위해 노무현 대통령 실 과학기술보좌관을 만나 소통하고 국제적인 틀에 맞게 바로세우는 큰일을 했다. 이와 관련하여 인정기술사제도를 규정한 관계부처 법시행령 7가지를 국무회의 의결을 거쳐 중지시켰다.

또한 변호사 의사 등 여러 자격자 중 해외에서 달러를 벌어들이는 자격자들은 건설관련기술사임을 정부에 설득하여 전임회장이 새로 제정한 『기술사 날:(2월 26일)』에 훈장 포장 대통령표창 국무총리 장관표창 등으로 확대하여 우수기술사 들에게 수여했다. 과학기술인력의 한 축인

기술사들의 사기를 높이는 큰 족적을 남겼다.

민주평통자문위원(2013-2017) 함경남도 행정자문위원(2009-2014) 한국어촌협회 부회장(2003-2011) 한국항만협회 부회장(2000-2002) 감사 및 기술 분과위원장(2002-2008) 한국컨설탄트 초대회장(1998-2001) 한국엔지니어링협회 부회장(1996-2002) 항만과 건설업관련 주요 직책을 수행했고 항만산업의 성과를 인정받아 「철탑산업훈장(2000.7.) 대통령」 외 많은 표창과 공로패를 받았다.

항구(만)에 심은 꿈

우리나라는 삼면이 바다다. 산업의 급속한 발전에 따라 물자를 싣고 드나들며 정박할 항구는 전체물량의 95%를 담당해 왔다. 이환범은 대양을 통해 5대양 6대주로 나아가고 들어 올 선박이 머무는 '항구를 최고로 만들겠다는 꿈'을 꾸었다. 항구는 곧 이환범의 삶의 지표가 되었다.

이환범은 남북화해가 무르익어 신포지역에 우리기술진에 의해 원자력발전소 건설이 한창 일 때 독백처럼 말했다. "신포항은 내가 반드시 새롭게 설계하고 구축해야 할 텐데…" 신포는 이환범 출생지와 가까운 고향 함경남도다. 그러나 그 꿈은 핵을 둘러싼 미·북 간 갈등으로 물거품이 되었다. 부시정부가 북한을 '악의 축(북한 이란 이라크)'으로 몰아붙인 정책폭탄을 맞아 3분의 1까지 진척된 원자력발전소건설 중단과 함께 산산이 부셔지고 말았다.

현대적 항만 해양 기술을 한국인 최초로 네델란드와 프랑스에서 공부하고 수련한 이환범은 기술주도형 회사를 운영하며 사훈을 '신의 협동 창의'로 정했다. 사원 간 믿음과 협동 창의력으로 사랑과 화합으로 나아가는 리더십으로 회사는 크게 성장했다.

항만 어항 연안정비 등 항만 및 해양 분야의 계획 설계 시공 운영 재개발 등의 사업을 연구개발(R/D)을 통한 신기술로 뒷받침했다. "회사가 하는 일은 곧 발주자를 만족시키고 성공시킨다."는 신념으로 수행한 국내 항구(만) 전문 업체 선두주자의 자존심으로 일했다. 최근에는 신재생 에너지 해양환경 등 사업으로 범위를 확장하고 있다.

하늘의 별처럼 항구(만)에 촘촘히 심어 놓은 이환범의 꿈을 살펴본다.

*창업해인 1980년 인천항 석탄전용부두 축조공사 *1981 서귀포항 개발 기본계획 *1982 감천항개발사업 차관타당성조사 *1983년 감천항개발 차관사업 실시설계(이환범 피난 정착 했던 곳) *1984 인천항 광역개발 기본계획 *1985 여수항 북 방파제 실시설계, 인천항 연안항구 호안 및 기타 실시설계 *1986 도동항 방파제 실시설계
*1987 부산남항. 서귀포항. 부산항 * 1988 군산신항 포항항 인천국제여객부두…
*1989 군·장항 광양신항 *1990 여수항 부산항 *1991 송도 하동 인천북

항 *1992 율도항 인천남항 서귀포항 온산항 부산항 공현진항 풍남득양항 *1993 거제조선소 제주지역항만 부산항 4단계 진해조선소 율도항공유비축 *1994 거제조선소 인천북항 인천남항 부산항 *1995 진해조선소 인천북항 영흥화력 수도권신공항 언안항 인천국제여객부두 포항제철하역장 *1996 부산남항방파제 인천북항 *1997 영흥화력물양장 외 *1998 월포항 인천연안항 부산항감만부두 *1999 인천북항 평택항 부산남항물양장 제주외항 *2000 포항신항 외 2건 *2001 광양항 평택항 등 5건 *2002 광양항 3단계 등 2건 *2003 부산항 국제여객 부두 등 5건 *2004 울산항 등 3건 *2005 부산신항 남 컨테이너 부두 *2006-2014 미포항 DOCK확장 등 9년간 51건 의 공사를 수행했다.

명예로운 은퇴와 정대연 대표 활약

우리나라 기업관행이 자녀에게 대물림이 많다. 1980년 창업 후 험난한 경쟁을 헤치며 임직원 300명에 이른 중견기업으로 성장 시킨 뒤 2014년 전문가 후배 정대연 기술사에게 회장직을 넘겨주고 명예회장으로 은퇴했다. 이는 우리기업문화에서 매우 드문 아름다운 꽃송이다.

배튼을 이어받은 정대연 회장은 "꿈과 기쁨, 기술을 창조하는 기업-대영엔지니어링"을 목표로 내 걸고 정진하고 있다.『신뢰할 수 있는 기술로 세계를 향해 나아간다』는 진취의 정신, 고객과 환경을 생각하며 고객과 함께 공동번영을 추구한다. '나만이 우리 회사만이 아닌 고객과 사회와 더불어 나아간다'는 신념에서 사회기여의 따뜻함을 읽을 수 있다. "멋진 세상을 구현하기 위해 앞선 기술과 사람, 사회와 조화"로 나아가는 한 덩어리로 된 대영을 밀고 간다.

전임 이 회장으로부터 이어 받아 확대되고 있는 전국의 무역항 연안 항 어항 등을 새로운 창의력과 지속적으로 연구개발한 신기술을 적용해 복합적인 항구를 계획 설계를 통한 정부 지방자치단체 대기업 등 사업을 뒷받침한다.

항구의 아름다움과 편리성을 동시에 추구하는 가운데 화물 여객부두 어항 등은 성장위주의 과거에서 벗어나 재해감소 안정성을 확보하며 탁월한 친환경을 지향하고 있다.

해외진출사업도 확장해 간다. 해양수산부의 해외항만 개발협력 사업으로 알제리 리비아 온두라스 과테말라 적도기니 콜롬비아에 진출하여 상대국이 만족할만한 수준의 일을 했다. KOICA의 지원 사업으로 인도네시아 온두라스 등 사업을 수행하여 국제적인 전문 항만회사로 지향하고 있다.

연구개발은 우수과학기술인력을 확보하여 독자적인 기술개발활동을 축으로 하여 국내외 대학 연구원등과 협동연구로 원심력도 키워왔다. 연안침식에 대응한 연구를 비롯하여 해양재난방지 기술 해양에너지 기후변화대응 다기능인공리프트 기술개발에도 집중하고 있다.

해양에너지는 조력발전과 조류발전이 있다. 조력발전은 조석간만의 차가 심한 해역에서 만조 때 물을 가두었다 물이 빠질 때 낙차를 이용한 무공해 발전 시설이다. 조류발전은 바닷물의 흐름이나 풍랑파장을 이용한 전력생산 방식으로 에너지 95% 이상을 수입하는 우리나라는 삼면의 바다의 특성을 활용하여 에너지기술개발을 지속적으로 추진해야 하는 방향과도 일치한 연구 활동이다.

대영엔지니어링 회사는 가족 대물림 아닌 전문가에게 배튼을 넘겨 준 건전하고 사회모범 기업으로 지속적인 성장의 꿈을 실현해 가고 있다.

항구(만)에 꿈을 심어 빛나게 한 이환범은 2023년 명예회장직도 내려놓았다.

〈주〉 이 글은 대영엔지니어링 정대연 회장 제공 자료를 참고 함

토목기술의 꽃 화성華城

- 정 약 용

경기도 수원에 소재한 화성은 '조선조 토목기술의 꽃'이다.

문화탐방 동호인들과 화성을 탐방한 일이 있다. 여러 가지 관광 안내 자료와 해설사의 화성에 얽힌 얘기를 들으며 조상들이 남긴 빛나는 자취를 음미할 수 있었다. 화성은 높이 4-6 미터 둘레 길이 5.7 키로 미터로 유네스코 세계문화유산으로 등재 된 자랑스러운 문화재다.

1801 년 발간된 〈화성성역의궤〉에는 축성계획 제도 법식 동원된 인력의 직능별 인적사항, 역할에 따라 차등 지급한 노임, 축성과 행궁에 소요된 자재의 출처, 사용된 기계 시공법 등이 상세히 기록 되어 있다고 한다. 그 의궤에 근거하여 전란과 일본 강점 시 훼손된 부분들을 원형대로 복원 할 수 있었다.

성 안에 임금이 정무를 수행할 수 있는 행궁을 갖춘 화성의 축조는 조선조 22대 정조의 발원으로 착공하였다. 이 대역사大役事를 2년 9개월이란 짧은 기간에 완성한 토목기술은 그 당시엔 파격이요 눈부신 성과물이다. 수원화성은 중국 일본에서는 찾아볼 수 없는 평야에서 산으로 이어진 '평 산성'의 형태로 군사적 방어 기능과 상업적 기능을 함유한 과학적이고 실용적인 성곽으로 평가되고 있다.

정조는 어렸을 때 아버지 사도세자가 뒤주에 갇혀 죽임 당한 충격으로 크나 큰 슬픔의 못이 가슴에 박혔다. 그러나 왕위에 오른 뒤 그 슬픔을 효성과 백성들에 대한 선정으로 풀어낸 훌륭한 임금이다. 정조는 왕위를 승계할 세손 때엔 조정의 엄격한 법도에 따라 이십 세가 넘도록 한 번도 아버지 묘소를 가볼 수 없었다.

왕이 된 뒤에야 아버지의 묘를 찾도록 했다. 하명 받은 신하가 돌아왔다. "배봉산(동대문구 전농동 소재) 계곡에 가묘처럼 방치 되어 있습니다." 그래서 명당을 잡아 아버지 묘를 옮긴 것이 현재의 사도세자 묘소다. 효도의 리더십으로 상찬되는 정조는 아버지 묘 가까운 곳에 화성을 축조하고 행궁을 지어 일곱 번 머물렀다 한다.

정조가 등극한 해는 1776년이며 화성은 1794년 1월에 착공하여 1796년 9월에 완성 했다. 이 때 유럽에서는 산업혁명의 굴뚝 연기와 수증기가 하늘을 덮기 시작 했다. 그 매연은 중국을 거쳐 우리나라에도 냄새가 스며들었다고 봐야 한다. 내연기관으로 까지 나아가진 못하고 인력으로

움직인 기기들이지만 화성축성 시에 정약용 등이 개발한 거중기(기중기) 녹로(크레인) 동차(네 바퀴 운반 기구) 등이 본보기다. 실학자 정약용이 기계개발의 핵심 인물들이다. 요즈음으로 치면 정약용은 조선 최고의 창의적인 과학기술자였다. 실학파 과학기술자들은 중국을 통해 입수한 과학기술도서를 읽고 연구하여 화성축조에 필요한 여러 기계들을 개발했다. 그 기계와 기구들을 이용하여 노동력을 줄이고 짧은 기간에 축성을 완성 한 것이다. 따라서 화성은 조선조에 우리 과학기술자들의 역량이 발휘된 「토목기술의 최고봉」인 것이다. 조선시대는 우리가 잘 알고 있는 대로 사농공상士農工商 사상이 찌들고 철벽처럼 두터웠다. 그런 사회적 분위기를 뚫고 과학기술을 탐구한 정약용과 유형원 등 실학파들을 생각하면 기립박수 치고 싶도록 감명 깊다.

실학파들은 조선 사회에서 우리 기술을 견인한 거룩한 삶을 살았다. 대신들이 "100리가 넘는다며 정조아버지 묘소참배를 국법 위반"으로 반대했다. 왕은 백리 밖으로 나갈 수 없다는 것이 경국대전에 있었던가.

정조는 정약용을 불러 "어떤 방법이 없겠냐고" 물었다. 여러 날 궁리 끝에 과학기술자 정약용은 답을 올렸다. "배들을 묶어 용산에서 노량진까지 연결하는 배다리"를 건의했다. 그렇게 되면 아버지 묘소까지 80리 길로 줄어 든 것이다.

정조는 정약용의 건의를 받아들여 묘소 참배를 했고 100리를 초과하지 않은 묘소 가까운 곳에 행궁을 지은 것이다.

과학기술자 정약용은 집 일꾼 천만호를 위해 목화 솜 타는 기계를 개발하여 청계천 변에 시설을 갖추어 넘겨줬다. 천만호는 주인에게서 선물 받은 첨단장비를 이용 해 떼돈을 벌어 일약 대 부호가 되었다고 한다.

6월의 따가운 햇살 아래 행궁을 둘러 본 뒤 땀을 뻘뻘 흘리며 성곽을 끼고 팔달산에 오르기는 힘들어도 일행과 어우러져 즐거웠다. 문루 장대 노대 포루 각루 등 잘 자란 숲과 조화를 이룬 아름다운 성곽을 보며 실학파들에게 감사한 마음이 들었다. 꼭대기 서장대 부근 느티나무 그늘에 쉬면서 곰곰 생각해 봤다. 조선조 27명의 왕 중에서 정조는 세종과 함께 '대왕'으로 호칭 되는 임금이다. 따져보니 세종 정조 두 분 모두 과학기술을 챙긴 공통점이 있다.

성리 학자들이 숲을 이루고 권력의 주변에서 정권을 휘두르는 속에도 정조는 정약용 유형원 홍대용 박제가 등 과학기술자들을 등용하여 연구개발의 황금기를 이루게 했다. '대왕'으로 호칭 되는 세종과 정조의 과학기술 중시 통치 철학은 현대의 대통령들을 평가하는데도 바로미터가 될 것이다. 국가의 자존을 더 끌어올리고 복지와 행복한 나라 세움도 앞선 기술을 개발하여 경쟁력을 높이는 과학기술자들의 뜨거운 열정과 노력의 받침이 없다면 허허로운 꿈 아니겠는가.

벌써 많은 일월이 누적 되었다. 인천대교 개통 전 가을 날 대교를 건너고 잠시 주탑柱塔 아래 서서 주변을 바라볼 수 있는 행운이 있었다. 개발 도상국들이 부러워하고 선진국들도 예찬하는 우리의 번영을 일으켜 세운 과학기술. 비약적으로 발전한 과학기술 없인 1인당 국민소득 3만 불에 이를 수 없는 자원빈국이다. 우리 과학기술인 들의 열매로 이만큼 살고 있는데 왜 사회적 분위기는 우수인력이 의대로만 기울어지는 상황이 되었을까. 가장 머리 좋은 학생이 선택하는 의사. 그렇다면 이제는 의사가 달러를 벌어들이는 문을 열어줘야 한다.

우려의 짐을 진 채 장대하고 웅장한 다리에 서서 바다와 화물선을 바라보며 상상의 날개를 펴 한 편의 과학기술 시를 얻었다.

화성을 답사하면서 뜬금없이 정약용의 '배다리'를 생각하며 인천대교에서 깊었던 감회가 술술 시로 빚어졌던 때를 떠올렸다. 교각 사이를 최대 팔백 미터나 벌이고 서 있는 인천대교. 230 미터의 주탑柱塔에 매 달은 거대한 구조물 사장교를 우리기술로 건설한 과학기술자들의 찬란한 빛. 정약용 배다리(船橋)를 돌아보며 가슴을 뚫고 시 한편이 터져 나왔다.

우리가 일찍이/과학을 사랑하고 기술을 펼쳤더라면/
백성들이 헐벗은 채 일본에 쫓겨/만주벌 눈보라 속에 엉엉 울며 죽지 않았을 거다/
위안부로 끌려가 강요된 치욕에 몸서리치지 않았을 거다/
강제징용, 총알받이 학도병 생지옥에 몰리거나/명성황후 죽임당하고 불 태워지지 않았을 거다/
분단의 골병으로 뒤척이고 있지 않을 거다/
팔백 미터 벌인 다리 사이 오가는 왕화물선/이백삼십 미터 주탑柱塔에

줄로 매달은 상판에 서니
산들바람 가을 햇살에 꿈을 꾸듯 번영 펄럭이고/
가슴에 차오른 웅장함에 어깨 펴고 우쭐한 맛이라니/
아득히 먼 옛날부터 우리 선대님들/우아한 걸음과 여유로운 마음으로/
금수강산 노래했지만/뛰어나고 영민한 백성을/과학기술과 접목한 시책
워낙 늦었고/
시방도/겨레 위상 드높이며 선진국으로 견인한/ 과학기술자들의 열정
과 눈부신 성과를/
헤프게 잊고 사는 것 아닌지/옷깃 여미고 꼼꼼하게 돌아봐야 한다.

- 저자 시 「인천대교에서」 전문
*한 때 국토교통부 홈페이지에 올라 있었다.

다산 정약용. 그는 귀양살이 18년 동안 500여 권의 저서를 남긴 빛의
인물이다. 그 중에 관료들이 백성을 어떻게 섬겨야하고 일해야 되는지에
관하여 『목민심서』가 있다. 고건 국무총리는 공무원들이 반드시 읽어야
할 책으로 권장하기도 한 목민심서.

수년여 년 전 하노이를 방문했을 때 호치민이 살았던 주거지를 찾은
일이 있다. 아주 검소하게 지낸 흔적이 역력했다. 해설자는 호치민 주석
이 정약용의 『목민심서』 (러시아 유학 동기 박헌영이 기증)를 읽고 감복
했다고 전했다.

상상력이 많은 정약용은 정조의 사랑을 흠뻑 받은 신하다. 정약용은
자신이 정조의 총애를 받은 관직 생활에 시샘하는 경쟁자들이 많음을

감지하고 극구 만류하는 정조에게 거듭 간청하여 스스로 벼슬에서 물러났다. 그럼에도 정조가 갑자기 붕어한 뒤 권력을 잡은 세력들이 천주교 신앙을 문제 삼아 정약용을 내쳐 전라도 끝자락 강진으로 귀양 보냈다. 관직을 헌 신짝처럼 내던진 지혜와 총명도 정파 싸움 진흙탕에 짓이겨 올가미를 씌웠다. 18년이나 긴 세월 귀양살이 한 것이다. 이것은 권력 잡은 패거리들의 무자비요 잔혹한 속성이다.

십 수 년 전 정약용이 머물던 강진 초당을 찾은 일이 있다. 높지 않은 산 중턱에 자라하고 있었다. 큰 대나무 통을 타고 철철 흐른 맑은 물이 흐르고 있었다. 초선선사와 차 마시며 대화하고 능선에 나아가 형님이 계신 흑산도 쪽을 바라보며 눈물 흘린 다산 정약용.

그는 과학기술자로 정조의 걱정을 덜어주었고 주변에 그를 시기하는 관료가 많음을 눈치 채고 정조의 극구 만류에도 관직을 자진은퇴 했다. 그러나 정조 붕어 후 18년 귀양살이를 했다. 500여 권의 저술을 남겼으니 세상사 새옹지마인가.

4

사랑별

사육신의 혼

- 성 삼 문

노량나루 언덕에 사육신묘가 있다. 수양대군을 추종하는 무리들이 쿠데타로 세력을 잡아 1455년 세조가 등극했다. 어진 세종은 아들 문종이 병약하므로 신하들에게 손주(단종)의 안위를 당부하곤 했다. 그런데 조선조 최고형벌인 부관참시를 당한 한명회 말고도 신숙주 정인지 등 석학까지 성군의 지시를 깔아뭉개고 어린 왕 조카를 끌어내린 수양의 불의에 가담했다.

12 세 단종을 강제로 밀어 낸 왕위찬탈을 폐륜이라 생각한 선비들은 분격했다. 반전을 꾀하다 발각되어 육신이 찢기는 죽음을 당한 성삼문 등 여섯 명 의인들을 역사는 「사육신」으로 부른다. 국가적 범죄에 대한 조선조 형벌은 삼족을 멸한다. 그 가혹함을 알면서 정의의 길을 걷

는 '칼날 같은 충성스런 혼'이 우리 사회를 정화 시키며 면면이 이어져 내려 왔다.

형에게까지 사약을 내려 죽임으로 이어진 쿠데타 계유정란은 안정을 찾기까지 몇 년 이어졌다. 하늘은 정의의 편이라 믿는 선비들은 하늘 명령에 따라 '파사현정'의 깃발을 들었다. 결과는 실패를 거듭하여 처참한 죽음을 맞았다. 버려진 시체도 거두면 처형된다. 사육신들의 시신은 20세 초반 생육신 김시습 주도로 수습하여 도성 밖 노량진 언덕에 묘를 썼다. 묘비 앞에 묘비명은 있지만 묘마다 누구의 시신이 묻혔는지 명확치 않다고 해설가가 말했다.

단종을 추모하며 세조정권에 참여를 거부했지만 죽음은 면한 채 산하를 떠 돈 김시습 등 여섯 분의 선비를 우리는 생육신으로 추앙한다. 김시습은 세종 때 신동으로 알려져 어전에 초청되어 비단 선물을 받았다. 5살 아이가 비단 한필을 어찌 가져갔을까. 비단 한 끝을 잡아 끄집고 가는걸 보고 세종도 찬탄했다는 일화는 신동다운 두뇌의 회전이다.

세종에 의해 장래가 보장된 듯 보인 김시습은 과거시험엔 떨어졌다. 강릉이 본향이이다. 관동지방을 둘러보고 호남을 거쳐 경주에 머물며 혼령을 주제로 소설을 썼다. 「이생규장전」 「만복사저포기」 등에 실려 전하는 한문소설 『금오신화』는 지은이가 명시된 최초 단편소설집으로 평가된다. 문학사에 큰 족적을 남겼지만 불의에 영합하기는 싫었다. 불교 선종에도 심취한 당대의 뛰어난 사상가는 구름처럼 떠돌다 생을 마쳤다.

현직 벼슬로 단종에게 사약을 전한 왕방연의 시 한 수가 찌르르 가슴을 울린다. 이 시가 세조에게 알려졌으면 왕방연도 사육신처럼 극형에 처했을 것이란 떨림이다.

천만리 머나먼 길 고은님 여의옵고
내 마음 둘 데 없어 냇가에 앉앗스니
저 물도 내 안과 같아 울어 밤길 예는 고야

이방원이 정몽주를 회유하려 하자 "이 몸이 죽고 죽어 일백 번 고쳐 죽어…"로 응수 했다. 정몽주는 선죽교 위에서 철퇴를 맞고 죽었다. 이렇듯 우리민족은 정의를 세우기 위해 죽음을 두려워하지 않은 피가 흐르고 있다.

2019년 10월 12일(현재는 10.9로 하여 동작구 주관) 순의 563주년을 맞아 민간단체에서 개최 한 제1회 사육신추모대제 문화행사에 참여했다. 제향에는 서울 시장이 참석하여 헌관을 맡아 향불을 피우고 술잔을 올렸다. 좁은 공원에 300여 명 쯤 모여 가을 하루를 수놓은 첫 기념행사가 사육신들을 위로 했다. 초.중.고 백일장을 열었고 용인시낭송협회(회장 채선정)회원들이 초대되어 낭송회도 열려 자작 시 한편을 낭독했다. 누적된 세월은 600년이 되어가는 지금 국민들은 세조나 그 추종

세력은 기념하지 않고 부귀영화보다 정의를 세우려다 처형된 사육신을 높이 추앙한다.

사육신의 정의를 향한 저항의 혼 불은 침략자 일본에 저항하여 맨손에 태극기 들고 독립만세를 부른 3.1운동으로 이어졌다. 일본 날강도들을 향해 전국적으로 퍼진 만세운동은 무기를 들지 않은 무저항 운동이었다. 그럼에도 독기로 가득 찬 침략자들에게 선량한 백성 900여 명이 총 칼에 살해 되었다.

사육신의 정의를 향한 저항은 광복 후에 민주화 운동으로 이어졌다. 자유당 독재와 3.15부정선거에 맞서 대학생을 주축으로 중고등학생까지 민주주의와 정의 세우기에 군중 시위로 나서 186명의 젊은이들이 죽었다.

이어진 유신독재 때 대학생 중심 부마항쟁은 박정희 18년 장기집권을 종결시키는 결과로 이어졌다. 반독재 투쟁은 군사정부 최루탄 가스연기 자욱함 속에서 자유민주주의를 외쳐대고 투신자살조까지 이어졌다.

5.18광주민주화운동도 사육신의 정의를 세우려는 혼이 깃들어 있다. 현행헌법 전문에서 그 정신을 기린다. 정권을 탈취한 군인들은 저항하는 백성들에게 무차별 총검을 들이댔다. 이 일로 40여년 뒤 죽은 전두환 대통령은 사망 뒤 2년 넘도록 매장을 못하고 유골을 집에 보관하고 있는 처연한 상황이다.

1987년 군사독재에 대한 유월 항쟁은 전국 주요도시 시민들이 총 궐

기했다. 정해진 시간에 택시기사들은 달리던 차 안에서 일제히 경적을 울렸고 성공회 교회에선 종을 쳐댔다. 대학생과 함께 사무실 젊은이들도 일손을 놓고 저항에 참여하여 거리로 나섰다. 그 결과 왜곡된 제도를 펴고 오늘의 민주주의를 탄생시킨 6.29선언이 나왔다. 현재 대통령 5년 단임제가 시행 된 뒤 30여년이 지나 보편적인 민주국가로 평가 받고 있다.

오늘 누리고 있는 대한민국 자유민주주의에는 '사육신의 혼'이 면면이 이어져오며 광채를 내고 있다. 이 혼 불이 북쪽에 비추는 날은 언제 올 것인가.

> 신들린 사람들 마냥/백성들은 덤벼들었다/숨 막히는 최루탄 연막 속을/ 낮 밤 없이 외쳐댔다/ 묶은 사슬 끊으라/ 가슴으로 밀고 /주먹 들어 공중에 올리고/ 엉엉 울기도 했다/ 촛불을 밝히면/명동이 왼통 별처럼 반짝거리고/함성은 성난 파도로 퍼져/서울역 광화문 청계천/대전역 금남로 서면로터리 수성천 변/작은 도시들에서도 쩌렁쩌렁 울렸다/성공회 종 긴 신음엔/달리는 차 경적으로 화답하고/길가에 늘어선 시민들/박수소리 어우러져/질펀히질펀히/독 녹아내린 뜨거운 유월/거머쥔 자들 화들짝 놀라고/좇던 자들은 시원시원히 속 틔었다/ 구경하던 지구촌 사람들 탄성 소리
>
> - 저자 시 「유월의 함성」 전문

아들 총살 범을 수양아들로
- 사랑의 원자탄

- 손 양 원

문자 생활에 들어 간 뒤 우리 역사를 펴보면 어느 한 사상으로만 채워진 때는 없었던 것 같다. 삼국시대에 불교 도교가 우리 고유의 여러 자연신인 부엌 신 마당 당산 신 등 숭배 사상과 융합 되었다.

고려시대에 불교가 국교였지만 백성들 생각과 삶은 삼국시대를 이어갔다. 조선조가 척불숭유 정책으로 출발 했지만 불교와 후기 전래된 천주교, 고유의 민속신앙도 숨 쉬는 사회였다.

해방 전후에 전개된 역사 속엔 기독교의 영향이 큰 흐름으로 자리 잡고 있다. 마포나루 3천여 평엔 19세기 말에서 20세기 초에 걸쳐 선교활동을 하며 우리나라 새로운 의료 교육 등 일으키다 한국 땅에 묻힌 외국인 선교사 묘역이 있다. 역사책에도 나오는 낯설지 않은 선교사들도 있다.

광복 후 이승만 장면 김영삼 김대중 이명박 문재인 등 통치권자인 대통령과 국무총리가 기독교 신. 구교도다. 여섯 분의 최고 통치권자가 상징하듯 우리사회 각계각층에는 기독교 신앙의 영향을 받은 걸출한 분들이 많다.

지금 해외 선교사 파송에서 한국은 미국에 이어 두 번째로 파송 숫자가 많다. 신 구교도를 합하면 일천이백만을 넘은지 오래다. 기독교국가로 탈바꿈 한 것이다. 신부와 목사들의 열정적인 신앙 활동이 복잡한 도시공동체와 가정을 원활하게 지탱 하는데 크게 기여하고 있다는 평가를 하고 싶다. 평신도들 중에도 영적사랑을 앞세워 불우 이웃을 구휼로 보듬어 안는다. 종교단체들은 다투어 어렵고 낮은 곳에 처한 이웃들을 아우른다.

왕성한 기독교 사회가 된 우리나라. 그 중에 예수와 가장 많이 닮은 분은 누구인가. 이는 백성을 보듬고 희생을 뛰어넘어 죄를 용서하며 사랑을 실천한 깊이를 봐야 한다. 개신교 목회자나 신앙인들 사이에선 "사랑의 원자탄"이란 별칭이 붙은 손양원 목사가 예수와 가장 가까운 자리에 있음을 공감한다.

남서울은혜교회 홍정길 담임 목사(현 원로목사)는 설교 중 간간이 손양원 삶을 얘기 했다. "일제 앞에 고개 숙여 신사참배하고 민족의 고통을 외면한 수많은 종교인 들 가운데에 샛별 같이 빛나며 민족자존을 지켜낸 인물 중 한 분"이다. 홍정길은 손양원을 추모하는 설교를 할 때면 목이 탄 듯 연신 물을 마신다. 교회 건물 중 한 칸을 산돌 손양원 기념관을 만들었다.

사랑의 원자탄 손양원 목사는 어떤 분인가. 그는 성경에 나온 수많은 인물과 사건들 중에서도 찾아보기 어려운 삶을 살았다고 평한다. 91세의 박재훈 원로작곡가는 손 목사가 한센병 환자의 고름을 입으로 빨아내고 원수를 용서와 사랑으로 안아 들인 삶에 감복하여 손 목사를 기린 오페라를 무대에 올리기도 했다. 그러나 손 목사는 일반대중에겐 잘 알려진 이름이 아니다.

산돌 손양원은 1902년 경상남도 함안군에서 신앙심 깊은 손종일 장로의 아들로 태어났다. 아버지는 일제의 탄압 속에서 신앙을 지키고 나라 독립을 외치다 마산 형무소에 수감된 굽히지 않은 어른이다.

손 양원도 일제가 신사 참배를 강요 했으나 이에 굴하지 않고 감옥행을 택했다. 신사참배를 거부한 목사는 손가락으로 꼽을 만큼 몇 명 안 된다.

일 년 육 개월 형기를 마친 손양원을 판사가 불렀다. "이제 나가면 천황께 충성하라"고 당부했다. 손양원은 답했다. "아니오. 일본이 가는 길은 망하는 길이요, 천황은 사람이지 신이 아닙니다." 이런 연유로 재판 없이 일 년 육 개월의 형이 추가 되었다. 이번엔 일본인 교도소장이 모범수 손양원 가석방을 건의 했다. 판사는 같은 당부였고 손양원도 전과 같은 대답이었다. 결과는 무기징역수로 형이 올랐다.

1945년 광복으로 팔월 십칠일 석방 됐다. 서울과 부산의 큰 교회에서 손양원을 모시려 경쟁 했다. 그러나 감옥 가기 전 한센병 환자들을 돌보던 여수 애양원 교회로 갔다. 밝음보다 그늘진 데로 높은 곳보다 낮은 데로 임하여 험난한 길을 걸어간 장한 모습에서 오늘 우리의 번영의 씨앗을 본 듯하다. 그러나 그 길은 시련과 비명의 극단으로 이어졌다.

1948년 11월 남로당에 물든 여수주둔 현역군인들이 반기를 든 여순 사건이 터졌다. 제주 4·3 사태를 진압하라는 명령을 거부한 반란이었다. 아들 동인과 동신이 순천에서 학교 다니고 있었는데 남로당원들에게 붙잡혀 목사의 아들이란 신분 때문에 두들겨 맞고 광장의 인민재판에서 학우에게 총살당했다.

그 뒤 반군은 계엄군에게 진압됐다. 무고한 아들을 죽인 좌익학생 안재선도 붙잡혔다. 반군은 계엄군 재판 없이 처형하는 전시체제다. 안재선은 마땅히 처형해야 했다. 그런데 손양원은 동료 나 목사를 계엄 책임자에게 보냈다. "안재선을 꼭 살려 용서하고 회개 시켜 믿음의 아들로 삼겠다"는 간절한 뜻을 전하게 했다. 계엄 책임자는 의아스럽고 황당했다. 그러나 손양원의 뜻이 한 생명에 대하여 간절함을 확인하고 받아들여 안재선을 손 목사 품으로 돌려보냈다.

자녀가 질병이나 불의의 사고로 죽어도 가슴에 묻고 사는 것이 부모의 아픔이요 슬픔 아닌가. 손목사와 가족은 얼마나 가슴 아프고 슬픔이 컸을 것인가. 부인과 딸의 반대를 뛰어넘어 아들 둘을 총살한 죄인을 살려 예수의 사랑과 용서로 아들 삼아 살아 간 초인간의 손양원. 아들 장례식에서의 설교한 내용은 이랬다.

"우리 집안에 순교자 한 명이 나오도록 기도 했다. 그런데 하나님은 두 명의 순교자를 보냈다"며 감사했다는 내용은 이해할 수 없다.

이번엔 6.25 전쟁을 일으킨 북한공산군이 여수까지 점령 했다. 손 양원은 잔학한 공산군에게 검거 되어 신앙의 포기와 북한으로의 전향을 요구 받았다. 때로는 개머리판으로 턱을 걷어 치고 때로는 부드럽게 회유 했다. 유엔군의 참전으로 전세가 역전 되어 후퇴하면서 손 양원 등은 밧줄에 묶여 끌려가다 총살당했다.

손 양원 평전을 읽으면 눈시울이 젖는다. 이럴 수 있는가. 두 아들을 죽인 원수를 아들로 삼은 예는 기독교 이천 년 역사인 성경기록에 없는 유일한 사건이라고 생각한다. '욥'이 한꺼번에 자녀 여러 명이 죽지만 하늘 재앙으로 일어난 수난이다. 아들 둘을 죽인 청년을 수양아들로 삼은 예는 성경에도 없다.

사십구 세에 공산군에 의해 순교한 손양원. 그는 상상을 초월한 사랑으로 충만한 분이다. 예수를 가장 많이 닮은 한국이 낳은 전무후무 할 하늘나라 사람이다.

고려인 페치카와 안중근

- 최 재 형

일제에 쫓겨 감

같은 동포인데 러시아에 살면 〈고려인: 까레안〉이고 중국에 살면 〈조선족〉, 미국이나 일본에 살면 〈교포〉라 부르는가. 그 부름 속에 우리 민족이 갈가리 찢긴 슬픔과 아픔이 투영되어 있다. 현재 연해주에 어렵게 살고 있는 동포 후손들은 이리 쫓기고 저리 팽개쳐져 속앓이하며 살고 있는 조국 수난의 상징처럼 처연하다.

우리 동포가 러시아 땅 연해주에 처음 이주한 것은 1864년이라 한다. 160년이 넘은 긴 세월이다. 본격적인 이주는 일본 침략이 노골화된 19세기 끝 무렵과 20세기 초다. 돌아보면 이웃들과 오순도순 평화롭게 살아야 할 백성들.

일제에 쫓기다시피 정든 이웃과 이별하고 고향을 뒤로해야 했다. 팍팍한 삶의 여정이다. 정말로 서럽게 조국을 떠난 난민행렬 이었다. 제 백성 하나 지켜낼 능력이 없는 국정운영자들의 초라한 민낯 아닌가. 동포들은 러시아의 극동 블라디보스토크와 우수리스크 지역을 중심으로 터를 잡아 갔다. 말도 통하지 않은 나라 추운 땅 시베리아에서 고기잡이와 농사로 목숨을 이어가며 20만(스탈린에 의해 중앙아시아 강제 이주 17만 명) 가까운 우리 백성들이 피눈물 나게 살았다.

그곳은 옛 발해 땅이다. 지금 헛기침 소리로 들릴지 모를 대조영 장군이 고구려 유민을 모아 세운 발해. 누군가 우리식 기와 조각을 모아서 무더기로 언덕에 쌓아 한때 우리 땅이었음을 전하는 애절함이 서린 허허벌판이다. 고구려 얼을 이은 발해의 멸망으로 잊혀 진 땅이 되었다. 그런데 이곳 동포들은 고려인 호칭을 선택했다.

연해주 독립운동

현대사 역사책에 반드시 서술되어야 할 연해주 독립운동이 누락되어 그곳을 탐방하기 전에는 이처럼 빛나는 독립운동 사실을 몰랐다. 고려인들은 고달픈 삶 속에도 한 덩어리가 되어 조국에서처럼 이웃들이 모여 마을을 이루었다.

러·일 전쟁에서 승리한 일본은 러시아국경 변방에까지 군이 주둔했다. 동포들은 일본군과 싸우기 위해 무기를 살 돈을 모으고 젊은이들은 애국 단을 조직했다. 무장한 청년들은 일본군 주둔소를 거듭 습격하여 일본군을 죽이며 저항했다. 한꺼번에 40여 명의 일본군을 죽이기도 했다. 거기 중심인물로 역사책에 오르지 않은 애국자 최재형 선생이 있었다.

사업을 일으켜 부를 축적한 최재형. 상해 임시정부에 독립자금을 가장 많이 보내 '초대 재무부장'에 임명되었으나 "러시아에서 싸우겠다"며 중국에 가지 않고 사양한 나라와 동포 사랑으로 가득 찬 최재형. 일본군진지를 공격할 무기 살 돈을 대고 동포들이 함께 모여 사는 신한촌 건설에 앞장섰다. 동포들을 돌보는 손길이 따뜻하고 은혜로웠다. 너무 감사하여 누가 먼저 인지 모른 러시아어 난로 이름을 따 "페치카"라 부르며 동포를 따뜻하게 품은 최재형을 존경하고 따랐다.

최재형은 9살 때 할아버지와 부모님을 따라 함경도에서 이주했다. 그는 가슴에 큰 꿈을 품고 11세 때 가출하여 러시아 선원이 되었다. 성실하게 일하여 러시아 선주에게 신뢰를 쌓은 최재형은 나중에 사업가로 변신하여 상당한 재력가가 되었다. 사업체에는 수많은 고려인들을 채용하여 생계에 큰 도움을 줬다. 그는 러시아 정부로부터 우수리스크 지역 군수 격인 자리에 위촉되기도 했다. 모은 재산을 독립군 지원에 거의 쏟아부었다. 러시아제 최신형 무기를 구입하고 의병「동의회」를 결성했다.「대

동공보」를 발행하여 동포들 사이에 조국독립심을 끌어올렸다.

안중근과 최재형

하루는 안중근의사가 최재형 집을 찾았다. 이토 히로부미 조선 총독을 살해할 계획을 지니고 내디딘 역사적 큰 걸음이었다. 두 분은 하얼빈 역 거사에 실패하지 않기 위해 치밀한 계획을 세우고 하얼빈 현장답사도한 애국자. 10여일 넘게 안중근 의사는 최재형 집에 머물며 저격 성공을 준비했다.

우수리스크와 하얼빈은 교통편으로 먼 거리가 아니다. 안중근 의사가 쏜 총알을 맞고 이또 히로부미 조선 총독은 죽었다. 청사에 빛나는 이 거사는 조국뿐만 아니라 수억 명의 중국인 가슴까지 진동한 큰 지진이었다. 남경에서 30만 명의 학살을 당하고도 똑똑한 저항의 빛이 없었던 중국.

중국혁명가 손문이 조선인 청년 안중근을 닮으라고 부르짖었다 한다. 안중근 의사는 대한제국의 독립군 장성이다. 백성들 사기를 드높인 대한의 애국청년이다. 평소 동양 평화와 세계 평화를 강조해 온 바탕에서 일본에게 침략과 약탈을 멈추라는 경고였다. 거사에 성공한 뒤 최재형은 안중근 의사가 러시아 법정에서 재판받도록 러시아인 변호사를 섭외하여 대비했다. 러일전쟁에서 패한 뒤 러시아는 일본 편의를 봐주고 있어 따뜻한 패치카는 뜻을 이루지 못했다. 결국 일본 법정에서 재판받아 1910년 처형되자 "자신이 미흡했다" 탄식하며 안중근 의사 부인과 자녀들의 삶을 돌봐줬다.

안중근 의사에게 일본 법정에서 사형이 선고되었을 때 "사형보다 더 위의 형벌은 없느냐"며 안중근 의사는 재판관을 응시했다. 안중근 어머니는 할 일을 하고 사형 언도를 받은 아들에게 "항소를 하지 말라"며 재판을 마무리 지었다. 중국 정부는 최근 하얼빈역 내에 안중근 의사 기념관을 지어 추모의 예를 갖추었다. 이 일련의 과정은 한마디로 자랑스러운 『한국인의 혼이요 빛』이다.

연해주 고려인들은 상해 임시정부의 독립운동 자금도 국내에서보다 많이 보냈다며 자부심을 드러냈다. 필자가 현지 후예들에게서 들은 얘기다. "국내에선 일본의 혹독한 탄압으로 독립운동 자금 보내기를 뿌리까지 캐버려 더 보낼 수가 없었다. 연해주 고려인들의 독립 자금 후원이 없었으면 상해임시정부 재정은 더욱 궁핍했을 거"라고 한다.

동포청년들이 지속적으로 일본군을 괴롭히자 그들은 칼을 뽑았다. 1920년 일본군의 고려인촌 싹쓸이 전투 때 최재형은 집에서 가족보호를 위해 스스로 걸어 나가 붙잡혀 처형되었다. 이 해에 일본군이 대거 투입된 블라디보스토크와 우수리스크 고려인들 소탕전 이야기는 소름끼치고 사지를 부들부들 떨게 한다. 부녀자나 어린애들까지 참혹하게 살해되고 불태워졌다고 한다. 홍 목사는 강론에서 관동대지진 때처럼 일본의 야만적인 독성이 저지른 민족잔혹사로 기록된 대 참극이었다며 목청을 높였다.

1962년 우리 정부는 최재형 선생에게 건국훈장 독립장을 수여했다. 그 뒤 위패를 국립서울현충원에 모셨다. 몇 년 전엔 유골도 모셔왔다. 러시아현지 영사관에서는 수년간 설득 끝에 최재형이 살았던 생가를 러시아인으로부터 구입하여 자료들을 모아 기념관 개관을 만들고 있었다.

국내에서는 거룩한 뜻을 기려 마음을 모은 분들이 「최재형 장학회」를 설립 운영하여 인재양성을 하고 있다. 매년 현충원에 모여 장학금도 전달하고 추모 행사도 한다. 큰 별은 구름에 가렸다가도 그 구름을 밀어내고 다시 반짝거린다.

대한 광복군 정부

고종황제의 헤이그 밀사 한 분인 이상설은 연해주로 갔다. 그곳에서 이동휘 선생과 함께 「권업회」라는 독립운동 단체를 결성했다. 상해 임시정부보다 먼저 「대한광복군정부」를 수립해 투쟁한 거룩함을 우리는 모르고 살았다.

미·소 냉전체제 속 공산 소비에트에서 벌인 우리 애국자들의 항일 독립운동까지 가려버렸다. 국내한국 민간인들 출연으로 세워진 현지고려문화원에는 벽 전면이 독립투쟁의 사진이나 신문으로 덮여 있었다. 충청

도출신 여군 이름도 올랐다. 너무 뜻밖이었고 감동이었다.

헤이그 밀사였던 이상설 선생님 像像이 해란강변에 하얀 돌로 세워져 있는데 나그네에겐 처연하게 느껴졌다. "내가 살았을 때 광복이 되면 조국으로 달려가겠지만 광복 전에 죽거든 화장하여 동해로 흘러 들어가는 해란강에 뿌려 달라." 유언대로 해란강에 유해가 뿌려지고 헤이그 밀사는 강변에 석상으로 서서 조국통일에 대하여 말이 없다.

이처럼 연해주 우리 동포들은 독립 투쟁에 뜨거웠음에도 역사책에서 배우지 못했다. 북한정권 수립 전인데도 소련에서 싸운 독립군을 북한공산정부와 동일 시 하여 묻어버린 것 같다. 헤이그 밀사 대표 이상설이 공산당인가. 그러다 광복 70년이 넘어서야 늦으나마 역사학자들이 가려진 독립 운동사를 현지 조사와 논문을 발표하며 연구가 활발하다. 세계 속에 한국의 제자리 찾기 과제는 곳곳에 헤아릴 수 없이 많은 것 같다. 미 발굴 한국전쟁 전사자들처럼 묻혀 있고 덤불에 가려져 있으리라는 생각이다.

> 그리운 임이 왔는데 할 말이 없다/ 눈부신 빛/ 부끄러워 바라볼 수 없구나/
> 어리석게 살아온 날들 덮으며 용서 하려나/ 다시는 짓밟혀 살지 말라 말없는 언어/
> 흰 강아지를 좇거나 쫓기던/ 그날만이 숨 쉬는구나/
> 눈사람에게 까만 눈 만들어 주던 날만이/ 자랑의 노래로 퍼지는 구나/
> 철없음이 철 있음보다 더 높았구나/ 이제는 알만하니 바람 앞세워 강

건너야지/

얼어붙은 산하 녹이던 뜨건 가슴 독립선열과/ 어둔 밤 아시아 등불 되
라 응원 보낸

타고르에 감사하며/ 눈 덮인 하얀 산 넘어 가야겠네

‒ 최재형 선생을 기리며 쓴 졸시 「눈(雪)」 전문.
　(서울현충원에 봉안 됨:2023.8.14.)

남강에 떨어진 꽃송이

- 주논개

임금이 내려준 논개의 호는 의암義巖이다. 촉석루 아래 의암바위도 이 때부터 애국자 논개를 기리며 불리고 있다. 임진왜란이라는 거친 풍랑 속에서 십팔 세 꽃다운 여인이 나라를 구하고자 왜장을 껴안고 귀한 생명을 던진 충정이 항일 독립만세를 이끈 유관순 열사, 왜적을 죽인 안중근, 윤봉길의사와 비견 된다.

논개는 본디 양반 가문에 태어난 예쁘고 재기 발랄한 소녀였다. 할아버지 전대까지는 경상도 함양 땅에 살았고 할아버지가 산 좋고 물 맑은 전라도 장수 고을로 이사하여 장계면 주촌 마을에 정착 하였다.

논개는 아버지 주달무와 어머니 밀양 박씨. 그 부부 사이에서 갑술 년 갑술 월 갑술 일 갑술 시에 태어났다. 희한한 사주는 논개의 생애에 어떤 영향을 미친 것일까.

이름의 '논論'은 낳다의 사투리요 '개介'는 술戌의 머리 음으로 「개를 낳다」의 뜻이다. 사주가 모두 개戌와 관련되고 또한 옛날에는 이름을 천하게 부르면 오래 산다는 속설에 따라 지은 것이다. 사십 세 넘은 박씨가 잉태하여 무남독녀로 세상에 나왔으니 무병장수를 기원하는 어버이의 간절한 심정의 일단이 논개란 이름에 담겨있다.

논개는 아버지가 훈장인 서당에서 사내애들과 어울려 글공부를 했는데 재주가 뛰어나 사내애들을 압도했다. 그러나 운명은 사람의 힘으로 어쩌지 못한 것. 아버지가 해수병을 얻어 극진한 간호에도 아랑곳없이 세상을 떠났다. 아버지의 죽음으로 논개의 기구한 삶은 시작된다. 가파른 산을 오르내리며 나무를 해 나르고 어머니와 함께 힘든 농사를 지었다.

그런데 더 비참 해 진 것은 노름꾼인 숙부의 간계, 모녀도 모르게 전답을 팔아먹고 논개를 부잣집 장애인에게 시집가도록 올가미를 씌웠다. 논개 나이 열넷. 모녀는 올가미를 벗어나려고 캄캄한 밤에 육십령 험한 길을 넘어 경상도 안의현 외갓집으로 피신했다. 그러자 재물만 날린 김풍헌은 관가에 고발장을 내어 처벌을 호소했다. 2년 뒤 모녀는 장수현으로 끌려온 몸이 되었다.

장수현 최경회 현감은 전후 사정을 다 듣고 돈으로 며느리를 취하려던 김풍헌을 벌하는 한편, 모녀의 정상을 참작하여 어머니께 종살이 2

년을 부과 했다. 논개는 어머니의 쇠약한 건강을 하소연 하며 자신이 종살이를 대신 하겠다고 간청하여 승낙 받았다.

이런 기구한 상황과 만나면 나는 회의 하곤 한다. "신은 있는 것일까?" 구원의 하느님은 있는 것일까. 최경회현감 부인 또한 병약하여 남편 시중들기에 한계를 느꼈다. 부인은 예절과 성실 지식까지 겸비한 열여섯의 논개에게 현감의 수발을 맡기고 고향 화순으로 떠났다.

종살이 의무기간이 끝나자 논개는 어쩔 수 없이 최현감과 동거생활에 들어간다. 처음엔 두근거리고 두려웠겠지만 반복의 생활은 여유와 의연함까지 갖춰 달콤한 부부애에 빠져들었다. 그러나 감미로운 꿈같은 날은 잠시 일장춘몽이었다. 열여덟 나이에 왜군이 쳐들어 와 국토를 짓밟고 노략질을 해댔다. 이에 최현감은 분연히 의병을 일으켜 금산 무주 진안 장수 일대에서 왜군을 물리쳐 빛나는 전공을 세웠다. 육군에서 왜군과 싸워 이긴 보기 드문 사례다.

그 공으로 경상우도병마절도사에 승진되어 창원으로 부임 했다. 홀로 떨어진 논개는 번민했다. 말 한 필을 구해 남장으로 변장하고 임을 향해 달려가다 왜군에 붙잡혔다. 아슬아슬한 고비에서 조선군의 반격으로 구출 되어 임이 있는 창원병영에 합류했다.

진주성을 지키라는 왕명을 받은 최경회 장군은 김시민 김천일 장군과 함께 군·민이 하나가 되어 적과 싸우기 혈전 7일. 피아간에 수많은 희생을 내고 중과부적으로 무너진다. 김시민 장군은 전사하고 패장이 된 김천일 최경회 두 장군은 임금이 계신 북쪽을 향해 절한 뒤 자결했다.

논개의 가슴은 찢어질 듯 적개심으로 불탔다. 임과 조국에 대한 복수할 일념으로 스스로 〈기생의 명부에 올려 주기를 간청하여 진주기생〉이 되었다. 왜장에게 접근할 기회를 잡기 위해 기생부에 위장 전입한 것일 터인데 기생의 굴레를 지금껏 씌우고 있는 실상이 안타깝다.

논개는 은장도를 가슴에 품고 열 손가락에 모두 가락지를 끼었다. 비장한 마음을 다지고 다지며 왜군의 진주성 함락 축하연에 끼어들었다. 무르익은 연회와 가무 속에 침 흘리며 다가선 왜장 게야무라 로쿠스케[毛谷村六助]를 힘껏 껴안고 남강에 뛰어내려 장렬하게 생을 마친 것이다.

사백여 년 전 남강에 떨어진 아름다운 꽃송이 논개. 임은 갔어도 우리들의 가슴에 또렷한 겨레의 혼으로 남았다. 임금은 여성 충절을 기리는 사당을 내려 추앙케 했다. 사당에는 조선의 최고지성 다산정약용이 글을 지어 논개를 추모한 글이 걸려 있다.

400년 뒤 또다시 일본이 조선을 강점한 비탄의 역사를 「매천야록」으로 기록하여 '을사늑약 오적'을 처음 명명한 매천 황현도 논개의 충성에 고개 숙여 명문의 글을 지어 사당에 걸었다.

이제 「의기사당義妓祠堂」의 현판을 내리고 「의사 주논개사당義士朱論介祠堂」으로 바꿔 달아 안중근 윤봉길 유관순처럼 대등한 반열에 올려야 한다. 목숨을 던져 왜장을 죽인 꽃송이 논개의 애국심이 기생의 신분을 붙여 달빛에 가물거리게 하지 말아야 한다. 역사 청문회라도 열어 위장 전입한 기생부에서 논개 이름을 벗겨야한다. 따지고 고증하여 밝은 햇살에 반짝이는 정사正史 한 마당으로 올려놓아야 한다.

장애인 아버지

- 홍 정 길

장애인과 깊은 인연

장애인의 아버지 남서울은혜교회 홍정길 목사는 서울시에서도 챙기지 못한 장애인 품어 돌보기에 나섰다. 강남구 일원본동 삼성 서울병원 정문 건너편 땅은 밀알(장애인)학교부지로 지정되었고 강남교육지청 학교건설인가를 받았다.

학교건설에 착수하려하자 인근 아파트주민들이 장애인학교가 들어서는 것을 혐오시설로 규정하고 집단으로 일어나 공사 방해를 했다. 합법적인 절차를 받은 것으로 격렬하게 반대 한 주민 중엔 벌금형을 받기도 했다. 수다한 수난을 겪으며 장애인학교는 개설 되었고 교장선생 등은 교육청 발령을 받아 교육한다. 시설에는 미술관 음악 강당 카페 등을 겸비하고 있어 이웃 주민들이 활용하기도 한다.

2023년 11월 24일 샬롬부(고령자) 예배 설교 시 홍정길은 이 과정을 회고 했다. 주민들의 격렬한 반대상황에서 성도들 의견을 물었다. "교회를 지을 것인가 장애인학교를 지을 것인가." 그 때 교인들은 "서울 시내에 한 군데도 없는 장애인 학교를 짓자" 는 간절한 의견이 많아 밀고나갔는데 지금 주민들에게 아무 불편 없이 잘 운영되고 있다. "우리는 성도들의 헌금으로 건물을 지으며 교회건물을 포기하고 장애인 체육관에서 접는 의자를 놓았다 정리 했다하며 예배를 보고 있다. 그레이스홀로 이름 지은 체육관은 주민센터에서 매년 효 경노 잔치행사 장소로도 빌려 쓴다"

학교졸업 후 취업도 돕는 밀알 복지재단 얘기도 했다. 학교졸업 후 청년이 된 장애인들이 집에 머물면 부모님들은 아무 일도 못하고 장애자녀돌보기에 매달려야 한다.

"정부에서도 복지 얘기가 없을 때 서울대 손봉호 교수가 장애인 복지재단설립을 제안하였고 독지가가 거금을 쾌척했다. 장애인들은 취향에 따라 일정기간 직업훈련을 받는다. 장애인들이 만든 물품 등은 2023년 기준 년 매출 2000억 원에 이르고 있다. 절망했던 장애인 가정엔 안도와 웃음을 선사하고 장애인들에겐 희망과 꿈을 주고 있다. 가정에서는 골칫거리 사회적으로 대책이 없을 때 우리교회가 세운 학교를 졸업하고 밀알 복지재단에서 일자리까지 마련해 준 위대한 일을 엮어가고 있다. 모두 여러분의 뜻이었다"며 교인들에게 공을 돌린 홍 정길.

그 후 오뚜0 창업회장 서거 전 주식으로 큰돈을 기부하여 밀알 복지재단운영자금은 넉넉하여 외국까지 알려진 장애인들을 보듬어 안은 모범이 되고 있다. 다 여러분의 힘이 모아진 놀라운 결과다.

"서울시내 장애인 학교를 세우려면 지금도 인근 주민들과 사이에 갈등이 일어난다. 그럴 때마다 언론인들은 우리교회가 세운 아파트 옆 밀알 학교로 달려와 성공사례를 기사화 하여 주민 설득을 하고 있다. 장애는 부모의 잘 못이 아니고 국가가 챙기는 것이 선진국 모습이다. 우리는 국가가 챙기기 전에 밀알학교와 복지재단을 세웠다. 수많은 장애인들은 하늘이 내린 뜻이다. 그들 가정의 불행을 행복으로 바꿔 준 위대한 일을 여러분이 이루어 냈다"며 원로목사는 설교 마지막 까지 교인들에게 그 공을 돌렸다.

복음주의 물결

홍정길은 고 옥환음(사랑의 교회) 고 하용주(온누리 교회) 이동원(지구촌 교회) 네 분이서 결의 의형제를 맺고 "절대 복음주의 지향"을 다짐했다. 두 분은 작고하고 두 분은 은퇴 했다. 교회대물림 같은 잡음은 없다. 남서울은혜교인이 아니라도 기독교인 많은 신자들은 네 분의 모범사례를 존경한다.

홍정길은 교회 내에 안창호 조만식 이상재 손양원 김기려 김기창(그림 공예전시) 김용기 홀을 만들어 기리고 운영한다. 외벽을 조개 도자로 꾸미고 최고의 음향시설을 갖춘 음악당에서는 간간이 공연을 하여 신도 아닌 아파트주민들도 관람케 하는 생각이 깊은 철학과 출신 목사다.

뛰어난 발상은 여기에 멈추지 않는다. 초기 전세 교회 때 해외에 우리나라에 선 처음으로 선교사 파견을 했다. 한 장로가 "교회가 셋방살이하는데 그 많은 돈을 들여 선교사 파견이냐며 멱살을 잡힌" 일화를 소개했다. 지금 우리나라가 미국 다음으로 선교사를 많이 파견하여 선교뿐만 아니라 여러 봉사활동 어려움을 돕는 일들을 세계 각처에서 왕성하게 한다. 우리 외교부는 선교사들과 소통하며 네트워크를 형성하기도 하여 외교활동에 도움을 주고 있다. 일본 외교관들이 부러워한다고 한다.

생명의 빛 예배당

도시 중심의 사회가 된 우리 일상에서 산속으로 들어간 예배당은 선선한 느낌으로 다가선다. '생명의 빛 예배당'은 경기도 가평군 설곡을 타고 올라 옹색스런 길 안쪽 깊숙한 곳에 외모가 깔끔하게 서 있다. "태초에 천지를 창조하고 다음으로 생명의 빛을 있게 했다." 예배당 안은 아름답고 감동이 일어나는 건축 예술작품이다. 러시아 산 붉은빛 소나무를 사용한 천정은 생명의 근원인 물방울처럼 떨어질 듯 공중에 매달았다. 벽의 원통형 굵은 통나무와 숨통처럼 하늘을 향한 드문드문 둥근 유리공간이 조화를 이루어 탄성이 나온다. 예배당 건축 예술성이 입소문을 타고 알려지면서 전국 각지에서 관광과 기도를 위해 모여든 명소로 자리잡아가고 있다. 생명의 빛 예배당이 세워진 과정이 예배당의 예술성보다 더 절묘하다는 생각이다. 흔치 않은 이런 일은 운명적인 듯 하늘의 뜻인 듯 불가사의다.

다른 교회 소속 선교사로부터 남서울은혜교회(전 당회장 홍＊길 목사)에 "연해주에 흩어져 사는 어려운 동포들을 도와줄 수 있겠느냐"는 전화가 걸려왔다. 조사단이 현장에 가 우리 핏줄들의 비통과 애처로움을 봤다. 조상들이 일제 강압에 쫓기다시피 연해주로 이주해갔던 곳. 그곳에 흘러든 동포들은 스탈린이 강제 이주의 미친 난장판을 벌이기 전엔 20만 명에 가까웠다. 그곳까지 진출한 일본군 진지를 공격하는 등 독립운동을 하던 동포들을 스탈린은 우즈베키스탄 카자흐스탄 등 중앙아시아로 수용소에 집어넣듯 몰아세웠다. 추운 겨울 창문도 없는 화물열차에 짐짝처럼 실려 며칠을 가는 사이 추위에 많은 동포가 죽었다. 낯선 타국에 팽겨 쳐 진 동포들은 갈대 습지를 일구어 농사를 짓고 삶의 터전을 만들어 갔다. 동포들 2세는 농장장이나 의사, 변호사 등에 올라서기도 했다. 강인하고 영민한 백성의 본보기들이었다.

그런데 1991년 소련이 붕괴되면서 여러 나라들이 독립했다. 각 나라들은 민족주의를 내세워 동포들은 또다시 거친 탄압을 받았다(외교 관계 수립 뒤 해소됨). 거기서 도망치다시피 맨몸으로 연해주에 돌아온 동포들이 있었다. 군인들이 철수한 창틀도 없는 집에서 시베리아 추위를 견디며 험난하게 살고 있었다. 그 남루를 보듬어 남서울은혜교회에서 백여 세대를 자력갱생할 수 있도록 돕고 있다. 감자 농사부터 시작해 화훼 비닐하우스 지어주기 등 최저 생계를 돕기 위해 전문가도 파송했다.

2014년 추석 선교 여행 때 곳곳에 흩어져 사는 몇 세대를 둘러봤다. 슬픔과 고난을 짊어지고 조금씩 일어서며 살아가는 안타까움이 서려 있었다. 교회에서 마련한 '고려인 한마당 축제'엔 원로화가도 왔다. 이곳의 선교에 임만호 원로장로의 역할이 크다는 느낌을 받았다. 여행 중 교회가 지원한 젊은 여학생 바이올린 연주자의 브라지브스톡 푸시킨 극장 공연은 러시아인들로 가득 채워졌다. 러시아 청중으로부터 뜨거운 박수를 받은 밤 현장에서 나는 눈물이 글썽거렸다.

푸시킨 이름만 들어도 내 가슴은 울렁거린 시의 높은 자리에 오른 분의 이름이 붙은 음악당 무대에서 아직 어린 동포 여성의 연주. "어려서 울다가도 어머니 등에 업혀 악기소리만 들리면 울음을 그쳤다"는 소녀는 바이올린 천재성이 홍 정길 귀와 마음을 열어 교회 도움을 받았고 러시아 최고 교육을 거쳐 영국장학생으로 뽑혀 출국준비 중이었다. 서울 〈남서울은혜교회〉에 와서 고별연주도 하고 인사했다.

연해주 동포들 농사만이 아닌 가축을 기르도록 돕자고 돼지우리 지을 목재를 찾아 나선 교회 목사와 장로 네 분이 주재영사관을 찾아가

자문 받았다. 영사관에서 알려준 정보로 찾아가 이장균 사장을 만나 뜻밖에 러시아 산 홍송을 기증 받은 것이다. 러시아 외진 곳에서 사업하는 동포 이장균은 돈이 되겠다 싶어 홍송이 나올 때마다 사모아 둔 것을 목사와 장로 일행 얘기를 듣고 쾌척한 것이다. 홍송보다 딴딴하고 아름다운 가슴을 지니고 연해주 외진 곳에서 사업하는 민들레처럼 질긴 동포가 있었다. 그 기증한 목재는 생명의 빛 예배당을 짓기로 한 도화선이 되었다.

2월 쌀쌀한 날 가평군 설곡 골짜기 산속 양지 바른 터에서 기공식이 열렸다. 설계를 맡을 프랑스 베르사유대학 신＊철 건축학 교수(1974~). 목재를 기증한 이장균 사장도 일을 재껴두고 연해주에서 참석했다. 많은 성도들이 산속에 대오 없이 북적거렸다. 배경과 경과보고 뒤 홍정길은 감사 말씀과 기도를 했다. 이어 신 교수가 입을 열었다. "13세 때 아버지를 따라 유럽 여행을 했는데 찬란한 성당에 감동했다. 건축가가 되어 멋진 교회 설계를 하고 싶다는 꿈을 품고 건축학을 전공했다. 그 꿈을 이 예배당 짓는데 펼쳐 보이겠다." 성도들은 우레 같은 박수로 응답했다.

러시아에서 달려온 홍송 기증자 JK건설 이장균은 감격스럽다 면서도 담담하게 말했다. "새벽마다 어머니께서 교회에 가서 기도를 했다. 아들도 믿음의 삶으로 돌아오길 간절히 기원했다. 그러나 저는 아직 교회에 나가진 않습니다. 돌아가신 어머니 새벽기도에 따르지 못한 죄스러움 속에 교회나 한 곳 지어 헌정해야겠다는 꿈을 지니고 살아왔습니다. 오늘

그 꿈에 가까이 참여했다며 공손하게 얘기했다. 소년 시절 가출하여 지금은 작으나마 러시아에서 사업을 하고 있다. 곤경에 처한 연해주 동포들을 돕기 위해 돼지우리 지어주겠다며 목재 찾아 온 목사와 장로님들을 만난 건 우연이었다. 한꺼번에 네 분의 목사와 장로를 만난 건 평생처음이라 압도되었고 감격스러웠다. 때때로 사 모아 쌓아 둔 홍송을 그 자리에서 기증하겠다고 제안했다. 그 목재가 오늘 이 외진 산골에 생명의 빛 예배당 짓는데 사용될 줄 몰랐다. 돌아보니 자식이 예수 믿기를 바랐던 깊이를 헤아릴 수 없는 어머니 기도가 생각난다. 돌아가신 어머니에 대한 슬픔과 안타까움에 때때로 괴로웠다. 자식 때문에 한을 품고 이승을 떠나셨을 어머니에 대한 죄스러움이 오늘 조금 벗겨지는 듯 위안 받는다."

진솔한 얘기는 간증처럼 극적 전변으로 기공식장을 가득 메운 성도들 가슴에 찡한 감동이었다. 이런 만남의 조합은 어찌 이루어지는 걸까. 돌아가신 그 어머니는 예수를 굳게 믿었던 신앙인. 아들을 향한 맑고 성스러운 기도의 기운이 하나님을 통하여 기적 같은 오늘을 빚어낸 것일까. 자신을 새롭게 다듬어야 한다고 생각하지만 순간순간 하루하루 삶이 가지런하게 챙겨지고 있는 걸가 내 삶을 돌아보게 한다. 함부로 살면 죄의 수렁에 빠질 수 있다. 신앙은 삶의 일탈을 막는데 울타리 역할을 한다. 간절한 꿈은 언젠가 빛으로 살아나 어둠을 지운다는 생각이 든 감회 깊은 기공식이었다. 그 뒤 성도들의 목적 있는 헌금으로 아름다운 건물은 준공되었다. 지금은 정규 예배와 기도원으로 가슴에 신선한 바람을 일으키는 명소로 자리매김해 간다.

준공 뒤 찾아가 뜰을 거닐며 곰곰 생각해 본다. 홍정길이 꿈들을 엮어 모은 중심인물이다. 홍목사의 세상을 향한 큰 꿈 위에 건축설계 신교수와 어머니를 사모한 이 사장의 꿈이 마치 공중의 거미집처럼 연결되고 성도들이 그 거미줄에 주렁주렁 함께하여 꿈을 이룬 향연이다. 홍목사는 깊게 사색하는 분이다. 더불어 사는 이웃들의 애틋한 삶을 짚어 돕고 펼치는 신학과 고결한 철학이 접목되어 있는 목사다. 내가 늦은 신앙생활에 지치지 않는 건 생동감 넘치는 홍 목사 삶을 조금이라도 본받자는 영향이 크다.

정부형편에 손을 쓰지 못할 때 장애인들의 교육을 생각하고 강남 일원본동에 주민들의 거친 반대를 외유내강으로 버티며 「밀알학교」를 세운 선구자. 그 뒤 주민들 불만을 해소한 멋쟁이 목사다. 남북 교류가 활발할 때 한국 교회가 중심이 된 북한 돕기 단체 총무를 맡아 어린이 등 지원 품을 가지고 100회 이상 열정적으로 방북한 목사. "한국에서보다 북한에서 더 환영 받았다"는 얘기는 여유로운 가슴에서 우러난 유머. 연해주에 국제학교(유치원 초·중·고 과정)를 세워 한국의 위상을 다지기도 한다.

선교사들 보금자리

생명의 빛 예배당은 해외에서 활동하는 선교사들이 임무를 마치고 고령으로 돌아오면 안심하고 살아 갈 꿈의 마을을 만들었다. 우리나라 처음으로 은퇴 선교사 마을을 만들어 가평 양평 의정부등 외국인 노동자들에게 선교활동을 한다.

양화진나루 삼천여 평 외국인 선교사 묘역에 가본 일이 있다. 개화기 때 우리나라에 와서 의료, 교육, 독립운동 참여 등에 빛나는 은혜로운 선교사들이 자신들의 고국에 돌아가지 않고 잠들어 있다. 작은 판에 쓴 깨알 같은 글씨를 읽어가다 보면 감개무량에 빠진다. 우리 선교사들도 낙후된 나라에 가서 양화진 나루에 묻힌 선교사들처럼 빛나는 봉사를 하고 있을 것이다. 선교사들은 고국의 정신과 국력을 떠받치는 일들을 어려운 환경을 헤치며 한다. 외국에 파송된 수많은 선교사들이 나이 들어 은퇴 후 돌아갈 곳이 마땅찮은 분이 많다. 그래서 쓸쓸하고 외로운 은퇴 후 선교사들의 마을을 마련 한했다. 홍 목사 얘기를 들은 다른 교회 파송선교사가 홍 목사를 찾아와 고결한 뜻을 얘기하며 감사의 눈물을 흘렸다고 전한다.

이처럼 인류가 가야할 길을 먼저 가는 그의 행보는 절대사랑과 깊은 사색에서 솟아나는 샘물이다. 지금 국회에 장애인을 챙기는 「헬렌켈러 법안」을 청원해 놓고 열심히 뛰고 있다. "우리 좀 불편하게 삽시다." 설교 중에 웃으면서 하신 장애인 아버지 홍 목사 말씀 속에는 깊은 의미가 담겨 있다.

가을 날 생명의 빛 예배당 주변을 거닐며 '생명'에 대하여 돌아본다. 슈바이처 박사가 아프리카에 가 의료봉사활동을 하면서 물리면 말라리아에 걸릴 수 있는 "모기가 접근하면 죽이지 않고 쫓기만 한다."는 책을 고등학교 때 읽었다. 단순히 본받을 훌륭하고 특이한 분이라 생각했었다. 그런데 그 뒤 살아오면서 불교는 살생을 말라는 바탕 위에 서 있음도 알았다. 지금 우리나라 문인들의 시나 수필 등에 생명예찬은 누구랄 것 없이 넘쳐난다. 생명에 외경심을 갖고 사랑의 순도를 높여가는 것이 깬 사람임엔 틀림없다. 우리가 살고 있는 사회 속에는 이율배반이 수없이 얽혀 있다. 가을바람에 머리칼이 흩날린다. 생명의 빛 예배당 주변을 거닐며 고해하듯 소곤거린다. 빛, 빛. 그대들 가슴 가득히 채워 영원히 함께할 생명의 빛. 은혜의 빛.

성북동 신화神話

- 법 정

청명한 가을 하늘이 소슬바람을 보내 가슴을 씻겨준다. 하늘은 무한 공간이다. 만인의 자유분방한 영적인 놀이터다. 어느 한 종교가 독점하려는 천박한 생각을 가져서는 안 된다. 그런 공원이 아니다. 헤아릴 수 없는 별들을 품고 있는 하늘은 지구별에서 일어나는 일에만 묶이지 않는다. 수다한 종파와 사상을 초월하는 무한대의 하늘은 예부터 동서양 모두 사유思惟하는 자들에 의해 빛났다.

인류 상상의 무대로 푸르디푸른 무한의 사랑이요 앞으로도 생각 깊은 사람들의 사랑 공간으로 남을 유산이다. 사람들은 끝내 떠난다. 그러나 아름다운 일들은 전해진다. 그것은 기록으로 또는 전설로 혹은 고고학자들만이 밝혀내는 고증으로 전해 내려온다.

성북동 길상사 뜰을 거닐며 생각한다. 법정 스님과 김영한 보살님 간에 하늘 가슴이 토해내는 희한한 영적 사랑싸움이 만든 '새로운 신화.' 어느 날 어느 장소에선가 김 보살이 옷깃을 여미고 목소리를 다듬어 고즈넉이 쌈을 걸었다. "스님 저의 부동산을 스님께 시주하겠습니다. 스님 쓰고 싶은 데 사용하십시오." 1990년대의 시가로 일천억 원이 넘는 황금부동산이다.

영한은 삼촌의 광산 실패로 집안이 어려워져 아름다운 꽃으로 함경도 어느 술집에 뛰어든 재원이었다. 많은 분을 만나는 일에서 여학교 교사 백석의 눈에 띄어 백석은 한눈에 반했다. 모두 일제 강점기 때 일이다. 한 고결한 독립운동가가 영한의 재능을 알아보고 일본에 유학 보냈다. 그분이 독립운동으로 붙잡혀 투옥되자 영한은 학업을 중단하고 귀국하여 변호사 비용 등 보은의 길을 걷기도 했다. 그러다 단신으로 서울에 내려와 1953년 중앙대학 영문과를 졸업했다. 〈선가 하규일 선생 약전〉 등 저서도 있다.

1955년 성북동에서 식당을 차려 누적된 세월 속에 큰 재산을 모았다. 그 재산인 땅을 내놓으며 법정더러 받으라 한 것이다. 영한 보살이 살아온 길은 험난한 가시밭길이요 수렁이었다. 그 수렁을 헤쳐 나오고 무엇인가 이루고자 하는 굳센 의지로 큰 재산을 모으며 가시밭길을 넘었다.

"보살님 제게는 쓸데가 없으니 거두어 주십시오." 그 사양함이 사향 내음처럼 짙은 향기를 뿜어낸 진솔함이었다. 문밖 거리에서는 만 원 한

장 더 차지하려 아우성인 세상이다. 노동조합과 기업 간 갈등으로 높은 크레인이나 굴뚝에까지 올라 살벌한 투쟁을 벌이기도 한다. 돈 때문에 죽음에까지 이르기도 한다. 현대인의 신神이 된 돈. 할아버지나 부모 유산을 놓고 자칫 후손끼리 칼부림도 하고 남남으로 돌아서기도 한다. 「하늘이여 어디서든 저 흙탕물 싸움엔 말려드는 일 없게 하옵소서.」

일상 세상과 멀리 떨어진 천상계의 두 분. 밀고 밀치고 칠 년 간 긴 싸움으로 신화를 만들어 놓고 스님이 졌다. 애당초 지고 이김이 없는 싸움이다. 송광사 말사로 삼으면서 영한 보살과 법정스님 두 분 소유와 무관해졌다. 강원도에 홀로 살며 「무소유」 목소리를 세상에 퍼뜨리기도 한 법정. 그는 죽은 뒤 베스트셀러로 사랑받을 "책 재판을 찍지 말라" 제자들에게 당부했다. 그 몸체는 한 줌 재로 지금 길상사에 허술한 모습으로 누워 있다. 한때 백성들이 민주화를 부르짖는 대열에 김수환, 함석헌, 문익환 등과 동지로 서서 민권회복 운동도 했던 삐쩍 말랐던 스님.

미륵 같은 보살도 인간사회에선 늙고 병들어 죽는다. 영한보살이 몸져 누웠을 때 어느 월간지 기자가 찾아갔다. 환후와 근황을 먼저 여쭌 뒤 "어렵게 모은 큰 재산을 그리 쉽게 시주할 수 있었습니까." 병석의 보살은 잦아드는 목소리에 힘을 주어 말했다. "백석의 시詩 한 줄 만큼도 가치가 없어요." 젊은 시절 영한 뒤를 좇아 백석도 임 찾아 서울로 달려왔다.

조선일보 기자가 된 백석 시인과는 한때 동거생활을 했었다. 한 번도

입으론 말을 꺼낸 적 없던 긴 세월 가슴에 품고 살아온 고귀한 사랑을 떠날 때가 가까워짐을 알고 들먹인 것이다. "만주로 가 함께 살자"는 백석의 제안에 영한은 당시의 도덕률을 높이는 전통의 여인 길을 택했다. 백석 아버지가 두 사람의 결혼을 극구 반대하는 시대 상황이었다. 영한은 속으로 울며 백석을 설득해 아버지 겯 북쪽으로 돌려보냈다. 그 뒤 남북의 장벽이 높고 두터워져 새나 바람이 아니고서는 오갈 수 없어 소식이 단절됐다.

기자의 물음에 "백석의 시 한 줄만큼도 가치가 없어요". 그 응답 속에는 응어리져 평생 가슴앓이하며 지냈을 사랑하는 사람의 그림자가 아른거린다. 뜰에는 백석이 영한을 생각하며 지은 시 한 편이 알루미늄 판에 쓰여 조촐하게 서 있다. 쓸쓸함이 느껴질 만큼 허술한 시판詩板 글 아래 영한이 잠들어 있다.

나와 나타샤와 흰 당나귀

가난한 내가 /아름다운 나타샤를 사랑해서/오늘밤은 푹푹 눈이 나린다

나타샤를 사랑은 하고/눈은 푹푹 날리고
나는 혼자 쓸쓸히 앉어 소주를 마신다/ 소주를 마시며 생각한다
나타샤와 나는/ 눈이 푹푹 쌓이는 밤 흰 당나귀 타고
산골로 가자 출출이 우는 깊은 산골로 가 마가리에 살자

눈은 푹푹 나리고 / 나는 나타샤를 생각하고/나타샤가 아니올 리 없다
언제 벌써 내 속에 고조곤히 와 이야기한다/
산골로 가는 것은 세상한테 지는 것이 아니다/세상 같은 건 더러워 버
리는 것이다.

- 백석 시 「나와 나타샤와 흰 당나귀」

　길상사 개원 행사 때 우리나라 천주교 대표적 어른으로 신도뿐만 아
니라 백성들 존경을 받은 시대의 현자賢者 김수환 추기경이 참석하여 축
하했다. 이는 단순이 법정과 우정 어린 하객의 차원을 넘는다. 교파 간에
갈등하는 종교의 벽을 허물고 화합하는 하늘 뜻이 담겼다.

　법정 스님도 영한 보살님도 김수환 추기경님도 하늘나라 저승으로 가
셨다. 백석 시인은 1996년도에 북쪽에서 세상을 떴다고 문단에 전해진
다. 백석도 영한 보살을 그리워하며 살았을까. 경내를 돌아보는 나그네
앞 길 위에 '신화'를 머금은 빨간 잎 새 하나 내려와 앉는다.

5

새벽별

평생교육 창시자

– 존·듀이

나 시인.

우리가 살고 있는 사회에는 여러 스승들의 은혜로움이 녹아 있습니다. 지금 우리나라에 돌개바람을 일으키고 있는 평생학습도 그렇습니다. 복지관들의 다양한 프로그램마다 은퇴자 수강생이 넘칩니다. 여유로운 시간을 배우고 즐기며 사는 바람직한 모습입니다.

일터에서 물러난 분들이 시를 낭송하고 가무를 즐기는 활기찬 삶. 물결처럼 흐르는 평생학습은 우리 국민들의 교양과 의식을 끌어올리고 건전한 정신 순화, 체력단련, 행복으로 퍼져 나갑니다. 이 아름다운 강물의 시원지始原池는 미국의 실용주의 철학자 존·듀이 박사입니다.

박사는 "우리가 의식이 있는 한 지적 성장을 멈출 이유가 없다"고 채근합니다. 우리나라는 국립방송통신고등학교와 대학을 제도화하여 때를 놓친 많은 인재들에게 배움의 문을 열어왔습니다. 평생교육 학습론을 일찍 받아들인 우리나라는 지금 존·듀이 박사의 꽃이 활짝 피어 화려합니다.

지구라는 한 공간 속에 소통하며 사는 사람들. 현대에는 다양한 사상 종교 습속들이 빠르게 접속되고 소통됩니다. 1962년 익산시 평화동에 살 때 서양 철학사 책 끝 부문에서 선생님과 만난 것은 내 삶에 힘을 실어 준 행운이었습니다. "철학은 인간의 목적과 인간생활의 조정 및 향상에 매달려야 한다"며 그는 난해한 철학 이론을 비껴갔습니다.

"교육은 학교에서만 이루어지는 것이 아니다. 일터에서 더 실질적인 교육이 이루어진다."고 강조한 그 속에 평생학습이 꿈틀거립니다. 경로우대를 받는 동양의 작지만 결코 만만치 않은 한국. 우리 노인층에게 즐거움과 행복을 안기리라고 박사는 생각지 못했겠지요. 나는 선생님 가르침을 따르며 일터에서 조금씩 성장했고 현재도 서양사, 논어 등 강의를 듣습니다. 30여 명이 가곡 반에서 목소리 높이며 함께 부른 음악은 젊은 날로 돌아가는 듯 즐거웠습니다. 간간이 초·중·고에 나가 과학 특강을 하기 도 했습니다.

사람이 어떤 삶을 살아야 하나? 명제에 대하여도 알맞은 답을 제시합니다. "궁극적으로 완전성이 아니라 '완성, 성숙, 세련'으로 이어진 영속적 과정이 생명의 목적이다." 어느 점에 도달한 신神의 경지가 아닌 자기 삶을 지속적으로 뚜벅뚜벅 걸어가는 수련의 연속이란 뜻이 행간에 들리는 숨소리입니다.

'자유민주주의'와 '전체주의'에 대한 견해도 저 뇌 속에 새겨져 우리나라 지내온 과정을 돌아보며 감격합니다. "모든 정치 제도 형태에서 완벽하지는 않지만 현재로선 '자유민주주의'가 낫다. '전체주의가 능률적'이긴 하지만 큰 과오를 남긴 사례가 역사에 많다"는 말을 곱씹습니다. 수많은 곡절과 희생 속에 민주주의를 세운 자랑스러운 우리 대한민국. 여러 차례 희생을 겪으며 끝내 프랑스 혁명보다 평화로운, 청교도 혁명보다 깔끔한 자유민주주의를 이루었습니다.

군중들은 주말 오후마다 축제를 벌이며 외쳐댔고 떨어진 휴지를 주었습니다. 촛불은 지방 도시까지 확산되었습니다. 이에 반대하는 집회도 열화 같았으나 서로 맞부딪침이 없었습니다. 국회에서 통치권자에 대한 탄핵이 이루어졌고 심의를 거듭한 헌법재판소 재판관 전원이 최종적으로 대통령의 파면을 결정했습니다. 저는 헌법재판소에서 부결되리라 생각했습니다. 그런데 만장일치로 가결이라니 그것은 알 수 없는 불가사의 신비스럽기까지 했습니다. 대통령이 임명한 재판관들로 구성된 법률 차원을 넘어 존경받는 최고 지성들입니다.

사랑하는 벗 나 시인.

존·듀이 박사가 짚은 '전체권위주의 능률'이 우리나라에선 번영을 들어 올린 기적을 이루었습니다. 많은 백성들이 희생된 아픔 속에 맨 꼴찌에 낙후되었던 우리의 경제 발전은 독재정부가 주로 일으켜 세웠습니다. '경제 성장의 능률'이 독재정부에서 눈부시게 피었습니다. 한 독재자는 산업사회를 정착시켜 '보릿고개'를 없앴습니다. 더 강력한 철혈정치는 〈첨단기술〉을 공략 하고 기업들 연구소 설립을 독려하여 과학기술을 바탕으로 선진국이라는 우리가 넘보지 못한 영역에 도달하는 문을 열어 놓고 물러났습니다.

　나 시인 여기서 꼭 한 가지 챙겨가야 할 점은 우리 백성의 우수성입니다. 나 시인은 교육현장에서 더 많이 살필 기회가 있었을 것입니다. 현재는 세계 저명대학 우수생들의 1위를 우리민족 학생들이 많이 차지한다 합니다. 유대계 이스라엘을 재꼈다고 보도되었습니다. 그 우수성 그 뛰어남을 잘 아우름이 나라 발전의 길입니다. 이제는 독재 아닌 자유민주주의 체제가 기업주도의 창의력을 발휘하고 있습니다. 지금은 정부 몫보다 기업의 역할이 커진 것이 우리경제입니다.

　기업에게 우리기술을 갖게 한 것은 말을 강물까지 몰고 가 목마름을 해소해 주는 방법을 가르친 것은 우리가 혹독하다 할 만큼 경원시 한 독재정부였습니다. 그것은 시범으로 충분했고 잘할 수 있는 제도로 뒷받침해 놓았습니다. 이젠 어느 정권도 친 기업을 펼쳐야 합니다. 기업들이 세계최고기술도 가져 외국에서 벌어들인 돈으로 안전을 지키는 국방도 하고 균형 있는 삶을 다지는 복지도합니다.

　『현대 사회에서 한 나라의 과학 기술력은 곧 국력입니다.』

자유민주주의 추구 백성과 권위주의의 나라 발전 그룹의 능률 정부가 조화롭게 빚어낸 자랑스럽고 아름다운 나라 조국입니다. 권력화한 강성노조는 달라져야 합니다. 받을 만큼 받으며 누릴 만큼 누리는 위치에서 매년 급료인상투쟁은 많은 백성들의 짜증을 일으키고 있습니다. 자제력 속에 품격을 높여야 합니다.

　　후진들의 좁은 취업문이 넓어지도록 기업주와 함께 번민하고 해결책을 모색하는 성숙된 선배 노동자 모습을 보여야 합니다. 노조원은 기업의 한 구성원으로서 세계제일의 기업을 만드는데 힘을 보태야합니다. 노동조합은 후배들 새로운 일자리 만들기 운동에 앞장서야 기업도 나라도 발전할 수 있습니다. 생활할 만큼 급료를 받고 있으면 이제 강성투쟁은 멈춰야 할 때로 보입니다. 급료 올리기 붉은 띠 질끈 맨 투쟁을 풀어야 합니다. 기업하기 좋은 여건을 만들어 내는 것이 정부의 제일 책무입니다. 노동생산성 높이는 것이 기업가와 노동자들의 책무입니다.

　　달려가는 바람 한 점을 붙잡고 의미를 살려 백성 감성을 흔드는 명시를 빚는 나 시인. 민주주의와 권위정부의 장단점을 지적한 존·듀이 박사님이 그립습니다. 평생교육의 아버지가 된 정신에 감사합니다. 소박해 보이면서 넉넉한 얼굴을 흠모하고 사랑합니다. 매월 초하루면 꼭 소식전하는 그리운 벗 나 시인. 존·듀이 박사 이야기하다 옆길로 멀리 나갔습니다. '방학 때면 복숭아밭에 나와 복숭아를 따 팔기'도 한 실용주의철학자. 그런 향기 뿜는 선배님을 닮아 살겠다고 다짐한 때가 있었습니다.

연변·평양과기대 설립총장

- 김 진 경

연변과기대 설립

연변과 평양 과학기술대학 설립 김진경 총장을 만난 것은 2015년 7월 17일 통일문학(회장 전덕기) "문학으로 통일을 말한다." 세미나 특강에서다. 특강 내용은 불가사의의 반복이었다. 강연 뒤 중국인 작가가 쓴 한글판 『사랑주의』란 책을 한 권 받았는데 김 총장께서 친필 서명을 해 주셨다.

돌아와 드라마 같은 삶의 여정을 탐독했다. 김진경 총장의 삶이 녹아 새로운 싹을 피울 지칠 줄 모르는 꿈이 꿈틀거린다. 그 삶은 평범한 사람이면 절대로 오를 수 없는 빙벽 타기처럼 아슬아슬함이다. 올바른 결단의 과정들은 학처럼 우아하면서 독수리처럼 힘차고 단호하다. 무한우주시공에서 조국에서 태어난 위대한 선배와 호흡하고 있음이 더할 나위 없는 행복이다.

보통사람이면 사기꾼으로 전락하고 말 일을 김진경 총장은 이루어냈다. 불가능해 보이는 일을 서두르는 괴력이 어디서 나온 걸까. 그것은 「우리민족 사랑 인류사랑」1에서다. 사립학교 자체가 존재하지 않은 전체주의 국가 중국에 단신으로 들어가 유일한 사립대학 설립 과정이 경이롭다.

학교 지을 돈도 없으면서 전체사회주의 중국 중앙정부와 지방정부를 설득하여 대학 지을 부지를 얻어냈다. 중국 정부가 북경 부근에 지으라는 권유를 뿌리친다. 연변을 고집한 그 전후를 찬찬히 들여다보면 '민족통합'이라는 거대한 꿈이 그 속에 누워 있다. 나라에서 이탈하여 서럽게 살고 있는 연변동포에 대한 애틋한 사랑과 젊은이들을 북돋우고 힘을 세워주겠다는 간절함이 배어 있다.

부지를 무상으로 확보한 김진경은 이공계 영재대학을 짓기엔 빈손이나 마찬가지였다. 학교 지을 돈도 없으면서 학교를 짓겠다고 중국 정부를 설득하여 땅을 얻었으니 보통 사람의 경우라면 사기 아니고 무엇이겠는가(실제 사기꾼이란 뜬 말이 돌기도 했음). 보통의 사람이면 형무소행이 확실해 보인다. 그러나 그에게는 오직 한 가지 믿음의 신앙 '하나님이 도울 거란 확신'이 있었다. 이런 확신은 어떤 경지에서 세워지고 이루어지는지 필자는 아직 그 믿음의 신비를 모른다.

연변에 과학기술대학을 세우겠다며 김진경이 도움을 요청하기 위해 국내에 들어 와 첫 번째 만난분이 서울사랑교회 고 옥환음 목사다. 이야기를 경청한 옥 목사는 소망교회 곽*희 목사(연변과학기술대학교 이사장)를 만나도록 친절하게 주선했다. 곽 목사를 방문해 대학 건설 지원을 받기 위해 손수 학교모형도를 그려서 가지고 갔다.

모형도를 본 곽 목사는 웃으며 말했다. "좀 반듯한 그림을 보면서 얘기합시다." 퇴짜 맞았다. 그는 발길을 돌리면서 희망의 메시지를 들었다. 건축 설계사무소에 의뢰해 꿈을 담은 반듯한 학교 그림을 들고 곽 목사를 다시 찾았다.

"이제 좀 학교 같네." 곽 목사는 그 자리에서 후원회를 결성했다. 깊이를 알 수 없는 놀라운 또 한 분 곽*희 목사. 대학지원에 관하여 소속교회 한 장로로부터 "그런 곳에 돈 쓰면 안 된다."며 항의가 있었다 한다.

곽 목사는 이를 단호히 물리쳤다. 보통 사람 눈으로 볼 때 백지 상태에서 대학 짓는 걸 후원하겠다고 선뜻 나선 곽 목사도 시대를 읽는 뛰어난 눈과 용기 가득한 목자이지 싶다. 김 박사와 곽 목사 그분들은 오직 「옳은 일 추진에 대한 하나님의 이룸을 믿고 사는 하나님 아들들이다.」 구원자이신 하나님을 믿고 밀고 나가는 거룩한 왕이요 군대 아닌가.

가기 싫은 곳에서 캐낸 보배 박물관

건축 현장에서는 안전 모자를 쓰고 벽돌을 나르거나 잡일을 하는 김 *경. 전쟁터로 치면 총지휘하는 참모총장이자 전투병인 셈이다. 자신이 미국에서 모은 돈도 다 투자했지만 대학건립에는 턱없는 금액. 후원회를 만들어 울타리는 곽 목사가 쳤지만 그 많은 돈을 한 교회 운영목사가 다 부담할 수 있겠는가.

막대한 건설비와 교수를 비롯한 직원들 급여며 운영비 등에 "돈이 필요하다 싶을 때 용케 많고 적은 돈이 들어왔다."고 김 총장은 너스레 떨듯 술회한다. 세계를 돌아다니며 봉사 정신으로 일할 실력 있고 인격 높아 제자를 사랑할 분을 직접 만나 교수로 모셨다. 학생들도 가족처럼 돌본다. 특히 병든 학생에 대한 애정은 지극하여 외국 병원으로까지 주선해 치료 받게 한다. 120여 명의 간염 학생들을 따로 관리하며 영양식을 공급하여 장기 치료를 했다. 학생들을 자신의 아들딸로 여긴다. 학교 내에 의사와 간호사를 두고 학생들 질병에 대응했다.

미국에 머물고 있는 부인 박옥희 여사는 연변 학교 짓는 걸 줄기차게 반대했다. 그러나 결국 살림을 정리하고 부창부수 돌 씹는 기분으로 남편 있는 곳으로 왔다. 박 여사의 내조 감각은 뛰어났다. 여러 교수 부인들과 조를 짜서 작은 봉사단을 만들었다. 저잣거리에서 물건을 팔아 간염학생 돕기를 지속했다.

아파트 바람이 불어 연변 동포들이 기존 살림집을 버리고 이사하면 넝마를 줍듯 쓸 만한 물건들을 찾아내 민속박물관을 세운 박옥희. 그는 미술대학 출신이다. 연변대학에서 전공을 살려 민속박물관을 세워가며 삶의 기쁨과 보람을 찾아 살아가고 있다. 울화통이 날만큼 답답하고 절망을 씹으며 찾아와 학교 시절 꿈을 찾은 것이다.

그렇게 반대했던 일에 한 덩어리가 된 부부는 어려움을 행복으로 바꾼 삶을 살아가는 본보기다. 그것은 가없는 바닷가에 서서 수평선 넘어 막연함 같은 이상을 고난을 딛고 노동을 하며 일궈낸 축복이다. 부부에게 그 일들은 반복되는 가시밭길을 함께 헤쳐 가는 하나님이 맡긴 임무의 수행이다.

혈서 쓴 당찬 소년

김 총장은 국내에서 철학과를 졸업하고 영국 클리프톤 대학에서 신학을 전공했다. 미국 베리언 크리스천 칼리지에서 「공자철학의 사회적 연구」로 철학 박사학위를 받았다. 보성여고에서 독일어 교사와 고신대학교 전신인 고신 대학부 설립 초대 학부장을 역임했다.

그는 "나에게 나이와 고향을 묻지 마오. 영적 나이, 지적 나이, 감성적 나이인 생물학적 나이는 관심 밖이요. 마음에 담고 있는 고향은 늘 도와줘야 할 사람들이 있는 곳"이라고 한다. 성인의 반열에 오른 분 아닐까.

한국전쟁 때 그는 학도 지원병이었다. 중학교 삼학년 16세 때라 신장도 작고 왜소했다(지금도 보통 신장보다는 조금 작은 편임). 지원병 심사 장교가 "집으로 돌아가라"고 잘라 말했다. 그는 어머니가 애타게 찾을 것이란 점도 알고 한 편으로 걱정도 했다. 함께 지원했던 친구들은 돌아갔다. 그런데 김진경은 집으로 돌아가지 않은 고집불통의 애국 소년이었다. 그는 결연했다. 손가락을 배어 흐르는 피로 종이에다 '애국'이라 써 가지고 심사관을 찾아가 "나라가 위태로운데 싸우겠다는 사람을 왜 물리치는가."고 말했다. 감동한 선병관은 '합격'을 외쳤다. 지리산 전투, 하동 전투, 경주 부근 전투를 거치면서 학도병은 거의 다 전사하고 몇 명만 살아남았다고 특강에서 회고했다.

북한 돕기 선두주자

작고한 고 정주영 회장이 소 1001마리를 차에 싣고 굳게 잠긴 북한 철문을 열고 북쪽으로 갈 때 매스컴과 국민은 열광의 도가니였다. 그것은 평화의 큰 걸음이요 남북화해의 물꼬트기였다. 그 걸음은 새로운 희망이었고 아름다움의 연출이었다. 정 회장은 금강산 일대를 관광 특구화하기 위해 장기 임차 하는 등 그야말로 통 큰 기업가 면모의 절정이었다.

영웅처럼 보였다. 아니 진정 시대적 영웅이었다. 그런데 김진경에 대한 책 '사랑주의'를 읽다보니 김 총장이 정 회장보다 앞서 1992년 황해도 용현군에 30만 평 땅을 50년 임차하고 1,000마리 소를 기르겠다고 북한 당국과 약정했다. 1차로 1993년 290마리 소를 중국 단동을 통해 보냈다. 쌀 1천 톤(80킬로그램 환산 12,500가마니)을 보내기도 했다. 연변 과학기술대 총장 일을 하면서도 북한 돕기를 열심히 했다. 그러던 중 신의주에 큰 수해가 났다. 김 총장은 북한을 왕래하며 사업하는 연변동포 여성분을 통해 이불 등 구호품을 많이 보냈다. 209개 지역 어린이들에게 우유며 옷 등을 보내는 사업도 했다. 그런데 북한당국의 심각한 오해가 생겼다.

사형언도

중국에 살면서 북한을 왕래하며 김 총장이 지원한 수재민 돕기 물품을 싣고 가 나누어주던 동포 여성 사업가를 북한이 구속하여 억류했다. 수개월이 지나도 풀려나지 않았다. 남편은 애가 타서 김 총장을 찾아와 구해 달라고 하소연했다.

김 총장도 아무리 생각해도 좋은 일 하는 사업가의 구금은 이해할 수 없는 일이었다. 하지만 눈앞에 벌어진 현실은 자기 심부름을 한 여성 사업가의 북한 억류다. 책임이 있으면 자신에게 있는 것이지 심부름한 사람에게 무슨 죄가 있겠는가. 그는 북한행을 결심했다.

1998년 9월 주중 미 대사관에 행선지를 신고했다. (그는 한국 출신

미 국적과 중국 시민권을 지니고 있었다.) 연변과학기술대학교 한 간부는 "안 됩니다. 가면 붙잡힙니다." 만류에 "내가 가지 않으면 심부름한 이영*씨는 풀려나지 못하고 억울한 고생을 지속할 것 아닌가." 곽*희 이사장께 연락하여 함께 북한에 갔다. 책임 있는 북한 당국자를 만나 "이영*사장은 내가 보낸 물품을 수재민에게 나누어 준 심부름꾼이요. 잘 못이 있으면 나에게 죄를 물으시고 그를 즉시 석방해 주십시오."

그런 요청 끝에 여성 사업가는 3일 후에 석방되었다. 그런데 돌아오는 공항에서 순식간에 김 총장은 납치되고 곽 이사장만 귀환했다. 구속된 상태로 김 총장에 대한 북한수사당국의 깐깐하고 강압적인 조사가 이어졌다.

"한국 정보부와 미국 정보부에 어떤 정보를 제공했으며 무슨 지시를 받았는가?"

"나는 한국 정보부, 미국 정보부와 아무 관계도 없다. 북한 주민들에게 보낸 쌀과 지원 물자에 쓴 돈은 한국 정보부 미국 정보부 자금이 아니다."

"아무 목적과 이유 없이 이런 일을 할 수 없다. 필시 목적이 있고 뭔가 꿍꿍이가 있을 것이다. 그 이유와 목적을 솔직하게 말하라." 북한 수사당국의 추궁은 준엄했다.

"나는 순수하게 같은 민족이라는 정의감으로 내 나라 내 사람들을 사랑하고 돕고 싶었을 뿐이다. 다른 목적과 이유는 없다."

매일 조사관들이 교대하며 비슷한 조사를 반복해서 받았다. 김 총장은 그때의 심경을 괴테의 말을 인용해 "한 밤을 고민하면서 눈물로 세워 보지 않은 사람과는 인생에 대해 말하지 말라."를 곱씹었다고 한다. 한 달쯤 지나 김 총장은 '사형' 통보를 받았다.

24시간을 못 자게하고 고문할 때에 그는 "죽음을 무서워한 것이 아니라 신앙심이 흔들릴까"하는 것이었다고 술회한다. 국제변호사인 아들을 비롯한 미국 정부까지 나서 구명 운동은 다양하게 이루어졌다. 김 총장은 좁은 방에서 다람쥐 쳇바퀴 돌듯 뛰면서 소리를 지르기도 하여 감시원들에게 미친 것으로 판단하여 정신과 의사의 감정을 받기도 했다.

그들을 용서해야 한다

그를 심문하던 사람이 들어와 종이와 필기구를 주면서 유서를 쓰라고 했다. 김 총장은 죽을 사람이 유서는 남겨무엇하나 생각다가 마음을 고쳐먹었다. 유서는 가족 연변과학기술대학교 동지들 자신을 도와줬던 분들에 대한 예의라는 생각이 들었다. 네 장의 유서.

학교에 대하여는 "총장이 죽었다고 절대 장례식 같은 것 하지 말고 천국으로 가는 송별식"을 해 달라.

아내에 대하여는 "너무 슬퍼하지 말라"는 부탁과 정리해야 할 부분을 썼다.

미국 정부에 대하여는 "나의 죽음으로 인하여 북한에 대한보복을 하지 말라. 나는 오해로 죽지만 민족을 사랑하고 하나님의 사랑을 실천하다 천국으로 가니 보복하지 말라." 만약 보복을 한다면 사랑을 실천하다 죽은 내 뜻에 어긋나는 것이다.

북한 당국에 대하여는 "내 육신은 평양의과대학에 기증하고 싶다. 아직 크게 앓아본 적이 없는 아주 건강한 몸이다. 죽으면 내 장기를 필요로 하는 조선 사람에게 이식해도 좋다."

유서를 써놓고 이승에 대한 모든 짐을 내려놓은 듯 오랜만에 편히 잠들었다 한다. 10월 24일 구속된 지 42일째 된 날이다. 담당 직원이 종전보다 조금 부드럽게 말했다. "오늘 이곳을 나가게 됩니다." 그 뒤에는 미국 정부가 북한에 외교관을 두고 있는 스웨덴, 독일 정부의 도움을 받은 외교적 결실로 보인다. 애간장 녹아 난 가족과 학교 운명이 어찌될지 모른 연변 과학기술대의 교수와 학생들 함께 일한 분들의 졸인 가슴은 다시 활짝 열게 한 일대 반전反轉이었다.

김진경은 북한에서 구속 42일 간을 '억류'라 하지 않고 '체류'로 표현했다. 그의 아들은 말했다. "12년 넘게 온갖 정성과 열정을 쏟아 저들을 도와줬는데 고작 돌아온 결과가 간첩 누명과 억류란 말인가. 적반하장도 유분수지, 세상에 이런 배은망덕이 어디 있는가. 이제 북한 돕기는 영영 그만 둬야 합니다." 하지만 죽음의 문턱까지 갔다 온 김 총장은 "그들을 용서해야 한다. 고통스럽게 하고 슬프게 한 사람들도 용서해야 한다."고 했다.

평양과기대설립

기독교 100주년 기념관에는 더운 날씨인데도 통일 세미나에 참석한 문인들로 가득했다. 김 총장은 북한 측의 간절한 요청에 따라 평양에 과학기술대학을 세운과정의 얘기와 교육 기자재 구입 등 돈이 모자라니 후원 좀 해달라고 호소했다.

북한 어린이와 수양아버지 맺기에 동참해달라고도 했다. 저처럼 지극 정성일 수 있나? 학교 터를 잡으면서 자신의 견해를 관철시킨 일화도 소개했다. 연변에서처럼 북한 당국에서도 학교 부지를 좋은 위치에 넉넉히 제시했다. 그런데 자신이 보는 학교위치로 더 좋아 보이는 곳이 있어 손가락으로 가르치며 의견을 말했다. "그곳은 절대 안 됩니다." "안 된다면 그만 둡시다."하고 연변으로 돌아왔다.

얼마간 지난 뒤 북한 당국에서 연변으로 찾아와 "총장님께서 지정한 곳에 짓기로 승낙이 떨어졌습니다." 나중에 알고 보니 "평양 방어 대공 미사일 부대 주둔지였다."며 뜻밖이었다고 했다.

역지사지로 생각해 본다. 북한이 우리보다 우월하여 우리 수도 방어 미사일 기지에 학교를 지어 주겠다 하면 우리 군이나 정부 백성이 동의 해 주겠는가? 그 철판 같은 북한 지도층의 가슴도 한때 죽이려 한 사형

수였던 김 총장 열정과 의지에 녹아내림을 본다.

그것은 일인전권체제에서나 가능한 결정일 것이다. 그들도 잘살기를 우선으로 생각하는 지도층의 단면을 본다. 그것은 금강산 개성지역 군부대 철수에서도 드러난다. 해군기지 해주에 공장을 지어달라고 한 합의서도 그렇다. 남쪽에서 정권이 바뀌면서 화해정책의 일관성을 잃고 오락가락한 측면이 심하다는 생각이 든다. 끊임없이 흐르는 진성의 물줄기는 바위 같은 그들의 주체사상도 뚫을 수 있다는 의미를 함축하고 있는 사건인 것이다. 2010년 10월 25일 평양과학기술대학과 대학원이 강의를 시작했다.

북한은 김진경을 총장으로 인정하고 명예교육학 박사를 수여했다. 김 총장은 경직이 덜 풀린 사회주의 중국과 북한에서 국제사립대학을 세워 성공시킨 앞에도 뒤에도 없을 것 같은 이룸의 위대한 인물이다.

사랑주의 폭발은 어디까지

김 총장은 마무리 강연으로 "사랑주의"를 다시 강조했다. '절대 사랑은 한쪽 뺨을 때리면 다른 쪽 뺨을 내밀라'라는 예수'에게서부터 비롯됨을 평신도인 나도 알고 있다. 그렇지만 예수나 기독교를 앞세우면 거부하는 인류가 많다. 이슬람권, 13억 중국사회주의에서도 아직까진 종교가 자유롭지 못하다.

그것은 곧 자유와 인권이 함몰된 사회의 반증이다. 김 총장은 사랑을 베풀고 실천할 뿐 예수와 기독교를 입에 담지 않은 묘약으로 대응한다. 2012년 2월 김진경 총장은 미국 백악관이 주최한 특별강연 연사로 초청 받았다.『평화에는 대가가 따른다.』는 제목으로 연설했다. 그 내용 일부를 옮긴다.

"… 우리는 정부들이 직면한 많은 문제들에 대한 지도를 구할 목적으로 이 자리에 모였습니다. 분명하게도 세계평화는 여전히 당면한 가장 큰 과제입니다. 전쟁은 끔찍한 것이며 순진무구한 아이의 생명, 희망, 그리고 평범한 삶을 살 수 있는 능력을 빼앗아 갑니다. 평화는 위대한 가치이며 우리는 평화를 세우기 위해 대가를 치러야 한다는 것을 배웠습니다. 그 대가는『자기 자신을 돌보듯이 타인을 돌보는 것』입니다." …(이하 생략)…

연설회에는 160여개 국가 국무총리 대통령 부인 등 세계 지도자들이 참석했다. 열렬히 박수갈채 받은 연설이 끝난 뒤 놀라운 일이 벌어졌다.

회교국가 지도자들이 찾아와 "돈은 자기네가 댈 터이니 중국과 북한에 지어준 것처럼 자기 나라에도 과학기술대학을 지어 달라"는 진지한 요청이었다. 그것은 예수나 기독교를 언급하지 않은 "사랑주의" 철학을 토대로 한 연설이 일으킨 회교권 국가지도자들에게 준 감명이자 반응이었다.

10여일 지난 2월 14일 영국 상하원의 초청으로 런던으로 갔다.『평화

는 대가를 지불해야한다』백악관에서 한 연설과 비슷한 '이타주의利他
主義' 내용을 역설 했다. 영국의 상하의원들의 뜨거운 박수를 받은 한국
의 아들 김진경. 미국에서와 마찬가지로 회교권 사람들의 반응이 뜨거
웠다. 지금 세계는 곳곳에서 회교권 세력들이 전투를 벌이고 있다. 회교
권 지도자들도 지쳐 있고 그들을 상대한 미국 등 국가들의 희생도 만
만치 않다.

김진경은 런던에 있는 회교권 유럽본부에 초대되었다. 회교권대표지
도자 10여명이 "당신의 연설을 듣고 충격 받았습니다. 부시가 신앙이 좋
은 사람이라고 들었습니다. 그런데 그는 알카에다가 3천 명의 미국인
을 죽였는데 이라크와 아프가니스탄 전쟁을 일으켜 수십만 명의 인명
을 죽였습니다. 지금도 전쟁은 끝나지 않았습니다. 당신의 '사랑주의'를
듣고 보니 실제 증거도 있고 너무 감명 깊습니다. 회교에는 '사랑'은 없습
니다. '복수의 순교'가 있을 뿐입니다. 당신의 사랑주의는 평화를 갈구하
는 회교권의 희망입니다."

김진경의 통일특강 마무리에 "자신은 한국에서 태어나 대학까지 졸
업했다. 영국에서 신학공부를 했다. 미국에서 공자를 탐구하여 박사학
위를 받았다. 현재 미국 국적자다. 중국의 영구시민권을 부여 받았다. 평
양시민권을 국방위원장 김정일 명의로 받았다. 서울 명예시민권도 가지
고 있다. 이런 신분으로 지금 서울에 있지만 내일 중국을 거쳐 모레 평
양에 간다."

김 총장은 철벽을 녹인 '사랑주의'를 실천하고 있다. 거침없이 남북을 자유롭게 오가는 거룩한 분이다. 사랑주의는 바람처럼 그물에 걸리지 않는다고 했다. 평화통일 길이 어떤 것인지 남북이 평화정착에 어떻게 접근해야 하는지 시사점이자 실증적으로 보여준다.

- 김진경 통일문학 특강과 허련순 저 『사랑주의』에 바탕 함. -

은혜는/ 정의로움 바탕 위 / 순수로 베푸는/ 정이 어우러진 열매
은혜는/ 순교殉教처럼 의연히 날개 치며/ 흰 눈 마냥 티 없는 하늘마음에
뿌리 깊은 감사 사랑으로/ 은일하게 숨어 사는 멋쟁이다.

- 저자 시 「은혜」 전

최대 다수의 행복

- 벤담

행복 1

행복은 삶의 목적이다. 소크라테스부터 많은 사상가 철학자들의 주장을 웅크려 보면 인류가 행복하기 위한 방편들의 제안서라고 해도 틀린 말은 아닐 것이다. 종교의 불행 다스리기는 물질보다 수련을 통한 정신 심령에 중점이 있다. 18세기에서 19세기에 걸쳐 활동한 벤덤과 밀의 "최대 다수 최대 행복" 주장은 모든 철학과 사상을 꿰뚫은 집약 판 행복 론 이다.

누가 불행한 삶을 원하겠는가. 그러나 사람마다 태어남에서부터 삶의 과정이 다르다. 바탕이 다르고 엮어짐이 다르다. 넓게는 어느 나라에서 태어났는가. 좁게는 어떤 가정에서 태어났는가. 이런 것들부터 다르고 그런 사항이 행복의 요소로 작용하기도 한다. 벤담과 밀은 개인의 행복과 다수가 행복해야함을 선포했다.

안병욱 철학교수는 1963년 펴낸 「철학 노트」 행복의 탐구 편에서 행복의 조건을 제시했다. 첫째로 '건강'을 세웠다. 건강하지 않고서 행복하기 어렵다. 우리가 익히 아는 얘기다. 둘째로 '가정'을 내세웠다. 마치 "만인의 만인에 대한 투쟁"처럼 어우러져 부딪침과 이겨야 하는 냉혹한 생존경쟁 사회에서 사랑 넘치는 안정된 가정의 중요성을 강조했다.

셋째로 '남녀 간의 진정한 애정', '친구와의 우정'을 세웠다. 그러나 현실 속 우정은 남녀의 성을 뛰어 넘는 상황이다. "내가 죽으면 가족을 돌봐 줄만큼의 깊은 우정의 친구가 있느냐."는 함석헌 선생님 물음이다. 네번째로 사람이 사람답게 살기 위한 '경제력' 즉 돈을 세웠다. 자본주의사회란 무엇인가. 돈 중심사회란 뜻 아닌가. 그러나 안병욱은 돈 획득과정과 사용에 대한 방향도 환기시켰다. 돈 획득추구가 목적이 되면 행복에서 일탈한 돈의 노예가 될 수 있다고 역설했다.

이상의 조건을 갖추면 행복은 이루어지는가? 종교나 철학에서 내세우는 가장 중요한 '정신'문제가 있다. 객관적 조건 아닌 내적인 문제는 자기 스스로 컨트롤해야 한다. 노자나 장자를 보면 물질을 뛰어넘는 행복한 분들이다. "살진 돼지보다 마른 소크라테스가 낫다"라는 말의 깊이를 헤아려 볼 일이다. 많은 국민들로부터 존경받았던 법정 스님은 "무소유의 행복 론"을 펼쳤다. 천억 원이 넘는 재산을 법정 스님께 시주하려던 김영한 보살과 받지 않으려는 법정스님 간 7년 간 벼르기가 뒷받침 한 무소유의 행복 론. 그 재산을 송광사에 귀속 시킨 걸로 매듭지었다.

"집착을 버리면 행복이 보인다."는 일타스님의 법문이다. 이처럼 초월의 경지에서 햇빛과 달빛을 쐬며 바람과 떠가는 하얀 구름송이를 벗 삼아 즐기는 경지에 이르면 행복의 객관적 조건들은 발톱 아래 뗏자국에 불과할 것이다. 그러나 보통 사람들은 이런 경지에 이르기 어렵다. 다만 끊임없이 솟아오르려는 탐욕을 제어하는 노력은 있어야 행복을 보듬을 수 있다.

행복 2

인류가 행복하게 살기 위한 설계는 많다. 종교를 비롯한 경제학 정치학 철학 사회학 등에는 행복하게 살기 위한 이야기 들이 담겨있다. 기원전 플라톤은 "철학자가 왕이 되어야 한다."는 주장을 했다.

좋은 나라 행복한 삶을 위한 설계 '유토피아' 중에는 공직자의 공동재산관리, 출산아의 보모육아 등 공산주의가 일부 담겨 있다. 마르크스는 생산과 분배를 함께하는 공산주의를 내 세워 평등하고 행복한 사회건설을 주창 했다. 한 때 많은 국가들과 사상가들이 경도되기도 했다.

그러나 구소련이나 중국 공산화에서 사람 죽이기부터 시작했다. 토지를 포함한 부동산의 국유화는 옛날 옛적부터 내려온 개인 소유를 몰수하는 빼앗기부터 시작이다. 특정계급의 독재정권 아래 자유를 박탈함으로서 행복과 반하는 공포를 연출했다. 인간이 지닌 선택의 자유아래 욕구나 창의성 경쟁심 등을 발전과 행복에서 허투루 봤거나 '평등'만이 만사형통이라 생각 했던 걸까. 그러면서 '당원'이라는 계급이 있지 않은가.

인류를 행복으로 안내하기 위해 여러 연구와 주장들이 있어왔지만 마르크스의 공산화는 실패다. 다만 천민자본주의를 돌아보는데 도움이 된다.

"자본주의 붕괴론"의 경종은 자본주의 붕괴를 막는데 반면교사가 된 측면이 있다. 케인즈가 자유방임경제활동에서 정부의 역할을 강조한 후 미국대공황을 극복하여 지금은 정부도 재정을 통한 경제 개입은 보편화 되었다. 사회 복지정책 등을 강화하여 새로운 형태의 자본주의와 사회주의 결합이 이루어지고 있다.

중국이나 러시아 등 공산주종주국도 바뀌었다. 토지국유는 유지하면서 경제활동은 자본주의 식 자유경쟁을 도입했다. 다만 권력구성만 다르다. 한국과 미국 유럽 등은 권력자를 전 국민의 자유선택으로 뽑는다. 중국 등 공산국가는 특정계층에 의하여 형식적인 선거로 뽑는 독재 형이다. 자유선거에 의한 권력의 선택에는 낭비적 요인이 있지만 국민의 뜻에 맞지 않으면 바꾼다는 인간다움의 최선이 있다.

특정 신분으로 한정 된 권력구성은 마치 천부적 신권설의 잔재인 듯하다. 최고 권력자의 장기집권이 허용되어 정책의 일관성은 있으나 특정화 된 권력 아래 인간의 존엄성인 '자유'가 울타리 속에 갇혀 있다. 최고 권력자의 잘 못이나 실패도 비판하지 못한 독재 형이다.

"철학자가 왕이 되어야 한다는"는 플라톤의 양심(다수결에 의하여 스승 소크라테스 죽임에 대한 숫자로 결정되는 민주주의 규탄)이 그대로 이어진 체제다. 그러나 인간은 철학자도 잘 못을 저지를 수 있다. 또한 경제정책을 통해 재분배의 길 위에서 행복을 찾아야 한다.

행복 3

"최대다수의 최대 행복 론"에 나는 주저 없이 동참한다. 우선 지향점이 가슴에 확 닿는다. 영국의 제레미 밴담(Jeremy Bentham. 1748-1832)과 제자 존 스튜어트 밀(John Stuart Mill.1806-1873)의 합창에 나도 따라 다수의 행복 노래를 부른다.

고등학교 경제와 사회 시간에서부터 듣던 최대다수의 최대 행복은 구호가 아닌 인류가 도달해야 할 책무요 비전이다. 개인의 행복은 물론 함께 사는 공동체 구성원으로의 확대다. 정치권력은 전체 국민의 선거에 의한 자유 투표에 의하여 정권교체가 가능해야 한다.

"최대다수의 최대행복의 추구는 도덕이다"는 주장은 착하고 예의 바르고 질서 잘 지키는 등으로 고정해왔던 도덕의 관념을 바꾸어버렸다. 경제정책 사회정책 측면에서 접근해야 하는 시대적 화두다. 정치의 맨 앞줄에 「자유민주주의」가 다음에 「복지와 균형에의 노력」「평화와 행복」이 와야 한다. 경제 성장에 따라 최근에 시작된 우리나라 복지정책도 다수의 행복을 지향하는 정책의 단편이다. 우리국민 최대다수의 행복실현을 위해 무엇을 해야 하는가.

유엔에서 조사 발표한 나라별 행복지수에서 우리는 경제성장과 자유민주주의를 확립했음에도 순위가 50위 안팎으로 나온다. 젊은이들의 결혼기피와 출산회피는 심각한 병에 걸린 것이다. 최저 출산율 최고 자살율의 깊은 질병을 바르게 진단하고 국방 다음으로 인구정책 우선순위를 정해야 한다. 이 두 가지 현상은 우리젊은이들이 현실적으로 건전한 가정을 꾸려가기에 심각하게 어려움을 반증한다.

존슈트어트 밀의 "다 출산으로 인구과잉이 빈곤을 유발한다."는 이론에 따라 '가족계획'을 실시했던 것은 지금 실정에선 '출산장려책'으로 바꿔야 한다.

유엔 행복지표의 거울

유엔이 제시한 행복 지표는 보편적 행복의 거울이다. 이 거울에 비추어보며 개선점을 찾는 것이 국민행복정책일 것이다.

1. 첫째 「경제력」을 더 키워야 한다.

경제력을 키워야 확대된 재정으로 소득격차도 완화하고 취약계층을 지원할 수 있다. 고용 한계점에 이른 현실 타파를 위한 새로운 산업 일으키기 등 고용확대정책을 내놔야한다. 자본주의 체제에서 일자리는 곧 생활안정과 연계 된 것은 다 아는 사실이다. 기존의 기술향상과 새로운 기술창출을 뒷받침하는 정부시책과 기업가들의 기업운영 중심이 기술개발에 집중되어야 하고 국내에서 기업하기 좋은 여건을 만들어야 한다. 인공지능시대로 4차 산업에 기업인이나 국민들이 창의성을 발휘해 나갈 때다.

2. 둘째 「건강한 기대 수명」이 행복지수 평가 항목이다.

앞서 안병욱 교수도 건강을 행복 조건으로 내세웠다. "천하를 얻고도 건강을 잃으면 무엇 하리오"란 말이 정곡을 찌른다. 우리나라의 평균수명 늘어남이나 잘 다듬어지고 있는 의료체계가 경제발전에 부응하여 진전되고 있는 항목이다.

3. 셋째 평가 항목은 「정부와 기업의 투명성」이다.

우리는 이 항목에서 점수가 많이 깎였지 싶다. 우리 자체 내에서도 항상 논란의 대상이요 투명성은 낙후 상태다. 동반성장 목소리가 높지만 대기업은 중소기업의 특허를 빼앗거나 납품 가격을 심하게 깎는다는 볼멘소리가 여전하다. 청년들은 임금이 낮은 중소기업 취업을 기피하여 외국인들 고용으로 어렵게 끌고 간다.

이와 관련 교육제도의 재검토가 반드시 필요해 보인다. 독일이나 프랑스처럼 두뇌가 뛰어난 적은 숫자의 젊은이는 대학가지만 대다수 젊은 학생은 직업과 관련 된 교육을 실시하여 졸업 후 기업에 진출을 당당하게 여기는 풍토가 정착 되어야 할 것 아닌가.

4. 넷째는 「개인의 자유」를 평가 항목으로 하고 있다.

후진국 일수록 독재가 자행되고 인권보장이 허술하다. 우리는 4.19혁명, 5.18민주화운동, 6.10항쟁 등으로 쟁취한 개인의 자유는 높이 올라갔다. 그러나 대통령의 성향에 따라 자유의 폭에 차이가 있어왔다. 두 대통령이 국정원 검찰 경찰권을 조정하여 통치를 했다는 것은 유엔 평가자들도 인지한 사실일 것이다. 표현의 제약은 개인자유의 위축으로 이어진다. 정부차원의 인권보장에 역행한다. 자유의 행사는 타인에게 피해를 줘서는 안 된다는 전제가 따른다. 개인의 자유야 말로 행복에 필요 불가결의 요건이다.

5. 다섯째 「사회적 자원」을 평가한다.

사회적 자원은 사회 기반 시설들의 현황이 중심이다. 포장된 도로가 전국을 휘돌고 낙도까지 통신이 이루어지고 있다. 고속철도 지하철이 상위 급이다. 시비가 많지만 물 관리의 기본은 갖췄다. 도시주변의 공원은 잘 가꾸어져 있다. 이 분야에 유엔의 평점은 어느 정도일까. 경제력과 직접 관련되는 자원문제를 더 깊게 파고들어 본다.

자원은 기본적으로 '자연자원'과 '인적자원'으로 구분할 수 있다. 석유

매장이 많은 나라는 일하지 않고도 부를 누린다. 우리는 자연자원 빈국으로 분류된다. 지금까지 경제력을 키우는 데는 전적으로 인적자원에 의존하고 있다. 산업화 초기의 저임금에도 희생과 부지런함으로 출발했다. 대학을 졸업한 고급인력이 독일의 탄광과 간호사로 취업해 달러를 벌어들여 경제개발자금으로 활용했다. 베트남의 전쟁에 참여하여 달러를 모았다. 열사의 나라 중동. 산유국들인 사우디아라비아 리비아 쿠웨이트 등에서 밤일을 하면서 건설 노동자들이 달러를 벌어들였다.

그러나 '부지런함만으론 한계'가 있다. 오늘의 개벽 같은 번영된 모습의 나라, 1인당 평균국민소득 3만 5천 달러를 넘어 상승하는 데는 국가주도의 기술개발과 선진화 노력이 있었다. '기업가들의 기술에 대한 깨달음'이 있었다. 이제 기업가들은 기술 중심의 경영을 한다. 대기업 연구소는 정부출연연구소를 훌쩍 뛰어넘는 인재와 장비 높은 보수로 첨단기술 전쟁에 승리하기 위해 전력투구한다.

6. 여섯째 항목으로 「개인의 사회적 네트워크」다.

개인적 어려움에 부딪쳤을 때 달려와 돌보아 줄 사람이 있느냐의 문제다. 산업화 이전 대가족 시대에는 이 부분이 강한 나라였다. 산업화와 더불어 핵가족으로 뿔뿔이 흩어진 상황에서 이 부분은 해체되었다. 질병이나 재난을 당했을 때 가족에게 의존도는 낮은 수준이다. 그렇다면 사회적 네트워크는 국가차원에서 공공정책 사업으로 강화시켜가야 한다. 교회 직장 등 모임이 잦은 단체들 중심으로 자원봉사활동단체의 지원육성책도 병행하면 크게 보완 될 것이다.

벤담과 밀은 "개인의 행복은 쾌락"이라 했다. 고통 없는 즐거운 상태. 그런데 우리말의 쾌락이라는 용어에는 '윤리적 일탈'의 냄새도 풍기므로 스스로의 넘침을 제어하는 훈련이 따라야 한다. 일하는 사람은 일하는 만족감, 방실거리는 아이를 기르는 엄마의 기쁨, 정당한 이윤확대에 대한 기업가의 보람, 거동이 불편한 부모를 보살피는 자녀들의 긍지, 공부하는 학생은 새로운 앎에 대한 쾌락, 우리들은 현 위치에서 '즐거운 삶'을 챙겨가야 한다.

벤담의 "최대다수의 최대행복" 추구는 늘 생경하면서 상큼하다. 도덕에 대한 생각을 바꾸게 한 웅변이다. 우리들은 "최대다수의 행복"이란 도덕률 하나를 추가하여 국민들 행복의 폭을 넓히고 행복의 질을 높이는 훈련과 실천을 해야 한다.

그러려면 공공의 역할은 어떠해야하고 기업가는 어떤 자세여야 하며 국민 각자는 어떻게 살아야 하는지? 유엔이 제시한 지표를 찬찬이 들여다보며 다 함께 옷깃 여미고 돌아봐야 한다. 정부야 제발 편견 없는 정책 못 펼칠 것 뭐 있니?

밝은 눈

- 베른슈타인

 19세기 후반에서 20세기 전반의 역사는 돌개바람이요 와류였다. 지구 위 먹구름이 하늘을 덮어 퍼부은 소나기로 일어난 상처와 재난이 곳곳에 널브러졌다. 숨 막히는 긴박감 속에 반전과 반전을 거듭했다.

 제국주의 국가들의 침략으로 무자비한 인명살상과 피의 혁명으로 점철된 역사다. 우리도 약자로서 그 소용돌이 속에서 일본 압제와 피눈물 흘린 세월을 살았다. 유럽에서는 국경이 바뀌기도 하고 새로운 체제가 나타났다.

 또한 이 시기는 경제시스템을 놓고 천재들의 두뇌 경쟁이 벌어진 특이한 무대였다. 그 끝은 제2차 세계대전 종결로 큰 획이 그어졌지만 쾌도난마처럼 세계사가 평온으로 정착 된 건 아니고 겨루고 다툼이 이어져 왔다.

마르크스 영향

큰 물줄기 하나가 마르크스의 〈자본론〉에 바탕 하여 새 체제를 향한 붉은 혁명의 모닥불. 유럽과 아시아의 도시 농촌 혹은 산 속 곳곳에서 다양한 형태로 일어나다 스러지기도 했다. 결국 세계를 두 진영으로 갈라 적대적 냉전체제의 대립각을 세우는 데에 이르렀다.

또한 도도히 흐르는 강줄기는 황금기를 누리던 자본주의. 그러나 미국에서 비롯된 대 공황을 만나 세계자본주의가 붕괴의 낭떠러지에서 위태로움을 체험했다. 결과는 금과옥조처럼 여겨온 아담 스미스의 자유방임 시장경제론에 종지부를 찍고 수정자본주의 길을 걷게 했다. 큰 줄기 하나가 마르크스의 노동자 혁명에 의한 공산주의로 흐르는 강줄기다.

케인즈의 방어

증권투자에서 꾀 돈을 벌어들인 것으로 알려진 경제의 천재 케인즈가 아니었으면 마르크스의 자본주의 붕괴론 골짜기에 빠져 매몰 될 번한 위기일발이었다. 케인즈는 시장에 내맡겨진 경제에 『일정부분 정부개입의 당위성』을 차분하게 역설했다. 정부가 재정투자를 통해 그 돈이 국민에게 돌아가 유효수요를 창출하는 역할이 필요하다고 힘주어 말했다. 이 새로운 경제이론은 오늘의 경제정책을 이끌어낸 현대경제학의 태동이었다.

그러나 당시 대기업 자본가들은 콧방귀를 꿨다. 자유방임과 세이의 법칙으로 일컫는 '공급이 수요를 창출한다'는 데 심취하여 자본가들은 케인즈가 내놓은 처방을 무시했다. 따라서 자본주의 질병 '공황'을 치유하는 데는 시간이 걸렸다.

케인즈 이론은 히틀러가 허물어진 독일경제를 일으키는데 활용하여 큰 성과를 올렸다. 그로 인해 정치적 기반을 확고히 다지고 게르만민족의 자긍심을 세웠다. 그러나 빗나간 욕망으로 치달아 유럽을 전쟁 도가니로까지 몰아갔고 유태인 살상지옥으로 나치와 히틀러도 함께 떨어졌다.

또 한 가닥은 우리가 익히 아는 대로 1929년 발생한 미국의 공황을 치유해 나가는 과정에서 공공부문의 역할이 입증되었다. 케인즈의 이론은 자본주의를 기사회생 시켜 오늘의 시장경제번영에 이르게 한 공을 세웠다.

케인즈는 마르크스의 '자본주의 붕괴론'의 예봉을 무디게 만든 탁월한 천재인 것이다. 현대 세계경제는 연계된 한 울타리 속에서 움직인다. 나타나는 병도 다양하여 정부의 처방도 적절한 때와 알맞은 약이 요구된다. 특히 미국 유럽 중국 등의 경제변동과 처방은 우리처럼 수출 의존도가 높은 나라 경제 현실에 예민하게 나타난다. 따라서 경제는 이제 효험 있는 『정부의 약손』에 의해 발전하고 안정되는 측면이 강하다.

착한 변절

마르크스주의자들은 '평등사회'를 꿈꾸며 당시 유럽 각지와 아시아에서 우후죽순처럼 솟아났다. 그런데 결과를 보면 두 갈래로 정리할 수 있다. 그 하나는 '레닌과 모택동' 식으로 판을 뒤엎은 공산주의 혁명파.

또 한 줄기는 혁명파들로부터 변절 내지 수정주의자라 비판 받은 독일 사민당 지도자 '베른슈타인'. 베른슈타인은 "기술이 발전하고 생산력이 높아지면 세수가 늘어난다. 따라서 국가재정규모가 커지고 정부는 재분배를 통해 빈곤층을 지원하면 폭력혁명 없이도 서서히 사회주의로 이행한다."고 보았다.

자본주의 붕괴론에서 발을 빼며 자본주의는 점진적으로 사회주의화될 것으로 내다본 '베른슈타인의 밝은 눈'이 빛나고 있는 상황이다. 정치체제는 자유민주주의를 지향하며 기술발전을 통한 경제력 향상에 따른 늘어난 재정으로 복지정책을 펴면 빈익빈 부익부 자본주의 병폐를 완화 시키면서 백성들의 기본적인 삶을 챙길 수 있다고 보았다. 마르크스주의에서 착한 변절자로 돌아선 것이다. 독일의 사민당 정책과 스웨덴을 비롯한 북유럽 국가들은 시장에 정부가 개입하는 케인즈의 수정

자본주의경제에 소외층을 보듬는 '복지'란 이름을 붙여 사회주의 정책을 가미하고 있다.

정책의 경향

복수정당제와 자유선거의 참다운 민주정부를 갖춘 나라들의 사회주의는 공동생산 분배 원칙의 마르크스 식 공산주의와 다르다. 진보성향의 주장을 용공으로 몰아친 반공의 칼날이 시퍼렇던 우리나라도 '자유방임 시장경제'에 케인즈의 '정부개입'을 덧칠하고 그 위에 '복지'를 입혀 베른슈타인 식 사회주의 정신에 근접해 있다.

조순 서울시장이 처음 시작한 '독거노인 돌보기'와 김대중 대통령의 의지를 반영한 '기초생활 보장 기본법안 제정' '의료보험제도' 등을 통해 씨앗을 뿌린 복지정책』은 그 뒤 보수정권에서도 강화해 왔다. 이제는 보수진보를 넘어 복지는 정책의 경쟁으로 자리 잡았다.

여기서 우리가 깊이 통찰해야 할 사항은 생산과 수출을 주도하며 국부를 창출하는 기업과 거기에 종사하는 노동자들이 신바람 나게 꾸준히 격려하고 챙겨야 한다.

눈부시게 발전하는 과학기술을 챙기려면 연구하는 과학자와 현장의 엔지니어들의 사기를 높이고 어깨를 다독여 줘야 한다.

대기업 중소기업 개인기업 벤처기업 등이 불꽃처럼 발전을 지속하도록 어떤 멍석을 깔아줘야 할지 평소 법제정을 통해 꾸준히 다듬어 가야 한다. 우리기업이 외국에서 돈을 많이 벌여 들여야 고용 창출도 재정 확충도 이룰 수 있기 때문이다.

베른슈타인의 통찰력과 착한 변절은 아담스미스 케인즈 마르크스를 뛰어 넘어 아우르는 혜안의 광채로 빛나고 있다.

개혁의 어려움

– 막스 베버

경제학도이기도 한 필자는 사회학의 선두주자이자 칼 마르크스를 비판한 막스 베버 선생님을 찾아가는 주마간산식의 여행길에 오르고자 한다. 젊은 시절 선생님의 책을 읽고 그 무게와 전달되는 메시지에 감동 했던 희미한 기억이 남아 있지만 책 이름까지도 잊어버렸다. 새 여행의 안내자는 속칭 '노인대학'에서 서양사와 서양사상사 강의를 하는 강원대 서양사 은퇴교수 조인형 박사다. 일주일 80 분 씩 5년간을 서양사 강의를 들은 바탕에서 막스 베버를 찾아 새로운 여행길에 오른다.

우리 조선 역사에서는 정책으로 채택하여 성공하면 사회발전의 혁명이라 할 수 있는 개혁사상이나 개혁운동은 몰매를 맞고 귀양 가거나 추방당하고 죽음에 이르기도 한 사례가 있다. 조광조가 그렇고 허균도 비숫한 처지다. 이웃 중국 과거 역사도 유사한 측면이 있다.

서양의 역사도 민족 간에 또는 왕과 개혁사상자 간에 그런 피비린내를 풍기며 오늘에 이르렀다. 그럼에도 인류는 순교까지 감수하면서 진리에 대한 탐구와 불씨를 살리며 새로움을 세상에 퍼뜨려 자유를 쟁취하고 평등을 진전시켜 왔다. 그 세월은 길고 먼 길이었다.

전향의 성공사례

기독교 역사에는 반대 경우도 있다. 개신교의 숭앙을 받는 바울은 본래 유대교의 찐한 율법주의자였다. 예수를 믿고 따르는 무리들을 옥에 가두고 처벌하는데 앞장섰다. 그런 바울이 변심하여 유대 땅을 벗어난 곳까지 찾아다니며 예수 사랑정신을 포교했다. 보통의 눈으로 보면 전향한 선교사다. 선교와 옥중생활 중 서신 선교내용이 신약성경에 절절이 기록되어 있다. 루터 또한 바울과 비슷한 반열에서 성공한 전향자다.

베버는 박해를 받은 흔적은 없어 보인다. 칼빈주의로 분류한 기록을 읽었다. 인류역사에 끊임없는 논쟁 과제인 "사람이 살아가는데 어떤 제도가 옳은가." 어떤 정책을 펼쳐야 하는가? 그런 논쟁 중 한 때 마르크스의 공산주의 선언이나 자본주의 붕괴론이 세상을 흔들었다. 케인즈는 새로운 경제 이론으로 대응했고 칼빈은 직업윤리를 내세웠다.

마르크스주의가 사회에 미치는 지진파동은 엄청 난 것이었음을 새삼 인식한다. 변해야하는 자본주의에 대한 통찰과 열정 청빈주의를 내세워 마르크스를 반격한 막스 베버. 기업가든 노동자든 지켜야 할 『윤리』를 내세워 "천민자본주의를 바꿔야한다는 도덕주의." 그런 점들이 동양의 한 모퉁이 한국에서 평범한 서생으로 살면서 가슴을 끄집어 선생님에게로 다가서게 한다.

종교도 썩는다

앞서 잠깐 언급했다. 기독교개혁 선두에선 독일의 마르틴 루터는 (1483-1546) 법관의 꿈을 키우며 대학에서 법률을 전공하였다. 하루는 친구와 함께 들판 길을 걸어 집에 가는데 먹구름이 몰려오면서 비가 쏟아졌다. 이 빗속에서 함께 걷던 친구가 낙뢰로 인해 사망했다.

루터는 친구의 갑작스런 죽음으로 슬픔과 큰 충격을 받았다. 그 후 루터는 법률전문가로서 활동을 접고 아우구스티누스 수도원으로 들어갔다. 신학공부를 시작하여 박사학위도 받았고 사제서품도 받았다. 법률도 "정의를 세우자" 는 분야고 종교 활동도 "사회를 정의롭게 만들자"는 관점에서 일맥상통함이 있다. 그런데 그때 종교는 썩어 있었다. 로마에 있는 성당 건축에 사용할 재정확보를 위해 '돈을 받고 면죄부 장사'를 공공연히 하는 상황이었다.

루터가 생각하는 종교의 본질과는 맞지 않았다. 그는 1517년 10월 30

일 95개항의 긴 면죄부 운영에 대한 비판을 썼다. 루터로 하여 면죄부 논쟁은 시작 되었고 종교개혁의 불씨로 자랐다.

그는 성직자로서 결혼까지 한 천주교 관점에서는 파계요 이단이었다.

청교도정신의 선구 칼빈

프랑스에서 태어난 칼빈 (1509-1564)은 신학과 법학을 전공했다. 그도 수도원 출신으로 알려져 있다. 수도원에서는 성당 내에서 보다 토론이 활발했다. 칼빈은 루터의 생각이 옳다고 보았다. 그는 초기교회 '바울의 복음주의'로 회귀해야 한다고 주장했다. 참 신앙을 옹호하기 위한 도전이었다.

그 정신이 미국의 건국과 관련된 청교도 정신이다. 그러나 그때 당시 교단권력에서 보기엔 불순세력이었다. 보수주의자들이 새로움에 대한 바라보는 관점은 동서고금 마찬가지다. 기득권을 가진 자들은 변화를 싫어하고 죄악시 하는 경향이 있다. 신변에 위협을 느끼고 있을 때 파렐 (Guillaume Farel:1489-1565)이 제네바에서 종교개혁을 위해 함께 일할 것을 제안 받고 박해의 위협을 피해 스위스로 갔다.

마르크스 위상과 현실

칼 마르크스는 한국에선 적개심을 불러일으킨 인물이다. 그를 추종하여 북한에 공산주의 정권이 들어섰고 6.25전쟁 등 숱한 희생을 치르고도 지금껏 대결 상황 아닌가. 우리나라에서 그의 저서가 오랜 금서목록이었다는 것은 이상한 일이 아니다.

세월의 흐름 속에 경제적으로 확실한 우위에 선 남쪽의 자유민주주의가 정착해 가면서 금서목록에서 풀린 지 얼마 되지 않는다.

인류사에서 가장 영향을 미친 인물 다섯 사람을 적시한 글을 읽은 적이 있다. 『코페르니쿠스 뉴턴 다윈 아인슈타인 마르크스』. 네 분은 자연과학자들로 그들의 주장이 어떤 것인지 개념 정도는 알고 있다. 마르크스만 유일한 인문학자다. 이 다섯 분들은 오랜 동안 인류가 믿고 생각해 왔던 것을 뒤엎어버렸다. 지동설처럼 죽임을 당하며 많은 곡절을 겪은 경우도 있지만 결국 인류는 네 분의 과학자들의 생경한 주장대로 세계관을 바꿔왔다.

인문과학의 칼 마르크스의 저서도 세상을 뒤흔든 큰 지진이었다. 그의 세상을 보는 눈은 예리했고 분석력은 뛰어났다. 「엥겔스의 노동 잉여 가치설」과 손잡은 뒤 힘이 더 세진 것 같다. "자본가는 노동자가 발생시킨 잉여가치 즉 이윤을 착취한다."고 썼다. 또한 "자본주의 경제체제는 붕괴 한다."고 예언적 신념을 토로했다.

그러나 오늘의 현실은 노동자만 잉여가치를 생산한 건 아니다. 현란하게 발전하는 '과학과 기술'이 훨씬 높은 잉여를 낳으며 기술이 기업의 운명을 좌우한다.

그런데 당시 상황은 현재와는 다르게 『기술위용』이 낮은 때다. 생산수단 시스템에서 한 회사가 신기술을 창안하여 생산성을 높이면 곧 바로 다른 회사가 그 기술을 받아들여 똑 같은 수준의 양과 질 생산비로 생산하여 회사들은 경쟁하다 망한다고 했다.」이는 아담스미스 식 분업에 의한 번영 론이나 식량과 인구와의 관계를 다룬 마르사스의 느슨한 이론, 공급이 수요를 창출한다는 세이의 법칙까지 고전학파 경제 논리를 뒤엎어버렸다. 그러나 인문학은 자연과학 법칙처럼 불변이 아니다.

변증법

헤겔이 주장 했듯이 "인류역사상 아무리 좋은 제도가 세워져도 오래되면 변질되고 쓸모없게 되어 새로운 제도가 나오게 된다는 변증법. 정正 반反 합合" 논리의 범주에 마르크스 이론도 들어가기 마련이다. 마르크스는 세상을 상부구조와 하부구조라는 분류로 말한다.

"상부구조인 법률 제도 철학 사회학 등 정신세계는 하부구조 토대 위에 세워진다고 주장 한다. 노동자 중심의 생산 활동 결과 산출된 제품이 없인 상부구조 존립이 불가능하다며 목청을 높였다. 따라서 하부구조를 이룬 토대인 노동자가 주축인 사회건설이 이루어져야한다." 이런 유의 이야기가 유물론적 역사관이라고 이해하고 있다.

그런데 회사들 간의 기술문제에서 마르크스의 생각에 빗나가는 특허제도가 생겼다. 예를 들면 삼성이 세계제일의 스마트 폰을 만들었다면 그 폰에 내장된 핵심 부품 등에 국제특허란 장치로 보호막을 친다. 우리나라 메모리 반도체가 세계시장에서 70%이상 점유할 수 있었던 것도 지적재산권 보호 아래 가능하다. 따지고 보면 마르크스는 고전적 자본주의의 허점을 속속들이 지적했고 현명한 사람들이 그 지적들을 보완하면서 오늘날 자유민주주의체제 속에서 자본주의 시장경제는 번영 하고 있다고 볼 수 있다.

공산주의 종주국인 러시아도 시장경제로 전환 했다. 중국도 다른 공산권들도 시장경제(자본주의체제)로 바꿨다. 그렇다고 자본주의 병폐를 지적한 마르크스 주장을 관찰력이 부족한 것으로 보지 않는다. 그러나 「새로운 기술은 획기적인 가치와 생산성을 높이는데 거기서 나오는 이윤까지 모두 생산노동자의 몫」이어야 한다고 주장할 수는 없다. 그런 주장은 회사마다 공을 들여 '연구개발'에 정려케 하여 기술개발을 하고 있는 과학기술자들에 대한 모독일 수 있다.

막스 베버의 내진 설계

마르크스주의자들은 마치 신앙인처럼 확신에 차 있다. 토론을 통한 가변성을 용인하지 않은 분들로 채워 정권을 세웠다. 집단적 사회주의에 심취한 그들은 그 속에서 마르크스를 하나의 종파로 삼은 불통의 세상을 만들었다. '당원'이라는 새로운 관료 제도를 만들어 세상을 휘두르고 억압하는 참혹을 간과하거나 당연시 한 측면이 있다. 혹은 그런 정신무장을 통해 세상 뒤집기에 필요하다는 함의를 지니고 인명을 함부로 다룬 죄악이 있다.

막스베버의 「개신교 윤리와 자본주의 정신」은 마르크스 지진을 견뎌내는데 알맞은 내진설계로 보인다. 〈하부구조토대인 경제가 상부구조를 좌지우지 한다고 해서 인류가 지켜야할 도덕 윤리까지 도외시 한 것은 허점〉이란 지적은 심오한 통찰력이다. 자본가들도 개신교적 청렴정신과 박애정신으로 무장하여 노동자를 배려하고 사회구성원모두가 절약과 금욕을 실천하면 사회는 명랑을 되찾을 수 있다.

그런 바탕에서 "자본주의 정신은 이윤획득이 악이 아니라 직업윤리"로 봐야 한다는 것은 편향되지 않은 주장이다. "영리 획득도 합리적인 나눔의 원칙아래 이윤 중 노동자도 가질 만큼 주고 재투자와 새로운 기술개발 등을 위해 자본가가 비축하는 것을 부도덕으로 규정은 오류다"는 취지는 현재 현란하게 발전하는 시장경제를 보면 알 수 있다. "자본주의 정신은 엄격 규율과 훈련 윤리적 보편주의에 따라 운영해야하며 지역주의 연고주의 등에 빠져서는 안 된다. 형평과 공정의 원칙에서 금욕을 통한 천민자본주의를 극복해야 한다."는 메시지는 불꽃같이 타오르는 인간의 욕망을 이겨내야 하는 공자의 극기복례를 떠오르게 한다. 자본주의 정신에는 "합리성 계산성"이 있으며 이러한 정신은 칼빈이 강조한 직업윤리 속에 담겨 있다고 가르친다.

마르크스주의 지진파를 진정시키는데 베버의 내진 설계는 탁월했다고 볼 수 있다. 인류가 함께 행복하고 균형 있는 삶을 살아가기 위 하여는 제도도 중요하지만 기업가든 노동자든 '자기 것 챙기기'의 과한 욕심을 스스로 제어해야 한다. 때로는 미움도 내려놓고 욕심의 옷도 벗어 놓고 불교적 자비와 순결이 절대로 필요하다는 생각이다. 철옹성처럼 다지고 다지던 중국공산주의 상징인 '인민공사'도 따뜻한 봄날 눈처럼 사르르 녹아 허물어졌다.

서툰 여행기를 마무리 하면서 선생님께 경의를 표한다.

〈주〉 조인형 교수로부터 수강한 서양사상사내용 정리함.

멋쟁이

- 윤 선 도

'흐르는 물이 내는 소리를 음악으로 들으며 즐기는 멋이라니.' 세연정洗然亭에서 만나 동행이 된 말수 적은 스님은 곡수당曲水堂을 내려오며 한마디 붙였다.

비닐하우스를 찢어버린 거친 바람 속에도 사월의 봄기운은 스멀스멀 스며들어 웃음 머금은 진달래는 화사하다. 소월이 아니라도 진달래는 이제 우리 가슴에 희망과 연정을 전하는 전령이다.

아득한 시간 저 쪽, 국문학사를 공부하며 어부사시사를 쓴 고산 윤선도를 맘속에 담았다. 외웠던 어부사시사는 세월에 씻겨 희미해도 고산이 자연과 동화되어 살던 보길도를 찾아보리란 맘은 이어졌다. 이젠 관광지가 되어 웬만한 사람이면 다 다녀갔을 보길도. 서울에서 육로와 뱃

길을 합쳐도 일곱 시간이 채 안 걸리는 길을 이처럼 늦어서야 왔는가. 일터 승진이나 문학등단 등 삶의 중요 고비마다 지각하여 느림의 발자국을 찍으며 살아온 것과 연상되어 헛웃음이 나온다.

어부사시사를 지은 고산의 보길도 생활은 귀양살이는 아니었다. 선생은 과거급제로 출세의 양양함과 귀양살이의 고난을 한차례 겪은 뒤 보길도의 아름다운 자연 품에 안긴 것이다.

본디 세상과 등진 것이 아니라 정치와 윤리문제에 관해 정론을 펼치다 유배되기도 했다. 광해군 때 실세 이이첨을 탄핵한 상소를 올렸다가 함경도 경원에 유배되었다. 일차 유배생활이 끝난 뒤 아픈 상처를 치유할만한 세월이 흘렀다. 그런데 북쪽 오랑캐의 병자호란에 휘둘려 왕이 남한산성에 갇혔다. 해남에서 여유로운 삶을 누리던 고산은 왕을 구원하려 결심하고 가신을 비롯한 장정을 모으는데 임금이 삼전도에 나와 항복 했다는 소식을 듣고 벌레 씹은 기분을 뱉으며 보길도에 왔다.

고산은 바다와 산과 개울이 어우러진 보길도에서 왜란 호란과 유배로 입은 마음의 상처인 한恨을 녹여 한가로움의 멋을 일으킨 것이다. 찾아오는 관광객들은 고산의 멋스러움에 공감하거나 공유하고플 것이다. 하지만 시끄러운 정치판을 훌훌 털어버리고자 한 자유인 고산의 보길도 생활이 평탄치 만은 않은 듯하다.

인조가 환궁 뒤엔 "문안 인사를 올리지 않았다"며 불경죄로 엮어 경상도 영덕으로 귀양 보냈다. 남한산성에 갇힌 임금을 구하려 구원군을 모으던 고산의 충정은 정적들의 장막에 막혔던 걸가.

뒷날엔 서인의 거두 우암과 예법논쟁에 각을 세우다 또 귀양 갔다. 세 차례 모두 십오 년의 귀양살이는 팔십오 세란 그 당시 최 장수를 살다간 고산으로서도 지루하고 긴 세월이었을 것이다.

세연정 앞 조잘거리는 물가에 서서 고산이 일곱 번 찾아와 머문 십삼 년의 보길도 생활과 십오 년의 귀양 삶을 영상으로 그리는데 고난과 한가함 사이를 청량한 바람이 가르고 내닫는다.

조선조의 형벌제도엔 피가 철철 흐르도록 내리 치는 공개 매질의 잔혹함이 있지만 창작에 정려케 하는 환경을 조성하는 측면도 있다. 귀양 보내는 형벌이 그런 구실을 한 것이다. 다산의 오백여권 저서, 허균의 동의보감. 귀양 아닌 낙향의 고독 소에 빚어 낸 송강의 저 탁월한 사미인곡 속미인곡, 고산의 어부사시사, 소년시절 가슴 두근거리게 한 허균의 홍길동전, 김만중의 구운몽, 정약전의 자산어보 등 빛나는 책들이 대부분 귀양처에서 샘솟은 창작물 아닌가. 산간벽지나 외딴 섬에서 외롭고 답답함뿐일 것만 같은 귀양살이에서 혹은 서럽게 혹은 초연하게 창작의 위대성을 빛낸 선배들의 삶이 영롱하다.

고개를 들어 세연정 경내에 핀 빨간 동백꽃을 보자 한 여성이 다가서는 환영에 빠진다. 저 붉은 동백꽃이 뿜어내는 정염情炎같이 지칠 줄 모르는 열정과 일을 밀고 나가는 힘. 내 맘을 흔드는 낭랑하고 당당한 누이의 시 낭송 음향이 곱게 차려입은 한복과 어우러져 아롱진다. 홀로 떠

나온 여행에서 깨어난 그리움도 연적硯滴처럼 판석보 아래 뚝뚝 떨어져 퍼진다. "송 삿갓이라도 될 라우." 웃음 반 핀잔 반의 아내 목소리가 말간 물에 씻겨 흐른다.

정자를 짓고 보를 막아 물을 가두어 못에 잠긴 바위 생김새 따라 이름을 붙인 멋쟁이 윤선도. 낙서재樂書齋에서 글 읽고 세연정에 내려와 즐기며 연회를 자주 베푼 윤선도식 나눔의 삶. 한문 전성시대에 어부의 사계절 삶을 한글로 창작하여 격려한 노랫말은 파격의 아름다움이요 연민에서 우러난 사랑 아닌가.

노랫말에 곡을 붙여 "배 저어라 배 저어라. 찌그렁 찌그렁 어여차!" 정자에 앉아 합창하면 오늘의 무대격인 동대東臺와 서대西臺에선 흥겨운 군중이 덩실덩실 춤추는 낭만과 신명난 멋을 어디서 만날 수 있는가. 나그네는 상상만으로도 즐겁고 행복하다.

문학 스승

- 박 항 식

교감 선생님

"박항식 교감선생님께서 교무실로 오라"는 전갈을 받았다. 학생들에게 박항식은 엉뚱하다할까 괴팍스럽다할까 하는 측면이 있다. 점심시간 운동장은 학생들의 자유분방한 놀이터다. 박항식은 운동장을 걷다가 학생이 좀 거슬리면 불러 세우고 구두를 벗어 두들겨 패는 일이 있었다. 요즘엔 상상할 수 없는 매를 든 훈장님이다.

무엇을 잘 못 했을까? 스스로 자문하며 교무실 가기가 좀 떨렸다. 그러나 피할 수 없는 일 아닌가. 찾아가 공손히 인사하니 턱으로 의자를 가르치며 앉으란다. 종이 한 장을 들고 앉으시며 말했다. "너 일본 시인

○○○○○시를 읽었느냐" "아닙니다. 저에겐 교감선생님의 시집 「유역」밖엔 없습니다." 탁자 위에 내려놓은 종이는 학생들 문학공모 때 써낸 시 「승도蠅禱」다. 파리가 기승을 부리던 시절 벽에 붙은 파리가 연신 앞발을 비벼대는 것을 보고 착안한 시다. 시에 대하여 누구에게 지도 받은 일도 없었고 학교 공모전엔 시를 써 본 일도 없었다. 꾸준히 쓰던 일기 속에 옛 시조 비슷한 건 더러 있다.

박항식은 말을 이었다. "너 글에 독창성이 보인다. 그런데 말이야 시는 한글로 써야 돼. '승도'는 '파리의 기도'로 바꾸자." "넵" 그 시는 그해 학교에서 장원으로 뽑혔고 해마다 발행하는 교지에 실렸다. 부상으로 노벨문학상 소설 『드리나 강』 번역본을 받았다.

다음 해에 교무실로 오라는 말씀을 전해들을 때는 걱정하지 않았다. 같은 테이블 의자에 앉게 했다. 이번엔 철필로 쓴 산문 「온길 갈길」이다.

탁자 위에 저 글을 펴셨다. "글이 참 좋다. '삶의 과거에 대한 솔직함과 미래에 대한 설계가 말이야'. 그런데 비뚤어진 길 가지 말자는 경계심으로 인용했지만 "부기부기 노랫소리에 취하게 될 가는 유행가 가사로 뺀 것이 좋겠다." "넵" "너 국문학과 진학을 고려 해 봐라." "…" 나는 이미 〈국가공무원5급을류임용시험에 합격〉하여 발령을 기다리고 있는 중이였다. 그 글도 연말 발행하는 교지에 실렸다. 부상으로 일본인 작가가 쓴 「인생론 노트」였는데 가슴에 닿아 여러 번 되풀이해 읽었다.

1947년 봄 박항식은 경복궁 뜰에서 130여 명이 경합하는 백일장에 참여했다. 최종 심사대에 '김소월 정지용 박항식' 세 명이 올랐다. 이하윤 심사 위원장은 소월 지용은 이미 작품집도 있고 시 발표도 활발히 하니 새로 올라온 '항식'을 뽑자고 제안하여 위원들 찬동으로 등극했다. 1949년에는 『한성일보 신춘문예』에 「눈」이 당선 되었다.(1959년 박항식 시집 『유역』 박유문 序) 뒷날 원광대 국문학과교수로 제자들을 지도하였다. 1970년 1월 3일 저 결혼식 주례도 스셨는데 더 다가가서 수련하기 전에 불행하게 요절 하셨다.

울타리

세상 살아가는 것이 울타리 안 들어가기다. 어느 분야 든 넘어야 할 울타리는 있다. 드나드는 문의 위치와 정체를 바르게 알고 실력이 있으면 어렵잖게 들어 갈 수도 있는 울타리 안. 그 안에 들어가 보면 밖과 별 차이가 없는데 헤맨 시간과 애 쓴 날들은 고행이다. 내 문단 들어가기는 문의 위치와 길 안내 절차 알기를 소홀이 한 채 우련 함이었다.

《초등학교 4학년 때다. 학생 전체는 일천 명이 넘었다. 4-6학년 글짓기에서 1등을 했다.》 돌아보면 문학적 자질은 좀 있었던가 보다. 아버지가 고을 한시경연대회에서 우수작으로 뽑혀 술을 샀다. 고조할아버지는 시인이셨다. 향교 벗들과 1박2일 절 찾아 여행하며 지은 시가 향교에 보관되어 있다. 2006년 고흥 문화원에서 젊은 한학자 3 명을 위촉하여 향교에 보관 중인 한시 작품 중 우수성을 선별하여 「영주(고흥)시해」집을 냈다. 고조할아버지 시가 2편 실려 있다. 고조할아버지는 학식과 덕망이 높아 고흥 선비들의 추천으로 명예직 통정대부를 하사받았다. 할머니는 일제가 성씨개명을 강요하고 한글말살정책 속에 피어난 꽃 한글 문장가였다. 마을 처녀들을 가르친 스승으로 좋은 혼처로 시집가게 했다. 자라면서 동구리에 할머니가 쓰신 붓글씨가 가득함을 보았다.

형님은 서울종친회 회장을 2회 역임했다. 아우는 일처리와 인간관계가 탁월하다. 관리관(1급 공무원)으로 퇴직 후 김 앤 장 다음 큰 변리사 사무소(300명 넘은) 회장에게 발탁되어 5인 공동회장으로 75세까지 근무했다. 퇴임과 함께 후배 회장단이 고문으로 추대하여 강남에 독방 사무실이 있다. 조카는 안양 시의원 경기도의원에 당선되어 활동 했다. 이런 혈통 속 내 꿈은 문학 아닌 공무원 진출 함이었다. 큰 꿈도 품었으나 고등학교 2학년 때 제2회 국가공무원시험에 합격했다. 대학 졸업생들과 경쟁에서 합격에 끼어든 것이다. 내용이 알려지자 "개교 후 처음 일"이라며 운동장 조회 시간 훈시 때 교감선생님 칭찬이 있었다.

3학년 겨울방학 중 장수 번암면으로 발령이 났다. 월급을 받으면 함석헌 장준하 유달영 등 사상이 담긴 책과 김형석 안병욱 등 수필집을 꼭 사서 읽었다. 그러나 승진이 안 되었고 1을종 신체검사 결과는 군대자원이 많아 보충역 판정이 내려졌다. 5년 후 다시 국가공무원과 서울지방공무원 시험에 도전하여 둘 다 합격했다. 봉천동에서 3개월 근무하였다.

1970년 6월 1일에 과학기술처(부)로 발령받아 새롭게 공무원 삶의 주류를 이루었다. 2011년까지 과학기술계에서 41년 지방 5년을 합하면 46년을 공무원을 비롯한 공직에서 70세까지 일했다. 1년 여 더 일할 수 있었으나 후배가 일 할 수 있도록 80억 사업을 한국기술사회에 유치 해놓고 스스로 걸어 나왔다.

문학의 불씨

행정업무를 수행하면서도 교감선생님이 뿌려놓은 문학의 불씨가 깜박거리며 자신을 보챘다. 새벽에 일어나는 편인 생리적 현상은 시 쓰기 수련의 시간이었다. 홀로 서정주 김남석 시 쓰기 책을 읽으며 절치부심을 거듭했다. 부서를 옮겨 다닐 때마다 습작 보따리는 지니고 다녔다.

시인이 되려면 판·검사가 고시에 합격하듯 일간지 「신춘문예」에 당선되는 것만이 유일한 길로 알고 있었다. 궁궐문은 동 서 남 북문 여러 개인 것을 1개의 문만 인식한 아둔하고 불통이었다.

1980년대 초부터 연말이면 주요 신문 4-5 곳에 신춘문예작품을 내고 또 냈으나 낙방만 거듭했다. 시 습작과정은 고독했지만 '정수기처럼 마음속의 여러 갈등 잡념 찌꺼기들을 맑게 걸러내는 측면'도 있었다. 10여 년 외곬도전은 고매한 심사위원님들을 피곤하게 한 과오 아니었나 싶다.

경향신문에 연재된 이어령 우리풍속 비평 "흙 속에 저 바람 속에"는 가장 가슴에 박힌 책이다. 시 등단하기 전에 맡은 직무와 관련된 〈일천자 내외 정책 제안문〉을 동아일보 한국경제신문 등 여러 신문에 보내면 항상 게재되었다. 각 신문사 글은 한 번도 낙방 없었고 신문사에서 획 하나 고침 없이 실렸다.

17번 쯤 되었을 때다. 고 구본영 차관이 불렀다. 차관 실에서 차 한 잔 들며 "송 과장 글 내용이 우리부처 지향점에 적절한 내용인데 예산권을 쥐고 있는 경제기획원에서 오해할까 우려스럽네요. 지금 그 내용을 협의 중이거든요" 친절한 말씀 속에 '필화筆禍'라는게 이런 것인가 싶어 기고를 멈췄다.

일주일에 1회 실리는 독자기고 난을 향한 경향 각지에서 기고문은 시쳇말로 산더미처럼 쌓인다는 것. 그 더미 속에서 논설위원들이 심사하여 딱 한 편 뽑는다는 것은 은퇴 후 J일보 부장출신 말씀으로 알았다.

시에 앞서 '에세이는 일간 신문으로 등단'한 셈이었다며 속으로 웃는다. 1997년 일기 예보하는 기관인 기상청 기획국장으로 발령 받았다. 나라 곳곳에서 일천여명이 하늘 뜻을 탐색하는 일터에 소설가와 시인 몇 명도 있었다. 신춘문예에서 낙방한 작품 중 80여 편을 정리하여 현대문학으로 등단한 소설가 강호*께 검토해 달라 부탁했다.

이틀 뒤 우정 넘친 질책성으로 돌아왔다. "이런 작품으로 왜 진즉 등단 안 한 거요." "안 한 것 아니라 못한 거죠. 해마다 신춘문예에 떨어졌어요." "월간문예지로 등단하면 되지."같은 소설 분야라며 가까이 지낸

"한국문인협회 수장 고 황명에게 부탁했으니 작품을 보이세요."

비서를 통해 동숭동 사무실로 80여 편의 시를 보냈다. 한 달쯤 뒤 속
초기상대장 강이 물었다. "어찌 되었죠?" 경위를 설명하니 "공무원 국장
과 문단은 달라. 직접 찾아 가 큰 절하고 아뢰어도 될지 말지 한 일이야."
안타까워 한 정의 빚을 진 채 지금도 형 아우하며 소통한다. 1998년 한
국문인협회 이사 송동균 시인의 추천으로 월간 「문학공간」을 통해 울타
리 안으로 들어갔다.

문단 울타리 안 허접한 생활은 그렇게 시작 되었다. 첫 시집 「봄 오는
소리」는 신춘문예 낙방 작품들이다. 문학공간 최광호 주간과 추천한 원
로시인이 시집으로 내도 괜찮은 작품들이라며 권고에 따라 등단 2개 월
만에 출간했다.

동인들과 거목

문학모임을 찾아 이 마당 저 마당을 드나들며 거목들도 많이 만나 끈
이 이어지고 있다. 동행하며 조심조심 배우는 훈련의 연속이다. 문단에
들어가는 과정이 답답하고 작품은 우련하지만 숲을 이룬 문인들 틈새
서 행복하다. 여러 모임에 참여하여 시 낭송도 열심히 했다. 발표한 작품
들은 한 자 한 구절 정성을 들였고 그간 쌓아올린 지식과 자연을 끌어
들여 녹여 담았다.

석사학위 받은 뒤다. 아직 일터에 있을 때인데 제대로 '문학의 뿌리나 더듬어보자'고 〈국립방송통신대학교 국어국문학과 3학년에 편입했다.〉 한 학기에 6권씩 원서를 녹음테이프로 익히고 시험을 치렀는데 F학점이 있어 한 학기 더 공부하여 25권의 문학관련 원서를 더듬거린 뒤 졸업시험에 합격하여 「문학사」를 받았다. 문효치(펜클럽 이사장, 한국문인협회 이사장 두 문학단체 유일하게 압도적 당선)이사장 나태주(한국시인협회 이사장)과 직책에 나가기 전에 3년 정도 씩 월 1회씩 만나 수련했다.

내 삶의 길이 울퉁불퉁하듯 문학 영역에서도 갈지(之)자인 셈이다. 문학 대가들에게서 배운 것은 문학의 바탕인 다정다감과 후덕한 여유 한가로운 삶의 태도다. 과학기술계 일터에서 번영의 업 쌓기에 참여하고 문학 울타리 안 남녀문인들과 시낭송회 등 어울림이 삶을 풍요롭게 한다.

창작 시집 9권 350여 회 신문연재 시 선집 1권 에세이 6권을 출간했다. 최초 신시 최남선선생 「해에게서 소년에게」발표 100주년을 기념하여 한국문인협회에서 제정한 「한국문학백년상」을 2015년 8 번째로 받았다. 문단생활 중 가장 큰 상이다.

2009년 문화체육부 조선일보 공동주최 〈책 함께 읽기〉시인으로 선정되었다. 문화체육부에서 지원한 남녀 성우聲優와 동아리 낭송가들이 내 시를 낭송하는 늦가을 밤 행사는 기쁜 날로 새겨져있다.

여러 문학 동아리를 떠돌며 수련해 왔다. 동아리는 남의 희생 강요 없이 상호존중 속 덕담을 나누며 삶에 신바람 일으킴이다. 문학 마을에는 나이 듦과 무관하게 늙지 않고 가슴 설레는 별들이 있다.

딴은 문운이 좋은 편이란 생각이다. 운도 실력이라지만 한국문인협회 이사 국제펜한국본부 이사 3회 감사 등 전국규모 문단 직책은 분수 넘은 행운이다.

문효치 나태주 외에도 성기조 이근배 황금찬 권용태 유자효 허형만 이길원 이상문 손해일 신세훈 김용재 장충열 시인(낭송가) 양왕용 박종래 최원현 문학평론가 이유식 이명재 등 많은 문학선배와 동료들과 교류는 삶을 풍요롭게 한다.

스승이 준 영예

가장 큰 영예는 전남 고흥군 봉래면 나로우주센터 공원에 세워진 『조국의 미래 넓혀 날아라』 시비詩碑다. 한국항공우주연구원 채연석 원장이 현장에 꼭 맞는 시라며 시비를 세우겠다고 했다. 우주발사대 공사 준공된 뒤 여러분의 도움으로 연구소에서 세웠다. 그 뒤 공원조경도 잘 조성되고 배롱나무도 몇 그루 심어놓아 더운 여름철 화려하게 비와 조화를 이룬다. 관광객들이 비 앞에서 기념사진 찍는 모습을 보았다. 죽은 뒤에도 시비는 남아 관광객들과 어울리지 않겠는가. 이 명소에 무명시인인 나의 시비는 문학역량을 뛰어 넘는다. 과학기술부 근무와 시 쓰기의 절묘한 직조다.

문학평론가 이유식 박사 이명재 교수 류재엽 교수(문학평론가협회 회장 역임)는 '과학시인' 모자를 씌워줬다. 그 모자는 따뜻하고 포근하다.

모두 스승 고 박항식 교수님의 지도와 격려가 깊은 밑바닥에 깔려있다.